中国美术馆人话收藏

吴为山 主编

中国美术馆创作与研究丛书

文化艺术出版社
Culture and Art Publishing House

图书在版编目（CIP）数据

中国美术馆人话馆藏 / 吴为山主编. — 北京：
文化艺术出版社, 2022.3
ISBN 978-7-5039-7216-4

Ⅰ. ①中… Ⅱ. ①吴… Ⅲ. ①艺术—作品综合集—
世界 Ⅳ. ①J111

中国版本图书馆CIP数据核字(2022)第037268号

中国美术馆人话馆藏

主　　编　吴为山
责任编辑　刘锐桢
责任校对　董　斌
书籍设计　赵　矗
出版发行　文化艺术出版社
地　　址　北京市东城区东四八条52号（100700）
网　　址　www.caaph.com
电子邮箱　s@caaph.com
电　　话　（010）84057666（总编室）　84057667（办公室）
　　　　　84057696—84057699（发行部）
传　　真　（010）84057660（总编室）　84057670（办公室）
　　　　　84057690（发行部）
经　　销　新华书店
印　　刷　北京雅昌艺术印刷有限公司
版　　次　2023年5月第1版
印　　次　2024年7月第2次印刷
开　　本　787毫米×1092毫米　1/16
印　　张　31
字　　数　200千字　图片200余幅
书　　号　ISBN 978-7-5039-7216-4
定　　价　298.00元

中国美术馆创作与研究丛书

前言

2023 年 5 月 23 日是中国美术馆建馆 60 周年的日子。

藏品是中国美术馆的立馆之本、学术之基、活化之源。六十年时光荏苒，中国美术馆现典藏各类优秀美术作品 13 万余件，每一件都有故事。

我曾经提出“一张报纸便是一个美术馆”“一块屏幕就是一个美术馆”，可以说，一本书也是一个掌上美术馆。2020 年起，中国美术馆召集本馆专家为馆藏经典作品撰写讲解词，录制了 90 期《中国美术馆藏经典作品》系列视频。节目一经上线便获得热烈反响，开启了中国美术馆“网上网下一体、线上线下融合”的“典藏活化新时代”。中国美术馆不断推陈出新，将馆藏优势、人才优势与新技术相结合，通过百度词条、新媒体专栏等形式，不断创新“活化”方式，记载美、展示美、传播美、推广美。

为迎接中国美术馆建馆 60 周年，在这些“活化”工作的基础上，中国美术馆通过在馆内约稿、征稿，最终，共有 90 余位中国美术馆工作人员和在站博士后讲述了 200 余件馆藏经典背后的故事，形成了这本《中国美术馆人话馆藏》。这些短文不仅仅是对作品的解读，更是中国美术馆人的心声，呈现出藏品的特殊魅力和美术馆人的情感寄托。他们用心书写、用情赋词，他们“如数家珍”，从自己熟悉的角度，挖掘藏品的文化内涵，向读者展示了中国美术馆的藏品之光、艺术之美。

这本书并非系统研究的专业著作，而是一本有温度的赏析文集，重现场感和可读性。它融合了中国美术馆人的情感和专业知识，形成了一种独特的美术馆“话语”风格，作者以“导赏”身份陪读者进入展厅，与读者面对面交流，将名作之美娓娓道来，让读者从不同的视角来欣赏艺术作品的同时，感受到中国美术馆人对这批艺术珍品的热爱和付出。

中国美术馆人是幸福的，整日在满是艺术珍品的沙滩上徜徉，捡拾最钟意的，串成本书，累珠妙曲，向艺术品致敬，向艺术家致敬，向捐赠者致敬。

民盟中央副主席
中国美术馆馆长　**吴为山**
中国美术家协会副主席

目录

中国画

油画

版画

雕塑

书法篆刻

民间

综合

中国美术馆人话馆藏

中国画

油画

版画

雕塑

书法篆刻

民间

综合

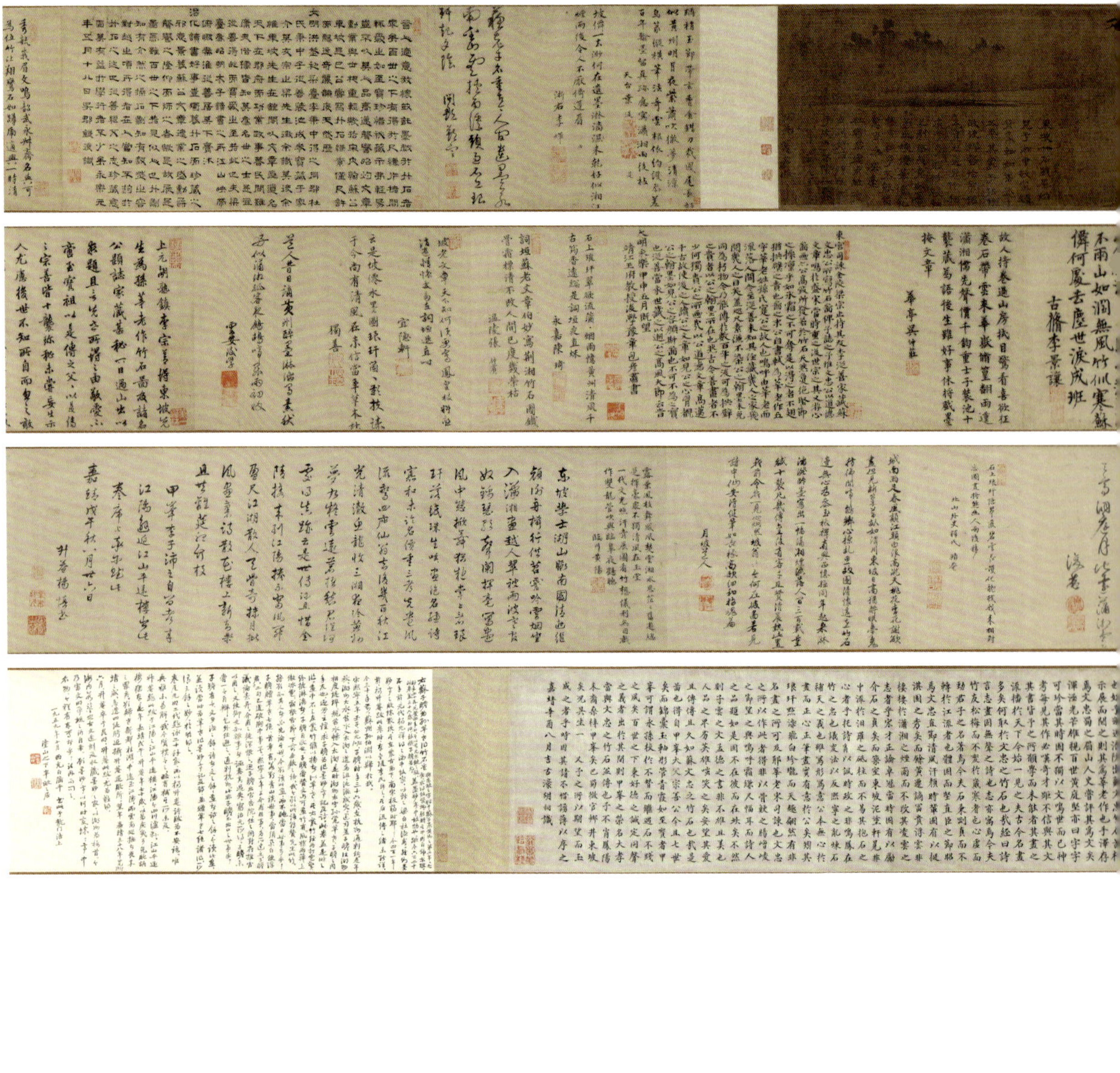

潇湘竹石图卷

（宋）苏轼

中国画 / 绢本水墨
29cm×932cm
宋代
1964 年邓拓捐赠

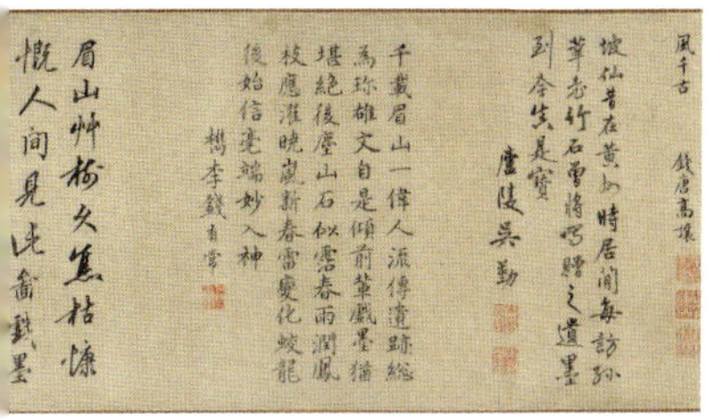

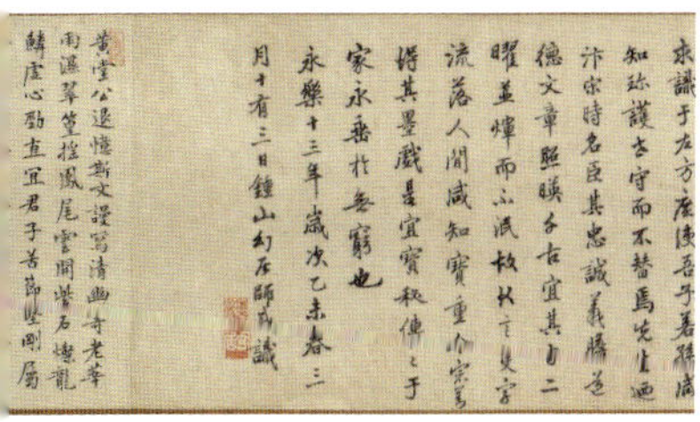

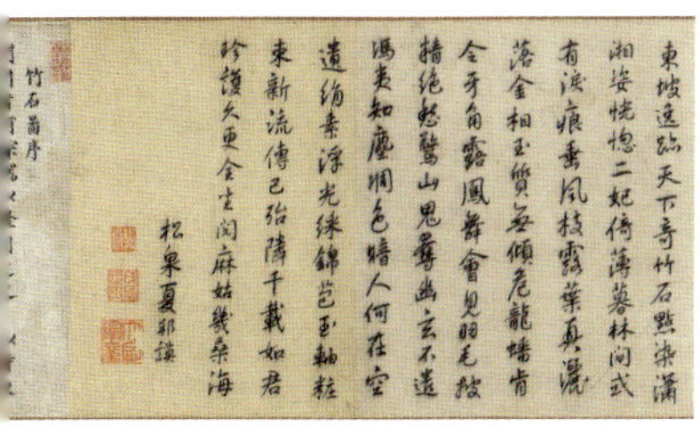

《潇湘竹石图卷》落款为“苏轼”，是邓拓捐赠古代绘画中最珍贵的作品，是中国美术馆的重要藏品。说它珍贵，一是年份早，作品创作至今已有 900 多年。二是极其稀有，苏轼传世至今的绘画作品仅有两三件。三是传承有序，此画后面有近 30 位鉴藏家的题跋，记录了此画的传承过程。在欣赏此卷时，有几点非常有意思。先看画作的名称，名称叫《潇湘竹石图》，其实，其本名叫《竹石图》，《竹石图》前面冠以“潇湘”，指的是朦胧的意境，不能理解为地域意义上的湖南。再看绘画的落款“轼为莘老作”，苏轼与两位叫作“莘老”的人关系密切，一个姓孙，一个姓刘，此“莘老”指的是孙莘老，也就是孙觉。“轼为莘老作”单列落款，与元人双列平头款有很大区别，符合宋代落款习惯。接着看绘画风格，这幅画与历史上记载苏轼绘画的风格基本吻合，尤其反映出苏轼画竹“不分节”“不求形似”“逸笔草草”的特点。苏轼倡导文人画，强调诗画一律，以书入画，追求得意忘形，天工清新，这幅绘画所呈现的意境与苏轼所倡导的文人画思想高度吻合。更耐人品味的是长长的题跋，它会带您穿越历史，去感悟宋、元、明、清文人的翰墨情怀与丹青雅致。（文 / 薛帅杰）

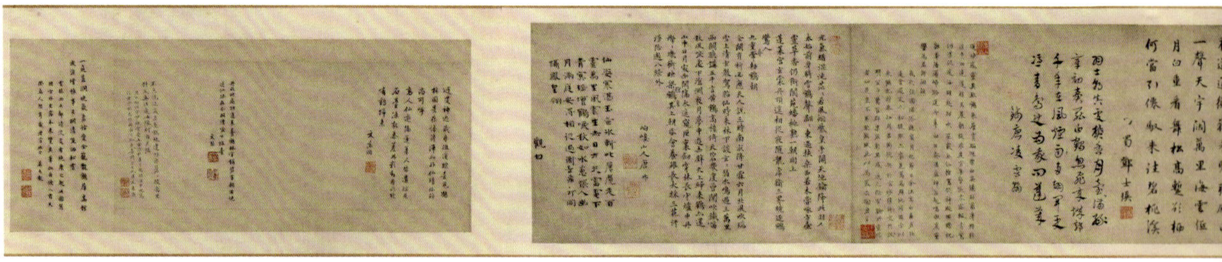

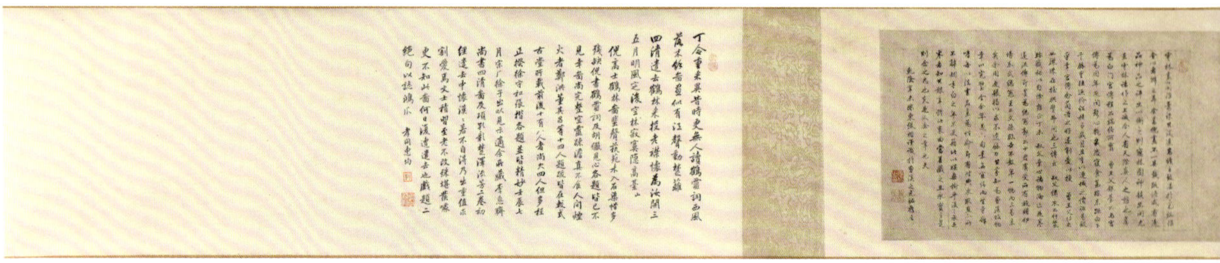

元代倪瓒创作的《鹤林图》是邓拓捐赠的古代绘画作品之一。此幅绘画描绘的物象非常简单，一片土丘，七棵树木，一座瑶坛，一只仙鹤，几处远山。单从物象来看，很难理解绘画的意思。此时就需要看落款。落款内容是“鹤林图，为玄初画，瓒”，显然，这是倪瓒为周玄初而创作的，那么，周玄初与鹤林又有什么关系呢？原来，据传周玄初会道教法术，不仅会天外呼鹤、除妖杀狐，还能招魂荐亡、祈晴祷雨。周玄初的道术得到了时人的赞叹，还得到了皇帝的赏识，很多文人就周玄初的道术赠赞诗文，绘制画像，记述其事迹。倪瓒的《鹤林图》描绘的正是周玄初天外呼鹤的本领。在《鹤林图》中，倪瓒没有画周玄初本人，而是画了一只仙鹤，耐人品味，发人深思。据史料记载，周玄初藏了不少元代另外一名著名画家吴镇的画，倪瓒为周玄初藏的吴镇绘画题过

鹤林图

（元）倪瓒

中国画 / 绢本水墨设色
30.5cm×54cm
元代
1964 年邓拓捐赠

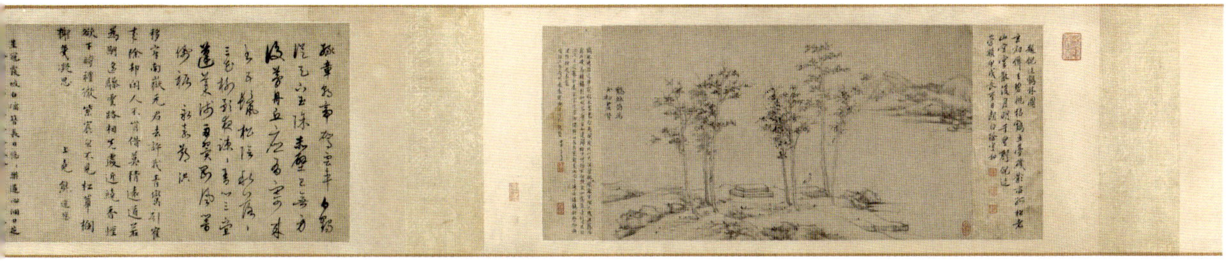

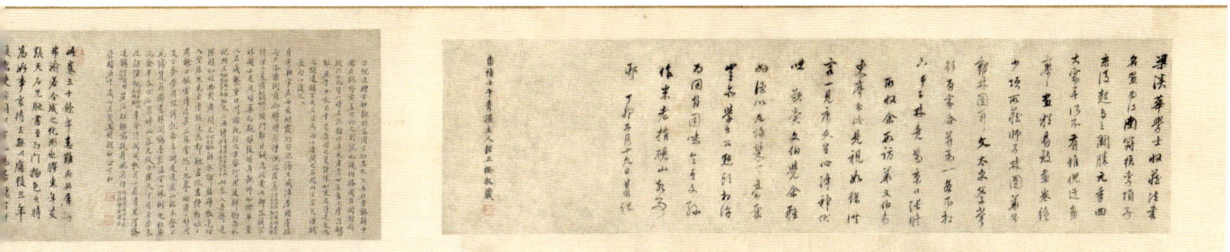

跋，还为周玄初的画像写过赞诗。根据题跋得知，此图曾被文徵明、文彭、莫是龙、董其昌等十多人鉴藏题跋，作品传承至今，非常难得。（文 / 薛帅杰）

采芝图

仇英

中国画 / 绢本水墨设色
119.5cm×66cm
明代
1964 年邓拓捐赠

在“明四家”或“吴门四家”中，仇英与其他三位大画家（沈周、文徵明、唐寅）相比，出身最为寒微，资历最浅，声名也不如三人显赫。他的生卒时间亦记载不详。但仇英的绘画艺术成就不容低估。他博采众长，功底深厚，工笔、意笔、青绿、浅绿、水墨、白描无所不通，在题材上则广涉人物、山水、花卉、界画、历史风俗画等，且形成自己雅俗共赏的独特风格，其青绿山水和工笔人物尤其突出。

仇英，字实父，号十洲，原籍江苏太仓，后移居吴县（今苏州）。在苏州期间，他先是以当漆匠维持生计，师承周臣学习宋人院体画。在结交文徵明、唐寅等名家后，他开始追求文人的笔墨意趣。当时的画坛领袖文徵明对他垂青提携有加，多次邀他合作绘画或为其画作题识。中年后，仇英多年客居吴门富家或收藏家（如项元汴）府中，观赏临摹了大量古画，并创作了众多不同题材的佳作。

中国美术馆收藏的这幅仇英画作，画面右上篆书题写“采芝图”，款署“仇英实父制”，后钤葫芦印“十洲”、方印“仇氏实父”。主题“采芝”意境出自秦代隐士的《采芝操》，诗中描绘了隐士们为避秦暴政隐居深山，以采芝草“疗饥”。唐宋以后文人们又将秦代隐士“疗饥”的芝草视为可以令人长生不老的仙草，并将“采芝”视为一种访道求仙的修行。

仇英此画是其青绿山水和工笔人物融为一体的精心之作。画面布局前实后虚。绿树清湍之间，一老一小两位人物的活动引人注目。中部右侧站立在巨石之上的是一位仙风道骨的文士，神态高逸，目视远方，若有所思。近处溪边的古松之下，一名童子正在低头弯腰采摘芝草。画幅中间大胆留白，不知是水是雾，与几抹远山欲即还离。周边的树木，或葱郁苍虬，或稀疏朴素，或淡远缥缈，与山石流水交映成趣。画中人物，形象生动，线条流畅；画中景致，设色清雅，勾勒绵密。整幅画面人景交融，浑然天成，营造了一种清凉悠远、淡然超逸的审美境界。（文 / 杨应时）

溪山雨霁

（明）沈周

中国画 / 绢本水墨
144.5cm×40.7cm
明代

大雨过后，夜色降临，曲溪水涨，一位拄杖老者正经过一座小桥，这只是对于《溪山雨霁》的初观印象。或然这种印象在沈周的题画诗中又有别样情调。沈周题写："回磎秋水涸，过雨晚山明。凉思生毛发，乘酣试杖行。""水涸""过雨""晚山""乘酣"这些词语所勾勒而出的场景，让我们能够联想到：一个老人家，不知道干什么重要的事去了，中午还喝了不少的酒，搞到这么晚。现又不知有何要事，使其在雨后乘着酒劲，拄杖山路夜行。

《溪山雨霁》中留与观者的揣度空间，在很大程度上增加了大家对画的观赏兴致和激起徜徉生活氛围的熟识感，使得对画本身的观赏行为被很自然地反馈到生活的场景中去。在这方面，沈周的体验深刻而又多样，这与他的经历关系很大，沈周一生未应科举征聘，始终过着田园隐居生活，他常年居家读书，吟诗作画，优游林泉，精神丰足而自由。后来的很多人都认为，沈周在元明以来文人画领域起着承前启后的作用。他的绘画技艺全面，在师法宋元的基础上有自己的创造，发展了文人水墨写意山水的表现技法。诚然，沈周的绘画为传统山水画做出了很明显的贡献：融南入北，弘扬了文人画的传统，将诗书画进一步结合起来。从《溪山雨霁》中亦能看出，画面前、中、后景依次展开：前景点画披离、顿挫方圆、苍茫浑厚；中景运用披麻皴擦后稍加点染，洒脱简约；后景淡墨轻染、清润明朗、空净洗练，这与其题画诗"过雨晚山明"句的诗境相合，整体给人一种宏阔平和、不即不离之感。

倘若我们仅以"粗沈"的风格分期看待此幅作品，只是知道其绘画技法层面的某些要义；然则，我以为画作本身所能够留与观者自由揣度的空间，本身就是一种美，这种美是尊重的、生活的、自然的和自由的。（文 / 付强）

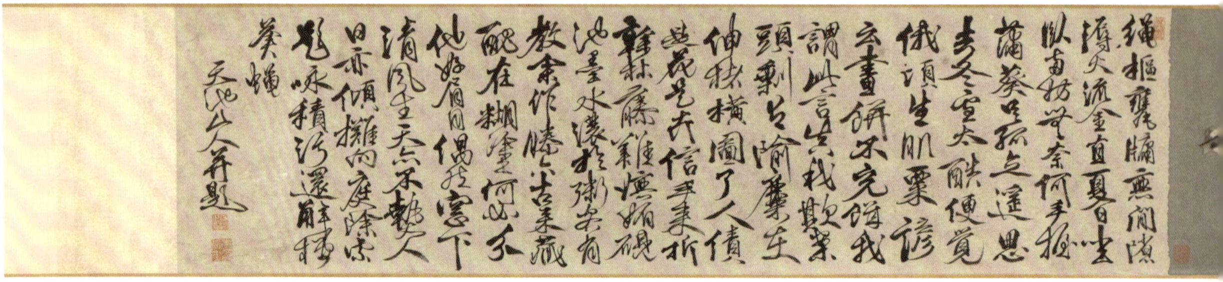

这是一幅流转世间400多年的明代手卷，它在明清以来的古代书画著录文献中鲜有出现，左上方的钤印“宣统御览之宝”彰显出它曾经的高贵。

画家在创作这幅画的时候已是晚年，此时的徐渭历尽沧桑，年少时的雄心壮志早已被艰辛的岁月消磨殆尽，他孤身一人，居住在山阴一间破旧的房子里，以卖画度日。这一时期，水墨花卉频繁地出现在徐渭的笔下，画面在构图、笔墨、题画诗等方面，表现出程式化、风格化特征。

《墨花图》以徐渭常见的水墨大写意手法，描绘了雪中的牡丹、梅花、菊花、兰花、苍松、劲竹、芭蕉等植物。淡墨渲染的背景，愈加衬托出花卉、山石上的层层积雪。艳丽缤纷的各色花草在画家的手中，以黑、白、灰的色调和点、线、面的变化，

墨花图

（明）徐渭

中国画 / 纸本水墨
31cm×466cm
明代
1964 年邓拓捐赠

呈现了一个单调又充实、热闹又冷寂的花花世界。手卷后方的七言题画诗，行书题就，笔墨纵横、狂放不羁，诗中“是花是卉信手来，折干林藤难妩媚”，或许道出了徐渭的人生之叹。

1964 年，邓拓先生将《墨花图》捐赠给中国美术馆，成为中国美术馆古代书画作品中的瑰宝。（文 / 付瀛莹）

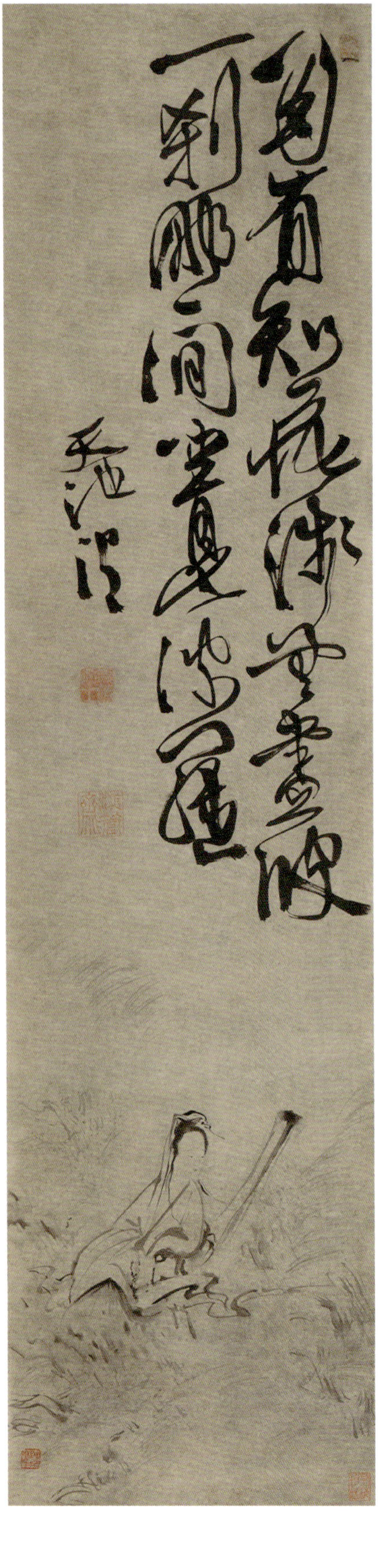

莲舟观音图

（明）徐渭

中国画 / 纸本水墨
116cm×29.2cm
明代
1964 年邓拓捐赠

徐渭，字文长，号青藤老人、天池山人等，浙江绍兴人。他是中国明代中期的大写意花鸟画家，与陈白阳并称“青藤白阳”，与八大山人并称“青藤八大”。石涛、“扬州八怪”、吴昌硕等均受其影响。其传奇的经历和高超的技艺以及影响力，有人以“东方的凡·高”来形容他。齐白石曾有诗“青藤雪个远凡胎，老缶衰年别有才。我欲九原为走狗，三家门下转轮来”来表达其对徐渭的推崇。

徐渭不仅仅是一个画家，还是明清浪漫主义书风的代表人物。其极具才情的狂草，疾风骤雨般挥洒的气势，与其豪迈、张扬甚至癫狂的个性浑然一体，为中国书法史的发展特别是晚明书风的解放有先导之功。

除此之外，徐渭还是明代中期著名的文学家、戏曲家、军事家。在文学上，徐渭与解缙、杨慎并称“明代三大才子”。在戏曲上，他撰写了中国戏曲理论专著《南词叙录》，另有杂剧《四声猿》《歌代啸》及文集传世。在军事上，他曾担任胡宗宪幕僚，助其擒徐海、诱汪直。

《莲舟观音图》是由邓拓于 1964 年捐赠给中国美术馆的。这是徐渭创作的少见的佛教题材大写意人物作品。画面下方描绘观音坐在水中莲舟上，目光慈祥，充满大爱，凝视左前方滚滚波涛，若有所悟。而画面上方则是徐渭代表性的草书风格题字，占据画面主要位置，用笔恣肆沉着，风格雄迈。题字为“幻有知花，涉无尽波；一刹那间，坐见波罗。天池渭”，是礼赞观音的诗诵，也体现其在修佛上的体悟。题字与画面相得益彰，是一幅不可多见的精品力作。此画在以画花鸟著称的徐渭画作中更属难得。

（文 / 吴国宝）

醉卧图

（清）黄慎

中国画 / 绢本水墨
50.8cm×75.2cm
清代

《醉卧图》表现的是一位醉饮后席地而卧的落拓文士形象。画面布局简单、稳定，除一酒瓮之外全无背景。人物大致呈横平走向，居于正中，与画面左侧的竖长题草书形成L形结构，平中见奇，稳中有变。酒瓮以极为简省的画法化实为虚，在点题“醉卧”的同时也衬托了主体。醉卧者显然年已衰暮，他以右肘为着力点斜倚酒瓮之上，垂首瞑目，颓然若有不支。面部以淡墨勾勒，淡赭烘染，幅巾则以浓墨勾勒，淡墨渲染，益显鬓发须眉的萧疏斑白之状。值得注意的还有衣纹线条的处理。以狂草笔法入画，用之“书写”衣纹是黄慎个性化的独创，但这更多见于其占比不高的大写意作品，那种用笔迅疾多变，如兔起鹘落，每现顿挫、提按、飞白之迹的特点，在《醉卧图》这样具有一定写实性的半工写作品当中，通常是一种有节制的体现。这幅画中的线条手法，融折芦、铁线和钉头鼠尾为一，特别是其笔调在顿挫方折的刚性之外，呈现出较多圆转流利的柔感，这也合乎人物的体态、造型，甚至情绪状态。加上局部穿插枯笔浓墨以强调结构和虚实，形成整体节奏，画家对笔墨语言的理解与驾驭力可见一斑。

画幅左侧以草书题识，题语系从苏轼七绝诗《醉睡者》脱化而来：“心不能行不如醉，口不能言不如睡。先生之睡醒醉间，万古无人知其意。”不难想象，蹀躞摆荡于醒醉之间的岂独画中人而已。黄慎本人即善饮，往往醉后兴发，淋漓满纸，人以“疏狂”目之。以职业画家角色立身原非黄慎初衷，好友马祖荣序其《蛟湖诗钞》，并不讳言这一点：“慎之寄于画也，非慎志也。”画家本人“此生足可惜，此志何能偿”（黄慎《感怀》）之类的自嘲也屡不一见。如果说疏狂与抑塞的内在冲突终其一生，就《醉卧图》微窥之，似亦不诬。（文 / 耿晶）

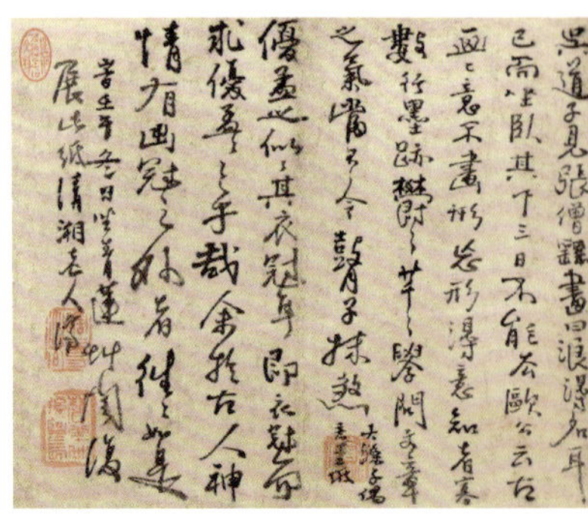

山水册页

（清）石涛

中国画 / 纸本水墨设色
19.7cm×23.8cm×12
清代
1964 年邓拓捐赠

这套清初画僧石涛的《山水册页》是 1964 年邓拓捐赠给中国美术馆的作品。为了充分展示变化无穷的画风，石涛经常采用八至十二开一套的册页形制，题材广泛涉及出游、家居、泛舟、远望、登山及有关笔墨方式与古人风格的评说。这套十二开的册页，构图上多采用“截取法”和特写镜头，直抒画家对自然山水的真切感受，共计出现人物 6 处，舟帆 4 只，另有屋舍多处，从人间烟火到隔江山色，在“仙凡之间”尽显石涛半生云游的真切视角。画中笔墨灵活多变，或淡墨渴笔，或浓墨点醒，或设色皴擦，既能看到米氏云点的操练，亦可体现画家敏感地捕捉各种造型，在点、线、皴、染不同层次的交替中体现“是法非法，即是我法”的绘画真谛。在晚明董其昌以来，特别是当时以复古为志的“四王画风”为“正统派”的主流笼罩下，石涛“以无法生有法，以有法贯众法”的独创主义打破了那种程式化的笔墨，狂洒在“造化钟神秀”般的“搜尽奇峰”，以其“最初之线”的境界超越一切格法。**（文 / 王萌）**

人物故事图（金碧山水）

（清）任伯年

中国画 / 绢本设色
150.7cm×69.1cm
1867 年

任伯年是清末海派四杰之一，其重视写生，又融汇诸家法，并吸取水彩色调之长，勾皴点染，格调清新，功力深厚、技法全面，山水、花鸟、人物等无一不能。

这幅《人物故事图（金碧山水）》是中国美术馆重要藏品之一。作品画面左上描绘了一座高耸入云的青山，云雾缭绕其间，陡峭的岩壁拔地千尺，危峰兀立，一座巨崖矗立，直插天池山腰，如苍龙昂首，气势非凡。画面正中一座金碧辉煌的雄伟的宫殿，金瓦红柱给人一种富丽堂皇的感觉，高高的台阶雕栏玉砌，亭台楼阁显得朝气蓬勃，富有动感，给人一种幽静而奔放的美。人物服饰考究，仪态肃穆，使人犹如走入仙境一般。四周树木耸立，郁郁葱葱，树木山石连成一片，宛如宫殿的后花园。作品整体工整细腻，设色端庄，构图匠心独运，是任伯年的力作之一。

此作品在 2018 年以前保存得并不是特别好：作品裱边有污渍，画面有诸多横向折痕，背后有皱褶起翘，甚至局部有严重的断裂缺失，作品上也有多处霉斑。这使得作品不具备安全的入藏条件与展示状态，因此中国美术馆决定对该作品进行修复。

作品材质为绢本，经年变化已然疏松脆化，画面又以矿物质颜料设色附彩，遇水极易脱落；需要在修复前对颜料进行加固，局部清洗去污，揭除覆褙纸，折痕加贴折条，缺失补全。考虑到原裱所使用的花绫具有一定年代，材料比较珍贵，在装裱的过程中保留原材料，将其作为天地隔水使用，再用古花纹的花绫加染天地裱料进行装裱，加粗地杆便于长久舒卷，画心和裱式和谐统一，使作品增添光彩。（文 / 徐晴付）

外祖德昌趙公暨
祖妣魏太孺人之像
光緒乙酉歲正月
孫壻任頤繪

赵德昌夫妇像

（清）任伯年

中国画 / 纸本水墨设色
148.5cm×80cm
1885 年

任伯年是我国清末著名的人物、花鸟画家，“海上画派”巨擘，是中国近现代美术史上极具影响力的画家之一。任伯年的绘画发轫于民间艺术，重视写生，又融汇诸家法，并吸取水彩色调之长，勾皴点染，格调清新。

《赵德昌夫妇像》是任伯年 45 岁时为其外祖赵德昌和夫人所创作的中国画作品。这件作品以生宣绘制而成，既突破了传统人物画的平面呆板局限，又极大地保留了传统人物画的风韵，以中国画坛能够接受的方式呈现在世人面前。画中人物面部结构严谨，笔墨与形的结合相当到位和娴熟，虽取正面坐姿，但不显刻板，而是自然生动。人物先以添胶没骨法设色，待稍干添线条，渴笔皴擦于眉骨下、眼睑、颧骨和骨梁的凹处，或加一抹淡墨，形体关系尽显。仔细观察可以看出赵德昌的形象以线勾绘，夫人的形象在五官结构转折处有淡墨烘染，增加了画面厚重感。这与任伯年早年在天主教会办的图画馆学习过西洋素描写生的经历颇为暗合。人物衣纹以墨线勾勒，再以墨色渲染，少有典型的钉头鼠尾描法展现其内外折转。地毯纹饰为云鹤图案，寓意“云鹤仙境”。这种以线为主体的表现方式贯穿于全幅，加之雅秀的文人气息，十分巧妙地把两种迥然的艺术思路糅在一起，笔墨精神、造型精到有韵味，更胜于前代，又有别于硬搬西方造型理念，形成独特的中国式的造型风貌。这幅作品写实而不刻板，造型严谨而不拘谨，形象逼真而不失神态，准确生动地表现出赵德昌夫妇的德高望重，展现出清末的历史特点和生活背景，更突显出中国画的内在写意精神。（文 / 徐进毅）

卅年学画梅繁简具矣
蓮青仁兄雅屬 丙辰四月維夏吳昌碩

绿梅

吴昌硕

中国画 / 纸本水墨设色
148.5cm×160cm
1916 年

这是海派巨匠吴昌硕先生所作的《绿梅》。梅花，位于梅兰竹菊“四君子”之首位，它具有傲雪、傲霜、不畏严寒的君子品格，成为古今画家喜爱并乐于表现的题材。吴昌硕酷爱画梅，自称“苦铁道人梅知己”。杭州余杭超山的古梅是吴昌硕先生的精神所寄，也是其创作的源泉。1927 年，耄耋之年的吴昌硕再次来到超山，在一株古梅旁选定了长眠之所。他离世后，其家人将他安葬在这里，完成了他钟情于梅花、与梅为伴的心愿，这也充分印证了画家“物我两化”的文人境界。

此幅《绿梅》是“以书入画”的典范，正所谓“石如飞白木如籀”。吴昌硕擅用篆籀的笔法来表现梅花枝干粗犷厚重、苍劲如铁的感觉。他形容梅花枝干为“蛟龙”“黑龙”“虬枝”“瘦蛟”，用焦墨和秃笔在纸面上纵横来去，用雄浑古拙的笔意来传达他“画气不画形”的艺术主张，用不同笔法描绘不同物象。例如，他讲“蝌蚪老苔隶枝干，能识者谁斯与邕”，又说“法疑草圣传，气夺天池放”，道明了枝干用隶书，苔点使用藏锋的圆点，而勾写花瓣则使用草书笔法，等等。这幅梅花作品充分展示了吴昌硕在状写梅花时用笔的妙处，以及他“以书入画”所达到的高度，成了海派绘画后期的经典之作。（文 / 王林燕）

泊舟

林风眠

中国画 / 纸本水墨设色
40cm×56cm
1941 年
2015 年舒济、舒乙、舒雨、舒立捐赠

在中国现代美术史上，林风眠的影响极其深远。这位品行高洁的艺术家和成就卓著的美术教育家，1900 年出生于广东梅县，19 岁赴法国学习油画。25 岁归国，先后出任国立北京艺术专门学校教授兼校长、国立艺术院教授、校长。抗战期间，随校内迁。1938 年，他辞职离校，偏居于重庆郊区嘉陵江南岸大佛寺一间破败的农舍里，潜心于中西融合的彩墨画创作。抗战胜利后，回杭州任教。1951 年移居上海，先后任上海中国画院画师，中国美术家协会上海分会副主席、主席，中国美术家协会常务理事，中国美术家协会顾问等。后定居香港，1991 年逝世。

林风眠一生致力于调和中西艺术，是一位融合派大家。与徐悲鸿吸收西方古典写实艺术以改良中国画不同的是，林风眠融合西方现代艺术的表现精神与中国古典艺术的写意精神，力图将印象派的光色、立体派的结构、汉唐壁画的生动、宋元瓷绘的流畅结合起来，别创清丽脱俗之林派彩墨画，在中国现代绘画史上自成一体，光彩夺目。《泊舟》是林风眠隐居在重庆时期创作并赠送给老舍的一幅彩墨画，2015 年由老舍的子女捐赠给了中国美术馆。这幅画上，近处是一叶扁舟，舟上蜷缩两人，远山隐隐如黛，两只鸟儿轻轻飞过，无端的愁绪经由清冷的色调弥漫在画中，正是画家当时心境的真实写照。画面的构图、笔墨都不同于传统的中国画，但是，诗意、含蓄的情韵则又完全是东方的。

林风眠一直相信艺术是人生一切苦难的调剂者，是人间和平的给予者，相信艺术能够通过她的两大利器——美与力来实现这些功能。正是基于这样的信念，他用画笔创造兼具美与力的艺术来慰藉心灵并温暖众生。（文 / 裔萼）

流民图

蒋兆和

中国画 / 纸本水墨设色
200cm×1202cm
1943 年

蒋兆和是著名的人物画家、美术教育家。

1943 年，时值抗战时期，蒋兆和在沦陷区北平完成了《流民图》长卷。最初，全幅画作高 2 米，宽 27 米，描绘了百余位流落北平街头的平民的形象。现仅存 12.02 米宽的上半卷，下半卷已不知所踪。1998 年，蒋兆和夫人萧琼女士，将上半卷《流民图》捐赠给中国美术馆。

《流民图》是 20 世纪中国美术史上极其重要的人物画创作之一，其思想价值不可估量：现实主义的创作观念，写实主义的语言风格，是对民族、国家和人民苦难境遇的真切写照。整幅画作中的人物形象，以等身体量造型，营造了国破家亡、百姓流离失所的悲惨景象。

这些失去尊严甚至生命的“流民”，有因灾荒进城的饥民，也有因战争所迫进城的难民。诚如蒋兆和所言：“识吾画者皆是天下之穷人，唯我所同情者，乃道旁之饿殍。”

《流民图》是一幅见证了 20 世纪上半叶中国人民苦难经历的历史画，画作中闪耀的人道主义精神，时刻警醒着我们反思艺术的价值和意义，反思艺术的终极关怀的问题。**（文 / 魏祥奇）**

黃山平天矼望
西海門深谷中
萬松烟靄如入
夜山 賓虹

万松烟霭

黄宾虹

中国画 / 纸本水墨设色
132.6cm×66.5cm
20 世纪 40 年代

《万松烟霭》描绘了黄山西海门万壑松风云海的奇观，画中石径蜿蜒曲折，山石深秀葳蕤，树木朦胧苍翠，茅舍掩映其间，显出“干裂秋风，润含春雨”的盎然气象。题识：“黄山平天矼望西海门，深谷中万松烟霭，如入夜山。”整件作品有一种“能作至密，而后疏处得内美”的境界。无年款，笔墨近看迷茫朴茂，远观则生机流溢，应为20世纪40年代最成熟期的“黑宾虹”作品。

在黄宾虹看来，中国古典美学的道理正在太极图中——和谐、对称、平衡、循环、稳定和运动中的变化，奇险变平正，平正变险绝。气韵论、章法观、虚实说都来源于太极图，黄宾虹终其一生研究并践行的太极规律正是笔墨艺术的辩证法则。他说，“国画民族性，非笔墨之中无所见”，而笔墨的魅力正来自太极观念，此正所谓“中国画的一切奥秘都在太极图中”。此图笔笔相生相对，相辅相成，构成千变万化的运行轨迹，点线之间的生命张力，正是运笔用线作圆转运动的状态。黄宾虹称笔线为“力学”，所谓“万毫齐力”无一笔浮落。此图真正做到了“笔笔是笔，笔笔见笔”，力相互作用，形成“犄角对峙”，势和力相克相生、丰富多彩、千变万化，证验着宇宙生成规律。

多年来，黄宾虹的绘画一直受到美术界的广泛关注，并不断释放出巨大的能量，影响着当今中国画坛。黄宾虹和一般画家不同的是，他是一位革命者，是有独立人格的思想者。他自称“学人”，把绘画与民族文化的兴亡联系起来，成为有担当意识和文化理想的艺术家。黄宾虹的画学思想和创作实践，成就了 20 世纪中国美术的峰巅，让人感受到中国民族文化精神的高华气格和强大张力。

《万松烟霭》曾经在中央电视台播出的纪录片《美术里的中国》里亮相，经典作品走出中国美术馆，以崭新的姿态出现在观者眼前，艺术与技术的“浪漫邂逅”阐释出经典美术作品的时代价值。（**文 / 程阳阳**）

甲申之夏
悲鸿写

奔马

徐悲鸿

中国画 / 纸本水墨
90cm×50cm
1951 年

徐悲鸿，原名寿康，江苏宜兴人，中国现代著名画家，美术教育家。自幼随父学画，1916 年入上海震旦大学法文系，半工半读，并自修素描。1918 年赴日考察，半年后返国，应蔡元培之聘，任北京大学画法研究会导师。1919 年官费留学法国，1923 年入巴黎高等美术学校学习西画。1927 年回国，先后任中央大学艺术系教授、北平艺术学院院长。1946 年始任北平艺术专科学校校长。新中国成立后，任中华全国美术工作者协会主席、中央美术学院院长。

徐悲鸿一生致力于以西画的写实主义精神变革中国画，开启了中西比较文化视野下，以中融西的创新之路。他的大型主题性美术创作以古喻今，蕴含历史的深度和人道主义的激情。他还将这种家国情怀以托物言志的方式寄寓在笔下的万物生灵，成为那个时代乃至当下民族精神的另一种生动象征。

徐悲鸿钟爱画马，在欧洲留学时就到动物园画过大量马的速写，认真研究过马的结构。他画马能将坚实的造型结构与中国画的笔墨韵味相融合，在写实主义追求中融入浪漫气质和象征意味。其笔下之马，有“一洗万古凡马空”之气概，无论是“哀鸣思战斗，迥立向苍苍”的战马，还是千里驰骋、桀骜不羁的“奔马”，抑或放浪形迹于江湖水草之畔的“天马”，无不下笔爽利，豪放大气，不仅熔铸了徐悲鸿人格气质与创作激情，也体现了民族和时代的精神。此幅《奔马》四足凌空，昂扬驰骋，笔墨与结构相融，既画出马的体量，也表现出马的飞扬奔腾之势，予人以一往无前的精神力量。（文 / 韩劲松）

大黄牛
肥又大
土改以後到我家

老黄牛

李可染

中国画 / 纸本水墨设色
64cm×40cm
1951 年

中国现代国画大师李可染先生不仅以雄奇壮美的山水画闻名于画坛，也酷爱画牛。他不只画牛，寄托情思，还以牛为师。他的画室名为“师牛堂”，又有“师牛”“师牛堂”“孺子牛”诸印，以示其志。这幅作品不同于李可染先生笔下经常出现的水汽淋漓、情趣盎然的牧童和水牛的意向，其画面主体为一个牧童牵着一头壮硕的黄牛。黄牛刻画虽寥寥数笔，但用笔洒脱自然，准确捕捉了黄牛的动态。而牵着牛鼻绳的牧童，回眸望向黄牛，自然松弛，似与牛朝夕相处，爱护之情溢于言表。整个画面朴实而鲜活，真实而生动。

1950 年颁布的《中华人民共和国土地改革法》，使得广大贫苦农民拥有了属于自己的土地。这幅作品正是创作于 1951 年李可染随同中央美术学院全体师生参加土地改革期间，新中国的新气象激励了李可染，与以往不同，他此刻从黄牛的形象中体悟到自己所向往的民族精神、民族性格和民族气魄。品读李可染先生的这幅《老黄牛》，可以发现其中饱含着对老黄牛精神的礼赞，而老黄牛的精神也必将随着这幅作品代代相传，生生不息。（文 / 李暨涵）

和平万年
九十二歲白石

和平万年

齐白石

中国画 / 纸本水墨设色
69cm×33.5cm
1952 年
2015 年舒济、舒乙、舒雨、舒立捐赠

齐白石是中国近现代绘画大师，是 20 世纪中国美术史上杰出的艺术巨匠。《和平万年》是齐白石于 92 岁高龄创作的。画中表现了如意耳长颈瓶，墨色清淡，线条简拙；瓶内三两枝红荷，色彩清丽喜人；位于画面左后侧的万年青盆栽，在墨叶左上开出亮丽的红果，与较浅的荷花形成一道向左下方延伸的美丽弧形，恰与画面右侧如意瓶的弧线形成呼应。整个画面浓淡相宜，构思十分巧妙，颇有情趣。

荷花与瓶子的组合，谐音“和平”，万年青的枝叶四季常绿，红果长久不落，象征吉祥如意，三者恰恰点明了题目——“和平万年”，不仅是内容的写照，更表达了绘者对和平生活的热爱和对永久和平的期盼。

齐白石的艺术受明清画家徐渭、朱耷、石涛、吴昌硕等人的影响，同时极富创造精神，构思奇特，不落旧蹊，最终形成独特的大写意国画风格，开创“红花墨叶”画荷法，透露出朴实、稚拙与天真的画意，给予文人士大夫的题材与风格乡土化、平民化的拓展和延伸，从而实现“衰年变法”，传递出“生活为我出真意，我为生活写春秋”的豪情。**（文 / 李蕴慧）**

老舍仁弟絜青女士同正 壬辰夏五月 九十二歲白石老人畫于京華城西鐵屋

红衣牛背雨丝丝

齐白石

中国画 / 纸本水墨设色
151.5cm×56.5cm
1952 年
2015 年舒济、舒乙、舒雨、舒立捐赠

“英雄名士孰先知，各有因缘在少时。今日相逢才晓得，红衣牛背雨丝丝。”这是齐白石在其国画《红衣牛背雨丝丝》上所题诗文。《红衣牛背雨丝丝》作于 1952 年，疏朗的画面中，描绘了一名玩兴大发的牧童，他躺骑牛背，于和风细雨中怡然自得地放风筝。水牛昂首踏进，风筝逆风舞动，两者的角力为作品带来一份升腾与跃动。秉持对“似与不似之间”的追求，齐白石通过对物象的提炼和简化，对线条的灵活运用，乃至对题跋位置的巧妙经营，使作品具有超越传统的视觉效果。

齐白石从一名民间画师到具有文人修养的大艺术家，其中不仅有个人的努力、友人的提携，更有时代的特殊性。新文化运动以来，文艺取向从古典走向现代。齐白石透过田家图式反映出朴素的文艺观察方式，不仅契合了时代需求，更使其收获了重要的艺术接受者——老舍、胡絜青夫妇。

老舍、胡絜青夫妇与齐白石交往密切。老舍曾两次出题，促使齐白石创作出《蛙声十里出山泉》等名作，胡絜青更直接拜师于他。文人与画家的交流在这里得到了最美妙的印证。这份交流建立在他们艺术的相似性上。老舍自幼饱尝生活的辛酸，体会了人生五味，其文风平实而幽默，作品通过普通人民的生活窥见人世真谛。齐白石透过老舍的文字，似看到了自己的绘画；而老舍也在齐白石的画中，发现了与其相通之处。1951 年老舍因《龙须沟》成为新中国第一位“人民艺术家”。齐白石此时也受聘为中央美术学院教授。两位处于事业顶峰的艺术家，在 1952 年的某一个初夏日相会，惺惺相惜之间，齐白石创作了《红衣牛背雨丝丝》这幅带有人生慨叹的作品，体现出他与老舍超越普通文人交往的情谊，以及作为当代“英雄名士”的身份认同。

2015 年，老舍夫妇的子女向中国美术馆捐赠一批家藏艺术珍品，不仅使《红衣牛背雨丝丝》成为馆藏齐白石又一力作，更让那份真挚的文化情怀成为与作品相得益彰的文化财富，为后世传颂。（文 / 王倩）

蓬萊閣在卧
龍山上舊說屬
會稽
賓虹 甲午年 九十又一

蓬莱阁

黄宾虹

中国画 / 纸本水墨设色
89.5cm×33cm
1954 年

据此画题跋来看，所绘为浙江绍兴卧龙山的蓬莱阁。此阁为五代吴越王钱镠所建，为浙东名胜，南宋末年为战火所毁。宾翁画此，当有历史兴亡之叹。署款甲午年，但从此画风格和宾翁作画题写的习惯细审，恐并非此年所画，当是其 1948 年赴浙定居后所绘，为晚年较为典型的朴茂黑密一体，后又于 1954 年略加补缀、整理重题。

宾翁曾言“五十年后人们才能懂我的画”，当下普通观者也确难窥其堂奥。那么，如何更好地赏读其作品呢？在此，我们可借宾翁知己傅雷先生在《观画答客问》中提出的“远近结合”之法作为赏读之门径。“观画固远可，近亦可。视君意趣若何耳。远以瞰全局，辨气韵，玩神味；近以察细节，求笔墨。远以欣赏，近以研究。”

远观，画中景象与山水大势粲然明豁：两山夹一水，前山乱石纵横、古松奇崛，下有水阁，二高士对谈；中段两人泛舟，水波不兴；推至后山，土石相叠，渐垒渐高，山间平整处布有屋舍、孤亭，松林掩映，益显幽邃；几抹黛青远山，更衬映出秋日的明净。整个山水气象峻朗整肃，横向的三段布局与纵向古松的左右欹斜相结合，形成大开大合而又浑然一体的布局，营造出山静日长的幽然古意。

近察，宾翁以连贯的书写性笔线勾勒立骨，分出山石树木的阴阳向背，随之皴擦点染综合运用、错落层叠，笔墨浑融而分明，形成一片氤氲之气。尤其是后山整体积染的淡墨花青，加之赭色的擦点和映衬，既暗示出土石结构的体量转折，又在浑厚中显华滋、苍茫中见腴润，彰显出“五笔七墨”的丰富细腻和语言美感。

傅雷先生又引古人语“看画如看美人。其风神骨相，有在肌体之外者……”，神品与逸品，往往“初若艰涩，格格不入，久而渐领，愈久而愈爱”，观此画正有此感。只要神志专一，虚心静气，严肃深思，我们将不断从宾翁“浑厚华滋”的山水世界和笔墨精神中感受到民族文化的“内美”。（文 / 邓锋）

寫西湖靈峰草中所見
是花常見於西湖山坡中土名地雷花亦名龍爪云
時甲午初夏雷婆頭峰壽者指墨并記

棕榈

潘天寿

中国画 / 纸本水墨设色
177.4cm×47.4cm
1954 年
1962 年艺术家本人捐赠

这幅作品应是 1962 年 9 月底“潘天寿画展”在新落成的中国美术馆举办后由艺术家本人挑选并捐赠给国家的，弥足珍贵。

从款题和画面内容来看，作品作于 1954 年初夏，描绘的是西湖灵峰道中常见小景：一株含苞吐蕊的棕榈树和一株昂首绽放的龙爪花（又叫彼岸花，学名石蒜），纯以指墨画法为之。20 世纪 50 年代中期，在新的时代环境和文艺方针下，潘天寿通过写生和题材扩展开始自觉地探索花鸟画的新变，并逐渐达到艺术创作的高峰。此幅具有写生性质的作品正绘于这一转变时期，同年还有“写苏州道中所见”“写西邻园中所见”“写西子湖上所见”等。

以指作画最早见于《历代名画记》记载，谓张璪作画时“或以手摸绢素”；清初，铁岭高其佩大量尝试，使之正式成为一种独特的画法；至近现代，则以潘天寿先生最擅此道，并将之推至前所未有的艺术高度。中年之前，潘先生于此偶有所作；抗战期间，由于条件限制，便重新研究这一画法；抗战胜利后，日益成熟，形成指笔并行、互相补益的独特创作路径。

潘先生曾言：“余作毛笔画外，间作指头画，何哉？为求指笔间运用技法之不同，笔情指趣之相异，互为参证耳。运笔，常也；运指，变也。”可见，指画的探索不仅是因生拙异趣与自身个性相关，而且也是其思考“常”与“变”辩证关系的自觉实践。此作以指当笔，充分调动手与指的各个部位，灵活多变，曲尽其态：树干之朴拙，棕衣之毛涩，枝条之劲挺，叶片舒展的泼辣纵逸，花苞初绽的老嫩相间，指下的物形、物态与墨色质性完美契合，体现出潘先生指画技法的高超娴熟。一枝独秀的龙爪花刻画得尤为精美娇艳，令人称绝。

此作的匠心独运还体现于章法布局上，若以右下树干为起势，至干末则一分为二，一枝上挺为承，一枝下垂为转，迎上的龙爪花及左下精心安排的款题则暗相围合，形成通透严密而又稳定天成的整体架构。同时，钤印位置与色彩呼应也都有着极为缜密和巧妙的安排。如此寻常之景，却能在潘先生的苦心经营中架构出骨力强健、野逸蓬勃的气势与格局，真可谓小中见大、尽精至广。（文 / 邓锋）

於青藏公路之格尔木
一九五五年春黄胄作

洪荒风雪

黄胄

中国画 / 纸本水墨设色
73.4cm×117cm
1955 年
艺术家本人捐赠

黄胄的《洪荒风雪》创作于1955年。这一年艺术家只有30岁，正处在艺术创作的鼎盛时期。新中国成立以后，中国进入社会主义建设初期，新中国的成立极大地提升了中国人民的信心。在新中国的这张蓝图上，艺术家和社会一道表现出了大无畏的浪漫主义情怀和乐观精神。黄胄的《洪荒风雪》，正是展现这种精神状态的一幅作品。

黄胄，师从赵望云、李可染等国画家，早年参加过人民解放军，常年在西北等地写生，擅长表现少数民族，作品富有浓郁的生活气息。在这幅作品中，黄胄以西画满幅不留白的构图方式，加上中国画笔墨丰富的效果，展现了青藏高原上地质勘探队员在风雪中依然面带微笑、热闹弹唱的场景。这幅作品取材于艺术家自身的经历。他在青藏高原戈壁滩的漫漫风雪中艰难跋涉时，突然听到清脆的驼铃声，一队骑骆驼的地质勘探队员迎面而来。艺术家被建设者们的精神感染，创作了这幅写生作品。作品采用了仰视的视角，产生了一种“纪念碑式”的效果，充分诠释了艺术家对画中人物褒扬敬佩的感情。作品基调清新明快，人物姿态和环境的刻画十分逼真，将画中人物建设新生活的饱满热情展现得淋漓尽致，反映了一个民族对美好幸福的热切渴望，在沸腾的生活面前，一切困难和危险都很渺小，这是时代精神的生动写照。这幅作品在 1957 年获得了世界青年联欢节的金质奖章，为艺术家赢得了荣誉，也奠定了艺术家在美术界的位置，是无可争议的能够代表艺术家艺术成就的作品，也是反映一个时代的经典作品。（文 / 张希丹）

粒粒皆辛苦
一九五五年六月
增光

粒粒皆辛苦

方增先

中国画 / 纸本水墨设色
105cm×65.2cm
1955 年

《粒粒皆辛苦》是中国美术馆 13 万余件珍藏中我喜爱并乐意为大家推介的精品之一。这件作品由方增先先生于 1955 年创作，表现的是一个赶驴车的老农停下来把掉在地上的麦穗一粒一粒捡起来的场面。老农身着青灰色的土布衣服，头戴白巾，长满胡须，体现了一个劳动者的沧桑。画面集中在他伸出右臂全神贯注捡麦穗的一瞬间，人物的眼神与麦穗之间形成情感的呼应。画中有一处值得关注的细节：地上的麦穗边有几粒散落的麦子，这几粒麦子扣题“粒粒皆辛苦”。

顺着这位老农的身后看，那是一道驴车的车痕和驴的足迹，驴车上满载着麦穗、麦秸。健壮的驴子站在那里，等待着主人拿着麦穗再回头赶车。通过画面形象，我们可以联想到连环绘画般的故事情节。

方增先先生功底扎实，这功底不仅体现在他的笔墨上，还体现在他的造型能力上。先生用精妙的表现手法呈现出一位老农形象，从他的人物塑造还可以看到中国笔墨神韵，是中国水墨人物画中的一座高峰。

《粒粒皆辛苦》表现了人们对庄稼和粮食的珍爱，也强调了节约勤俭的美德。这件作品完全可以跟米勒的《拾穗者》相媲美。油画与中国画各有自己的表现方式，是两种不同的艺术创造，但其中的思想之美、艺术之美、技巧之美是可以进行对话的。这幅优秀的作品反映了时代的风貌、艺术家的情怀和高尚的精神追求。（文 / 吴为山）

一九五六年清明节写
雨花台
傅抱石

雨花台

傅抱石

中国画 / 纸本水墨设色
58cm×78cm
1956 年

南京雨花台，俗称“石子冈”。相传南朝梁代云光法师在山顶筑台讲《法华经》，一时落花如雨，遂有“雨花台”之名。从 1927 年蒋介石发动“四一二”反革命政变到新中国成立前，雨花台变成了国民党反动派屠杀中国共产党人和爱国人士的刑场。1950 年，党和政府在雨花台修建了烈士陵园。这幅画描绘的是 1956 年清明节，人民群众冒雨前往雨花台祭奠先烈的情形，是现代中国画大家傅抱石在 20 世纪 50 年代与时俱进、探索改革创新中国画的力作。画面取景于登临雨花台的一处道路交汇的山坳，阴雨连绵之中，草木含悲。冒着斜风细雨，人们缓缓前行，蜿蜒的山路上散布着各色雨伞，给情绪低沉的画面带来一丝光亮。远处山顶上迎风飘扬的红旗，象征着革命先烈的精神永远指引着后来者前进的方向。傅抱石以散锋用笔，产生笔墨皴法的浓淡虚实变化，在尺幅之间呈现出恢宏气象和深沉情怀。（文 / 杨应时）

桃竹花鸭

陈之佛

中国画 / 纸本设色
98.6cm×41cm
20 世纪 50 年代

陈之佛，原名绍本，又名子伟、杰，号雪翁，浙江省慈溪市人，我国著名工笔画家，工艺美术的先驱，美术理论家和美术教育家。

陈之佛既深植传统，入古出新，又具备丰富的图案设计经验和高超的西画技巧，博采东西艺术之所长，在强调艺术民族性和时代精神的同时，从现代美学视角观照工笔画艺术创作，重新阐释和发掘了工笔花鸟画之精华，扭转了近代中国工笔花鸟画式微的局面，并将工笔花鸟画推到一个崭新的历史高度，成了传统工笔花鸟画变革的扛鼎之人。

陈之佛认为："花鸟画很讲究形式美，一幅优秀的花鸟画，往往是形式美的处理最得法，也是最符合人们欣赏要求的东西；而表达花鸟画上的形式美，主要又在构图和设色两方面。"构图与设色便成为陈之佛工笔花鸟画形式美感的重要表现路径。《桃竹花鸭》便是构图和设色相得益彰的佳作。该画取"春江水暖鸭先知"之诗意，采用中国传统工笔花鸟画的竖幅折枝式构图，笔意通达畅神，设色丽中见雅。点点桃花，红白相间，几枝摇曳的绿竹穿插其间，更显桃花娇艳。一只色彩斑斓的鸭子悠然自得地在水中嬉戏，呈现出一派生机盎然的景象。画面有自上而下的动势，花枝从画幅的左上角起，逐渐向右下发展延伸，引出花下戏水逐花的鸭子。画面下部的色调以素雅的冷色为主，画面上部的色调以热闹的暖色为主，一冷一暖、一动一静，一派和谐清新的画面。（文 / 邵菁菁）

黃河清
一九六〇年九月

黄河清

傅抱石

中国画 / 纸本水墨设色
51.2cm×76cm
1960 年

1960 年 9 月 21 日，时任中国美术家协会副主席、江苏省国画院院长、著名画家傅抱石先生，率江苏国画写生团抵达三门峡市，参观了建设中的三门峡大坝工地。他被眼前黄河之水变清的景象吸引，当即创作了多幅写生，并于该年年底整理创作了这幅《黄河清》。

这幅作品采用俯视、由近及远的平远视角，横向的山河构图，构成了一种非常开阔的气象。黄河横向蜿蜒，占据画幅大半，河面略施花青淡染。正如傅抱石画中题记所描绘的那样："黄河之水，清明澄澈，一平如镜。"

画面前景山头上矗立着一组电线杆，使其既有别于传统山水题材，又增强了画面构图的走势。在用抱石皴重墨描绘的山石沟壑中，隐约可见密密麻麻的车队、人流、工房，这些点景既反映了大坝建设的热闹景象，也反衬出整个场景的宏大。

作为 20 世纪传承和变革中国画的代表，傅抱石在新中国时期，将中国传统绘画技法与写生方式相结合，进行了新的创作实践。在大力倡导生态环境的今天，我们再来观看这幅作品，除了能够感受到傅抱石独特的绘画风格和画面体现的时代精神以外，更能感受到"青山绿水"对美好生活的重要。**（文 / 戴舒濛）**

秋鹜

林风眠

中国画 / 纸本水墨设色
68.5cm×69.3cm
1960 年

林风眠是 20 世纪中国现代美术先驱，中国现代美术教育的重要奠基人，是“中西融合”艺术理想的倡导者、开拓者和重要代表人物。1925 年冬，不到而立之年的林风眠从法国留学归国，在蔡元培的力荐下被聘请为国立北平艺术专科学校校长，投身“改革”艺术教育的事业。他认为“绘画的本质是绘画，无所谓派别，也无所谓中西”，只有努力“调和”中西艺术，才能达到艺术的个人实现和精神理念的整合，从而“实现中国艺术之复兴”。

从抱定“为中国艺术界打开一条血路”的决心，到以“我入地狱”之精神主持多次西化艺术运动，其中西调和的教育理念，均未能彻底实现。20 世纪 50 年代中期，随着对“新画派”和以他为代表的“形式主义”的批判愈演愈烈，林风眠离开了中央美术学院华东分院，开始了他在上海孤独的“退隐”生活。他不再对外宣称自己的艺术主张，按照自己的想法，在一个相对自由的空间里思考艺术。《秋鹜》即是这一时期的代表之作。

《秋鹜》创作于 1960 年，与《水上》《早春暮色》《四鹭》《鱼鹰小舟》等 11 幅作品一同被收藏于中国美术馆。作品中水面辽阔，芦苇低垂，五只黑鹜高低错落，展翅低飞，优美轻快地悬于天地之间，却又始终笼罩着一层孤寂的色泽。画面通过大块水墨晕染，采花青、缀赭墨，略施西法之光线结构，加以小笔勾勒皴擦，毫不费力地营造出江雾迷蒙的东方意蕴与“短暂即逝”的现代性审美，寥寥数笔，将传统绘画的气韵与西方现代绘画的形式感融会贯通。

这只毕生追求艺术理想的“孤鹜”，也在找寻绘画自身意义的苦旅中，形成了独特的人格精神与时代精神，走出了一段独特美的历程。（文 / 杨子）

待细把江山图画

待细把江山图画

傅抱石

中国画 / 纸本水墨设色
100cm×111.5cm
1961 年

傅抱石，原名长生、瑞麟，生于江西南昌，祖籍江西新余，自幼学习篆刻与绘画，为了表达对石涛的崇拜，自号抱石斋主人。1933 年在徐悲鸿的帮助下东渡日本留学，专攻雕塑及东方美术史，并继续研习篆刻和绘画。1935 年回国，在南京中央大学艺术系任教。抗日战争期间，随中央大学迁至重庆，居住在歌乐山金刚坡。在这里，傅抱石形成了自己独特的艺术风格。1949 年后，傅抱石先后在南京师范学院美术系、江苏省国画院工作，历任江苏省美术家协会分会主席、中国美术家协会副主席、全国政协委员等。《待细把江山图画》是傅抱石山水画中极具影响力的作品之一，画名取自宋代辛弃疾的诗句。1960 年，傅抱石率江苏国画院写生团到达华山，体力不支，未能登顶，只能在山下青柯坪仰观。这虽然是一个遗憾，却造就了《待细把江山图画》的独特视角和结构。画面以俯身高仰的角度展现了华山的雄姿勃发，物象满而不缀，空间感极强。近景中缓坡上，林木、房屋、人影隐现，弥漫在山谷的雾气自然拉开了高高耸立的山峰间的距离，使画面充满空灵通透的气息，观之仿佛可以听到山林中的林籁泉韵与空谷传音。其独创的抱石皴与点法、墨法相互配合，勾画出的山岳脉络与景深效果浑然一体，完美展现了华山的磅礴气势和浓浓诗意。画题与景物相得益彰，艺术家为千古名句赋予了完美的形象，其中对“细”的刻画尤令观者动容。立意触情，艺术家用自己独树一帜的艺术风格，细致地展现了华山的醉人景致，更细腻地传达出了艺术家对这壮美河山的热爱之情。白文钤印“换了人间”，准确地表达了这种新的气象，这种气象既具有强烈的民族特点，又突破了传统文人的水墨程式，具有强烈的时代气息，体现了“江山就是人民，人民就是江山”的炙热情感。**（文 / 张希丹）**

南泥湾途中

石鲁

中国画 / 纸本水墨设色
67.5cm×68cm
1961 年

这幅中国画延续了石鲁笔墨酣畅硬朗的风格，画面自下而上留出一道山间小路，拉开了主体山脉的结构，路上有手持开荒工具、骑行负重的点景人物。途中山石与挺拔的丛树不仅渲染了画面意趣，还将开赴南泥湾人物的心境和浪漫景致加以叠合与诠释。画面右侧的山体比左侧更为雄浑，画家苍郁雄厚的运笔皴法传达出“黑、怪、野、重”的率犷意象，山石逐渐朝上，展现出惊心动魄、高亢激昂的形貌；左侧的山体笔墨淋漓、兼皴带染，与山上树木富有节奏的铺陈浑然一体，同时与中间的行道和右侧的主山相呼应；画面最上方采用层次分明的淡墨晕染，描绘出连绵旷远的山峦。整幅作品描绘的景致兼具蜿蜒曲折与高耸陡峭之美，画家将墨色与笔力相结合，表现出拓荒队伍进入南泥湾的历史性场景。（文 / 王萌）

風雨萬方黑紅岩一幟紅仰欽奮彤筆揮灑曙光中
錢松嵒寫紅岩并句

红岩

钱松喦

中国画 / 纸本水墨设色
104cm×81.5cm
1962 年

《红岩》是新中国山水画创作的经典之作，是钱松喦在写生途中根据重庆红岩村的景色，经过艺术加工而创作完成的作品，歌颂了“红岩精神”，即救亡图存的爱国精神、不畏艰险的奋斗精神、同舟共济的团结精神、勇于牺牲的奉献精神及坚定的共产主义理想与信念。画家满怀对这种革命精神的崇敬之情，以朝圣般的情感，大胆运用色彩，将画面中一整块岩石勾斫完成后，以朱砂罩染，渲染出一种奔放而壮美、充满革命信仰的精神景观。此作立意新颖，结构紧实，双勾的芭蕉、石路，画面上方用浓墨点写的远树，与红色岩石巧妙过渡，构成了画面虚与实、整与破的矛盾关系，既表现了以形式语言所营造的崇高之美，又饱含了对实景山水的描绘，正所谓“气质俱盛”，以山水画展现了时代精神。（文 / 王林燕）

潘天寿，擅书画，精画论，重教育，被誉为现代中国画的一代宗师。潘天寿钟爱雁荡山，雁荡山的峻峭山石、花鸟虫草都是其笔下的重要元素。雁荡山花系列作品更是其重要的代表作，也是新中国中国画变革的经典。

作于1962年的《记写雁荡山花》是一幅丈二大画，以山花野草、青蛙和小虫为主角，蓬勃劲茁，色彩明亮。大自然的生命伟力透于其间。整个画面在视觉上奇崛险要，前无古人的方形体块构图，凭一根轮廓线撑起千钧之重，勾勒顿挫有力。山花、野草、苔点弱化了石头的坚硬感，大片留白则突出空间，营造出清幽的

记写雁荡山花

潘天寿

中国画 / 纸本水墨设色
150cm×359.6cm
1962 年
1981 年何愔捐赠

意境。近景山岩与山花呈现出山野自然的勃勃生机，也是新中国劳动人民当家作主的映射。题跋印章也是画面的组成部分，“不雕”“阿寿”“宠为下”朱砂印鉴增强了画面的形式感，篆书“记写雁荡山花”、行草“六二年壬寅婪尾春开候寿者”，依着岩石的走势的题款，使疏密对比更为强烈。

这幅作品体现了潘天寿主张坚持传统、力求创新、拉开中西距离的创作理念，也是他探索花鸟山水、工笔写意，试图从中国画内部寻求适应新社会审美的需求的创新之作。因此，潘天寿被誉为最后一位传统派大师和探索中国画现代性的先行者。他不仅创造了一个新的构图方式，视觉感受也符合现代人的审美趣味。欣赏此作，可远眺、可俯瞰、可近察，不同距离和角度会有不一样的强烈感受，画面上每一个细节都经得起推敲。其视野可谓远眺古今、俯瞰天下、近察内心；其境界至刚至柔、至臻至简，是昂扬向上的浩然之气、温润清新的时代新风。

这幅作品入藏中国美术馆亦有一段渊源。20 世纪 80 年代，刘开渠馆长在杭州向潘天寿夫人何愔女士提出馆藏中有多幅潘老先生的作品，但多是中等尺幅、竖幅的作品，最好再有一件横幅的大作品。何愔女士当即答应将大横幅巨作《记写雁荡山花》捐给中国美术馆。刘馆长豪爽地表示回去给潘老做个雕塑铜像，放在美术馆院子里作为感谢。当年刘开渠馆长因种种原因没有完成潘天寿雕塑。2017 年在纪念潘天寿 120 周年诞辰之际，潘天寿的哲嗣潘公凯向在任中国美术馆馆长、雕塑家吴为山提出，作为后任馆长替前任馆长完成那个 30 多年前的心愿，将潘天寿坐像再翻制一个，放在美术馆院子里。吴馆长当即表示：“承诺当然应该兑现。”于是，现在的中国美术馆东南角就有了一尊潘天寿的坐像。它见证着这个伟大的时代，也见证着一代代中国美术馆人守护文脉的孜孜不懈与拳拳之心。（文 / 安远远）

萬山紅遍層林盡染

万山红遍　层林尽染

李可染

中国画 / 纸本水墨设色
69.5cm×45.5cm
1962 年

李可染，江苏徐州人。幼喜绘画，13 岁从钱食芝学画山水。1923 年考入上海美术专科学校初级师范科，1929 年考入国立艺术院研究班学习西画，得林风眠赏识。1930 年参加左翼学生组织“一八艺社”，后因该艺社遭禁而被迫辍学，回徐州艺术专科学校任教，以画笔为武器，积极投身抗日宣传工作。1943 年应陈之佛之邀，任国立艺术专科学校国画讲师。1946 年应徐悲鸿之邀，任教于国立北平艺术专科学校。后拜齐白石为师，并问学于黄宾虹，前者的独创精神和后者的笔墨学养对他产生了深刻影响。1949 年后，曾任中央美术学院国画系教授、全国政协委员、中国美术家协会副主席、全国文联委员、中国画研究院院长。

作为中国现代山水画的开拓者，李可染自 20 世纪 50 年代始，壮游南北，从写生入手，进行笔墨变革，改造旧国画，开辟新境界；60 年代成功实现写生的升华和艺术的突破，进入创新与成熟期，并自成一家。

20 世纪五六十年代，毛泽东诗词成为许多艺术家的创作题材，李可染的《万山红遍　层林尽染》是其中代表性的作品之一。1962—1964 年，他以毛泽东《沁园春 · 长沙》中的名句“万山红遍，层林尽染”为主题，先后创作了七幅山水画。中国美术馆珍藏的这幅创作于 1962 年。此画描绘的是美丽的南国深秋景致，以红为主调，以墨为底色，色墨交融，红黑辉映。朱砂渲染了红色山河的壮丽与绚烂，墨色增加了画面的整体感和庄严感，写生的丰富性与诗词的象征性融而为一，作品浓艳而静穆，雄浑而华滋。画家大胆地将主观情感投注其中，以充满激情的笔调抒发对祖国河山的热爱，以及对新中国的赞美。**（文 / 裔萼）**

新队长

姚有多

中国画 / 纸本水墨设色
163cm×115cm
1962 年

《新队长》是姚有多先生于 1962 年创作的中国画作品，表现的是新中国的新一代农民形象。占据画面主要位置的新当选队长似在发表讲话，显得意气风发，充满工作激情。三位老农和一名女会计围坐左右，脸上洋溢着的喜悦之情，体现出他们对新队长工作的满意和支持，表现了新社会中的农民乐于奉献的精神风貌及对美好生活的向往。

《新队长》创作于 1962 年，深入生活、表现生活是当时美术创作的主旋律，写实绘画成为创作的主流。作为青年画家的姚有多先生正逢此时。他融合了西方绘画的写实手法和传统笔墨技巧，兼用浅绛法晕染面部肌肤，实现了笔墨技巧与内容形象的和谐统一。其豪放朴拙的画风，生动传神地凸显出人物的神采，并成功传达出人物质朴忠厚的品格，颇具鲜明的时代特色。（文 / 吴国宝）

延安頌

延安颂

钱松喦

中国画 / 纸本水墨设色
182.5cm×125cm
1962 年
2022 年林小山、孙杰捐赠

钱松喦，又名松岩、松严，江苏宜兴人。曾任江苏省国画院院长，江苏省美术家协会主席，中国美术家协会常务理事，第四、第五、第六届全国人大代表。善山水、人物、花鸟，是当代新中国画的代表人物之一，新金陵画派领军人物。

延安是新中国革命圣地画的一个重要母题，它是地理上的延安，也是人们心中的延安，是被寄予崇高想象和精神价值的圣地。

延安是沿着黄土沟发展起来的地方，在 Y 形沟的交叉处分布着三座山：宝塔山、清凉山和凤凰山，Y 形沟流淌的就是延河水。于是“巍巍宝塔山，滚滚延河水”就成为极具代表性的延安象征，而新中国成立后建成的延河大桥又给这个象征赋予了新时代的符号。实际上，宝塔坐落在山腰一块高地而非山顶，要想使它巍然屹立在山顶而不为山所掩，要么站在延河对面清凉山脚，要么站在延河下游，只有这两个位置宝塔才能突出天际，同时又能兼顾到延安的相关标志性景物。

画家是在此种限制之下展开他的构思创造的，既要符合现实，又要符合关于圣地的崇高想象。此幅《延安颂》作于 1962 年，是他延安母题系列画作中较早的作品。作品以竖幅立轴形式表现，从延河下游视角对望宝塔山，迎面主峰雄峙，宝塔巍然立于主峰之巅，塔山永峙，延水长流。画面左侧下方依稀可见延河大桥，深沟里厂房林立，体现出圣地新貌。近景几棵松树郁郁葱葱，寓意江山永年。整幅作品用笔遒劲重拙，体现出书法用笔的沉涩古朴之美，墨色凝重浑厚，苍润华滋。山体浓墨勾皴加以点染，又有轻描淡写的小树围绕宝塔，使宝塔与山的气势更为雄伟。宝塔、天空及近处延河略施曙红、赭石色，如曙光初照，给画面增加了无限生机，也寓意着延安精神永放光芒。

钱松喦的革命圣地画是其新山水画创新实践的一部分，他能够把握时代脉搏，将时代精神灌注于笔墨意境之中，实现了中国画的重要突破。（文 / 韩劲松）

文西

祖孙四代

刘文西

中国画 / 纸本水墨设色
119cm×96.6cm
1962 年

刘文西先生是写实主义中国画的代表人物之一。他始终坚持毛泽东《在延安文艺座谈会上的讲话》精神，坚持“从群众中来到群众中去”的文艺创作原则，多次走到陕北农民群众中去，深入生活，提炼生活，身体力行地进行创作。在先后 60 多次的采风中，刘文西积累了大量的创作素材（各式速写 20000 余张），真正体现了老一辈艺术家“艺术为人民”的真挚情感。在深入陕北的过程中，刘文西几乎化身为农民。他满怀对劳动人民的大爱，以独特的视角、朴拙的用笔和现实主义的表现手法，成功地塑造了黄土高原上的农民形象，形成鲜明的风格面貌，被誉为“黄土画派”的代表人物。

此幅《祖孙四代》水墨人物画作品是刘文西先生于 1962 年创作的。画家依凭巧妙的构思和粗犷有力的笔墨，成功地塑造了黄土高原上祖孙四代的形象，也寄寓了四代人同土地的关系及他们之间的关系。画面洋溢着对新生活的向往与希冀之情，极具创新意味与时代感。（文 / 吴国宝）

常熟田
常熟縣境平疇萬頃歲歲豐穰真迺名實相符
錢松嵒并識

常熟田

钱松喦

中国画 / 纸本水墨设色
53.3cm×35.7cm
1963 年

《常熟田》是钱松喦先生1963年在江南写生时，根据在常熟虞山所见江南鱼米之乡的新景象有感而作。画家跳出了传统“三远法”窠臼，采用了鸟瞰式和满构图的方法，将山顶置于画面下方，举目远眺山脚下白墙黑瓦的江南民居沿湖而建，港汊之上多座拱桥连接着两岸，湖中帆船点点，两岸平整的良田随着田间蜿蜒的河道伸至远方……画幅虽小，却不乏咫尺千里之势，充分体现了新中国农业建设欣欣向荣的气象。这幅作品中，画家大面积运用明亮的石绿色，佐以赭色点缀，令画面充满生机，并随着稻田的远近呈现浓淡之变。湖泊河道的空白画法既营造了画面意象，又发挥了透气之妙用，恰到好处地体现出江南风貌。

20世纪50年代，整个美术界开始倡导通过写生的方式改造中国山水画。当时的山水画家努力推进以山水画题材表现新生活和新内容。随着社会主义建设的发展，表现社会主义新农村的题材日益受到山水画家们的关注。钱松喦就是当时这方面表现得极为成功的画家。他的作品《常熟田》脱胎于写生又超越了写生，高度理性且设计集约，真正和古人拉开了距离，令人常看常新。钱松喦以自己独有的创作方式，回应了时代对山水画提出的要求。他的集时代精神、民族气派和个人风格于一体的新画风，也深刻地影响了一批后辈画家。（文 / 沈军）

矿山新兵
以宪

矿山新兵

杨之光

中国画 / 纸本水墨设色
130.5cm×94cm
1972 年

据杨之光先生介绍，20 世纪 50 年代末，为解决新中国“北煤南运”的难题，广东肇庆建立了马安煤矿。到 70 年代，马安煤矿发展成了广东矿山企业的一面旗帜。杨之光接受任务后，来到马安煤矿深入生活、收集素材。他了解到有一个女矿工名叫杨木英，新婚数月，她的丈夫就在煤矿事故中牺牲了，杨木英从悲痛中走出来之后，要求继承丈夫的遗愿，接过矿灯下矿井，后来还在矿上牵头组成了一支女矿工队。杨之光被杨木英的精神感动，以她为原型，用水墨的方式创作了这幅《矿山新兵》。作品延续了 20 世纪 50 年代作品普遍采用的现实主义手法和路线，画面中的女矿工精神饱满、英姿飒爽，正是当时典型的人物艺术形象，同时也是杨之光先生精神状态的折射。（文 / 王雪峰）

独立自主
自力更生

大庆工人无冬天

赵志田

中国画 / 纸本水墨设色
145cm×205cm
1973 年

这是一件文艺工作者扎根社会生活、反映时代精神风貌的经典作品。画面中大雪纷飞，以铁人王进喜为代表的英雄们不顾零下 30 多摄氏度的严寒，顶风冒雪，抱着坚定的信念和火热的激情与恶劣的天气进行顽强斗争。画面中，左边铁人王进喜固定住卡钳，站位略高，以突出其为主要人物；右边的工人展开双臂，用力旋转操作钻井机器；旁边的工友则全神贯注地盯着中间正在工作的人物。画面采用横向式构图，高耸的标语、设备、钻井和忙碌的工人错落有致，富有秩序感。画家用质朴的艺术语言，使笔墨服从于人物形象的刻画，人物形象服从于主题表现，反映了一种彰显中国气派、弘扬中国精神并与大众审美趣味相契合的创作模式，成为“笔墨当随时代”这一永恒美学命题的生动注解。（文 / 沈军）

天堑变通途
一九七三年 魏紫熙

天堑通途

魏紫熙

中国画 / 纸本水墨设色
85.2cm×140cm
1973 年
艺术家本人捐赠

此图为魏紫熙以南京长江大桥为题材创作的中国画。南京长江大桥是由新中国自行设计建造的第一座跨越长江的双层式铁路、公路两用桥梁，代表了当时社会主义建设的重大成就。而用艺术来表现这一成就，成为当时艺术家的重要任务。为此，魏紫熙多次赴实地考察写生，数易其稿。画面所选取的视角是从江畔的幕府山远眺所见：雾气缭绕的几重峰峦之后，南京长江大桥雄姿毕现，飞跨南北，点出了“天堑变通途”的主题。在表现手法上，画家以雄浑浓重的笔墨表现金陵江边的山景，迷蒙的云雾使画面之中的各种物象变得统一而灵动。江面采用传统中国画的波浪画法，波涛汹涌。画家通过对江上的百舸争流、江边的建设场面，以及山顶的建筑、电杆等的表现，准确地传达了时代的历史语境。（文 / 王雪峰）

绿色长城

关山月

中国画 / 纸本水墨设色
144.5cm×251cm
1974 年

“岭南画派”第二代大家关山月的家乡在广东阳江，地处南粤海滨，属风沙带，很难生长植物。中华人民共和国成立后，在“绿化祖国”的号召下，风沙地植满木麻黄树，使海疆发生了巨大变化。1973 年，关山月回到家乡，在深入体验生活的过程中，聆听林涛与海涛共鸣，有感于林带之美，遂创作了这件艺术性与时代性、写生技法与传统笔墨高度结合的新山水画佳作，并参加了同年在中国美术馆举办的全国连环画、中国画展览会。

从画面构图来看，作者以“之”字形构成平远推移和连贯气势：远处海面烟波浩渺、机帆点点；近景丛林迎风而立、摇曳多姿；中景重色山林如层波叠浪，构成一道绿色屏障，海滩上还隐现着一队巡逻的民兵。开阔的整体气象与沉厚的石绿设色既展现出南万海军特有的风情，又点明画题，同时暗喻了沿海人民众志成城改造自然和保家卫国守护海疆的精神与力量。（文 / 邓锋）

黄河在咆哮

黄河在咆哮

王迎春、杨力舟

中国画 / 纸本水墨设色
221cm×293.5cm
1980 年

1980 年，王迎春、杨力舟合作的《黄河》三联画，在中央美术学院研究班成绩展览会上首次亮相。三联画由《黄河怨》《黄河在咆哮》《黄河愤》构成，广受好评，获得了中央美术学院首届“叶浅予奖学金”并被收藏。同年秋，两人受邀重绘两组此三联画，分别被中国美术馆和中国国家画院收藏。

王迎春、杨力舟皆是 1942 年出生于山西，1966 年毕业于西安美术学院，受到长安画派思想的滋养，后一起回山西工作和生活，合作了《平型关大捷》《挖山不止》等脍炙人口的佳作。1978 年，两人又同时考入中央美术学院国画系由叶浅予、蒋兆和等主持的人物画研究班。《黄河》三联画的创作，是他们多年在黄河两岸生活和创作经验积累的集成，更是受到广为传唱的《黄河大合唱》主题的感召与激发，想要表现的是中华民族英勇不屈的抗争精神。

在画面处理上，《黄河在咆哮》具有鲜明的现代主义特质，黄河水像是舞动的巨龙奔腾不息，极富形式张力；艄公和船工们同心协力与狂澜搏斗，他们紧绷的身体姿态和神情，让整个画面充满了波澜壮阔的史诗般的豪情。这件新时期浪漫主义风格的水墨巨制，践行的并不完全是徐悲鸿、蒋兆和、李斛等建构的写实主义语言和现实主义观念，也受到了 1978 年以来吴冠中倡导的形式美与抽象美及关于形式的独立价值的讨论的影响。

这幅画作的特殊之处在于，其在题跋上明确将黄河称为“中华之母亲，民族之摇篮”，代表了改革开放新时期黄河精神内涵的新变。这里，黄河在咆哮，就是母亲在咆哮，中华民族在咆哮，中华民族与黄河二位一体。将之置于《黄河》三联画中看，其表现的是以抗战为主题的历史画，若单独看，又象征着 20 世纪 80 年代中华民族勠力同心、奋勇向前的改革开放精神。（**文 / 魏祥奇**）

白荷

张大千

中国画 / 纸本水墨
98cm×34cm
1981 年
1999 年周淑仪捐赠

这幅《白荷》是张大千先生为他的学生何海霞而作，1999 年何海霞的夫人周淑仪将此作捐赠给中国美术馆。

在张大千的笔下，荷花是常见的主题。该作品画面不着一色，以纯水墨表现荷花。画面之中的荷叶以侧锋淡墨表现，画面水墨淋漓，布局疏密有致，左上角的空白处，大千先生写道：“七十年辛酉上元，写寄海霞仁弟，知老态如此，不复能称意挥洒也，余生几何得重聚否？兄爰七十三岁（今年八十有三，误作七十），昏眼可笑，摩耶精舍寄书识。”画面钤印“张爰之印”“大千居士”“摩耶精舍”。这幅作品作于 1981 年的元宵节，当时两岸刚刚通邮，大千先生作画一幅邮寄给学生何海霞，表达了思乡之情。这个题跋里面，富有戏剧性的是大千先生将自己的年纪写错了，也许他身边人及时提醒，随即补写“八十有三，误作七十”。晚年的张大千满怀乡愁，他的这句“余生几何得重聚否”充满了对生命及时势的无奈，令人唏嘘。两年后，也就是 1983 年，大千先生在台北病逝，师生终未能见。（文 / 王雪峰）

江涛万古峡

陆俨少

中国画 / 纸本水墨设色
179cm×95.6cm
1982 年

陆俨少，曾任浙江画院院长，我国著名山水画家，兼作人物、花卉，书法亦独创一格。同时，他还是位出色的美术教育家，提出“四分读书，三分写字，三分作画”的独到见解，注重提高学生的全面修养。

陆俨少传统绘画功底深厚，从宋元到明清，不论南北，不论派别，皆有涉猎。陆俨少后期的山水画，通过结构的排比和间隔的组合而形成气势雄阔拓展之势。《江涛万古峡》作于 1982 年，正是陆俨少“七十变法”之后创作成熟时期的代表性作品。其突出特点是用抽象的墨块、留白结合连绵舒展的“钩云”和细密流畅的水纹，呈现出独有的艺术语言。作品竖向构图，立意在一“险”字，江流取斜对角之势，上接浮云，下出图外，一泻千里。群山起伏，云气流转，蜿蜒曲折，一气呵成。江流与逆向飞动的流云交融在一起，穿插在似铁如钢的峻岭崇山之中，生动丰富。陆俨少重笔墨，这与黄宾虹突出笔墨的独立性而略其形似的追求有很大不同。他更加讲究墨法，浑沦的湿笔勾点大大增多，大小墨块自由穿插，这些墨块可以是山石，可以是草木，可以是阴影，也可以是半抽象的笔墨自身。留白的运用，充分体现了中国山水画虚实相生、以静寓动的特点，令人回味无穷。

陆俨少从不画速写，他说：“我外出游历……只用眼睛看……要得山川神气，并记在胸。”他作画无论多大尺幅，从不起草稿，提笔就来，如唐代吴道子对玄宗所言：“臣无粉本，但默记于心也。”他作画用一支笔，从头到尾，中间不换笔，以笔尖、笔肚、笔根等的不同运用来表现自然山川的不同变化，技法“近乎道矣”，全靠对毛笔天人合一般的使用。**（文 / 程阳阳）**

一九八三年四月忆南太平洋西薩摩亜三日遊 郁風
MAY, 1981, APIA, WESTERN SAMOA

西萨摩亚

郁风

中国画 / 纸本水墨设色
90.5cm×75cm
1983 年

郁风与中国美术馆有着不解之缘。1959 年，她担任中国美术家协会展览部主任时，曾参加筹备和组建中国美术馆的相关工作。1977 年 7 月至 1980 年，郁风担任中国美术馆展览部主任。1987 年，郁风在《关于我的画》一文中谈道：“长久以来我没敢把自己当作画家，最多是业余画家。”她的工作重心一直是“选画、谈画、挂别人的画”。自 1978 年，郁风开始潜心研究中国彩墨画创作。

1981 年，郁风参加了由中国人民对外友好协会王炳南会长率领的五人代表团，赴澳大利亚、新西兰和西萨摩亚（今萨摩亚独立国）考察访问一周。其中，5 月 27 日至 30 日，在南太平洋岛国西萨摩亚停留了三天。1981 年 6 月 27 日，在旅行结束一个月后，郁风写有一篇《红花之岛西萨摩亚》游记散文，生动记述了此次访问旅行。1983 年 4 月，郁风根据当时所作的速写，创作了此幅《西萨摩亚》热带风情彩墨画。

《西萨摩亚》画作内容的取材地是西萨摩亚首都阿皮亚。画家再现了她在下榻旅馆的庭院中所见到的场景。南太平洋岛国上的人文风情和异域景致，深深地打动了画家的心。郁风一生中的画作并不多，她的创作过程是缓慢的，往往是有感而发，她是这样描述画作的产生过程的：“在生活中发现一种东西，产生一种感情、一种爱恋，经过思考，我才能画出一幅画。”（**文 / 汤林丽**）

春雪

吴冠中

中国画 / 纸本水墨设色
69cm×137cm
1983—1984 年

在《春雪》中，吴冠中营造出一种富有诗意的画境：早春时节，乍暖还寒。静谧的山区迎来一场小雪，皑皑白雪覆盖着高耸而连绵起伏的峰峦，空中云气氤氲，浑茫空蒙。山脚下村舍旁的树梢显出几抹浅淡的绿色，预示着春天的脚步越来越近……

画面整体呈现出素雅的银灰色调。画家以恰当的留白表现了积雪莹洁的质感，以淡墨勾画出群山的走势，线条随性洒脱；他利用水墨在宣纸上洇化的微妙效果，表现了积雪覆盖下的地形变化和远近层次关系；他用几簇浓重的墨点表现岩石、小树丛和村舍的屋顶，笔法简约而灵动。画面表现的是实景，更是心象。作者把现代艺术的某些观念与中国写意绘画的笔法结合在一起进行创作，点、线、面相互交织，形式感鲜明且富有东方审美意趣。

1979 年 3 月，吴冠中应邀赴重庆讲学，之后在大巴山、大足等地考察写生。这幅作品创作于 1983—1984 年，可能是他以当年的写生稿为基础并结合印象而创作的。

吴冠中先前主要致力于风景油画创作。从 20 世纪 70 年代中后期开始，他兼事水墨，力图用传统国画工具和材料表现现代精神。他的水墨画，布局别致，墨色交融，走笔有律动感，与他的油画作品气息贯通，相映成趣。

在开展绘画创作的同时，吴冠中也勤于思考且著述颇丰。20 世纪 70 年代末以后，他关于抽象美、形式美、形式与内容的关系、生活与艺术的关系、笔墨的价值等方面的论述，观点独特，每每出人意料，往往一经发表即引起广泛关注甚至激烈论争，既活跃了文艺思想，也推动了创作实践。这幅《春雪》，可视为他理论思考成果在创作中的具体反映。（文 / 徐沛君）

决战之前

徐启雄

中国画 / 绢本工笔设色
104.5cm×81cm
1984 年

徐启雄先生是中国著名工笔重彩人物画家。他尤其擅画当代女性形象，人物造型体态优美，设色或绚丽斑斓，或淡雅协调。以浓郁的装饰风味表现女性温雅之美是徐启雄工笔人物画的重要特色。他作画不繁缛刻画，也不堆砌色彩，而善于纯化画面，在和谐统一的色调中追求一种简约之美。《决战之前》正是这样一幅平中见奇的好作品。中国女排曾十获世界冠军，20 世纪 80 年代，中国女排成为世界排球史上第一个“五连冠”体育团队。

《决战之前》在 1984 年第六届全国美术作品展上一经展出，便引起画坛热议。这幅中国画作品描绘的场景是排球场上战幕将启的一刻，画面整体色调呈暖色，在构图上选择的视角颇为新颖。画家大胆舍弃对背景的具体描绘，而着力刻画人物的内心世界。通过中国女排在决战前聚首叠掌互勉的一瞬，表现出女排姑娘们必胜的信念，抒发出一种为国争光、敢于拼搏的高尚情怀，观之令人荡气回肠、豪情陡生。画面中虽没有刻画背景的观众，但我们似乎可以感受到在赛场上，四周响起排山倒海般的“中国队，加油”的助威声。如今，“中国女排”这个词不仅仅代表了一支队伍，更代表了一种始终传承的精神，即团结协作、顽强拼搏、永不言弃的“女排精神”。（文 / 闫珉）

开采光明的人

李世南

中国画 / 纸本水墨设色
181.5cm×194cm
1984 年

这幅画作表现的是采煤工人结束劳作，从幽暗的井巷深处走到阳光下的情形。画面里有三组人物，分别以不同色调加以区分，既稳重又活泼。人物形象的塑造以写实为主，辅以恰当的夸张变形；笔法简括有力，注重大的明暗对比关系；笔触厚实而豪放，水墨与色彩并用，既体现出中国传统绘画的写意韵味，又暗合欧洲表现主义绘画的某些审美观念，给人以耳目一新的感觉。这幅作品反映出作者鲜明的探索精神，即在不改变传统笔墨趣味的基础上，探求水墨语言的多种表现可能性。

画家笔下这群“开采光明的人”，是当时无数采煤工人的缩影——他们用自己的青春和汗水唤醒了沉睡亿万年的煤田，带给人们光与热；他们的脸上、身上因被煤炭粉尘覆盖而显得污浊灰暗，心灵却与“乌金”一起在闪光。（文 / 徐沛君）

玫瑰色回憶
己巳陽春
慶仁

玫瑰色回忆

邢庆仁

中国画 / 纸本水墨设色
180cm×166cm
1989 年

在中国画作品《玫瑰色回忆》中，画家邢庆仁描绘了六位伫立于苍茫山水间的革命女战士，连绵起伏的黄土高坡，一抹深色的河水从战士们背后流淌而过，画面中不管是山形还是水态，河岸或是女战士，其笔墨线条都被表现得细腻且柔软，同时带有些许苍茫，画面整体色调也被营造出了一种细腻的灰涩。在对女性革命者形象的塑造上，画家没有使用壮烈的高饱和色彩，也没有表现如火如荼的革命场景，更没有展现战士斗志昂扬的神态，这与传统意义上的革命人物表现有着巨大的反差。六位女战士的神态在画家笔下被刻画得温柔、稚嫩、羞涩却坚韧，女性的感觉被一再强调，让观者不由得先由女性性别视角出发再把她们放到历史的画卷当中去感受。

革命女战士，是那个激情燃烧的岁月中怀揣着革命梦想从全国各地如涓涓细流般汇入延安革命洪流的一分子，而画家在画面中通过对人物的塑造，更多表现了一种对于革命纯粹的热烈和渴盼，画面中六位革命女战士也被渲染上了一层玫瑰色的理想主义色彩。革命没有湮没她们的青春之梦，让她们的青春闪闪发光，这或许就是革命回忆的另一种浪漫阐述。以这样的全新角度来诠释那段战争岁月，正是这幅中国画的独特之处。

这幅作品真正的价值也正是在于以个性化的绘画语言赋予革命历史人物画独特的精神内涵，它突破了主题性创作既往的范式，对主题性美术创作产生了深刻的影响，故本幅《玫瑰色回忆》荣获了 1989 年第七届全国美术作品展览金奖。**（文 / 曹简）**

八女投江

八女投江

王盛烈

中国画 / 纸本水墨设色
154cm×392cm
1990 年
2021 年王铁牛、王真真、王平平捐赠

作品描绘了 1938 年 10 月东北抗联八位女战士为避免被敌人俘虏而集体投江的壮烈场景。画面定格在八位女战士相互搀扶走向滔滔江水的镜头之中，画面充满张力，女战士视死如归的坚定决心展露无遗。作品展现出艺术家的匠心布局，以对比的手法来表现主题。乌云密布的具象刻画与水汽感充足的云雾渐开的写意化表现，暗喻黑暗必将为光明所取代；而画面右半部山石刻画所遵循的严谨的中国画皴法之道，则与主体八位人物用素描手法塑造的刚毅感形成鲜明的对照，展现了王盛烈对中国画艺术创作的革新思考与实践，对革命理想的浪漫主义叙述。先烈们渴望自由的高贵品质与对未来和平的积极向往，在这幅画中被细腻、精妙地传达出来。（文 / 柳淳风）

屈賦辭意
癸酉 馮遠製

屈赋辞意图

冯远

中国画 / 纸本水墨设色
195cm×181.5cm
1993年

冯远，字仲远，笔名渊源，生于1952年，上海人。1980年毕业于浙江美术学院（今中国美术学院），后留校任教，曾任副院长，教授。后调任文化部工作，历任科教司司长、艺术司司长、中国美术馆馆长。2005年年底调任中国文联工作。

屈原是中国古代杰出的士大夫，几千年来他成为知识分子心中几近完美的道德人格精神偶像，历来不乏《屈子行吟图》。冯远《屈赋辞意图》以屈原名篇《离骚》为契机，将该诗丰富的表现性、道德精神的阐述性与历史中的屈原形象结合起来，通过将屈原身世自叙与神话象征、幻想传奇娇矢参差组合，塑造了屈原"长太息以掩涕兮，哀民生之多艰"的忧国忧民且不失谦谦君子风度的形象。画面中心部位的屈原乘凤鸟飞腾，尤其是叩问上苍的戏剧造型，显现出屈原空怀一腔热情和理想，绝望中表示"从彭咸之所居"的忠贞不屈的节操。作品对屈原形象的塑造少了狂态，突出其瘦骨清象，在投汨罗江的情节上有两位仙女相伴，更增加了浪漫色彩。作品中下部，从右至左蜿蜒盘绕而上的是屈原自述的经历故事，以山石花草、林木云雾作为隔障，以屈原周围的人事作背景映衬，达到丰富主人公和画面的目的。作品上部着重表现辞赋丰富的想象和奇瑰的彼岸世界，以排比铺陈烘托气氛。整幅画以白描为绘画语言，并采取数根通贯全幅画面的长线条，形成走势韵律必不可少的主脉流衍的走向，充分施展了线的魅力，兼吴道子线条圆浑而弃其肉骨，体现出理性精神。作品有天地款，以花青底色银字楷体书录《离骚》全文。此作显见画家严谨的创作心态和丰厚的文学修养。（文 / 杨儒）

辉煌

董小明

中国画 / 纸本水墨设色
88.5cm×88.5cm
1995 年

董小明的《辉煌》是 20 世纪 90 年代反映深圳特区城市建设的中国画名作。作者运用红色与金色勾勒出城市里鳞次栉比的楼群，反映出夜色降临后的都市华灯绚烂、流光溢彩的迷人景象。这幅画创作于 1995 年，当时来到深圳不久的董小明提出了“深圳画家画深圳”的选题，这幅画就是“画深圳”的实践之一。作者以“都市水墨”特有的表现力，为我们展开了一幅呈现深圳城市风貌的辉煌画卷。作品体现了“三天一层楼”的深圳速度和“敢为天下先”的深圳精神，给观众留下了深刻印象。这幅不大的画作，如今已成为那个火红年代的美术记忆。以《辉煌》为代表的一批表现特区面貌的作品引发了“城市山水画”这一中国画与时代同步的革新课题，这些歌颂伟大时代的作品让观众在欣赏艺术之美的同时，也重温了中国改革开放的“深圳故事”。（**文 / 孔妍**）

都市之夜

吴冠中

中国画 / 纸本水墨设色
145cm×368cm
1997 年
1999 年艺术家本人捐赠

吴冠中长期坚持艺术形式美的探索，善于通过点、线、面所营造的节奏韵律之美表达主观情感，他说：“艺术的目标不是模仿，是创造。”1975 年，画家开始用水墨探索新的形式美，在抽象与大写意之间寻找默契。《都市之夜》作于 1997 年，但为其付出却是久久为功。早在改革开放初期，吴冠中曾多次到香港写生、办展、讲学。1990 年，他又应邀到香港作“吴冠中眼中的香港”专题创作，他不惜花时间搜集素材，在头脑里反复构想，力求在似与不似之间呈现强烈的视觉效果。他带着对生活的思考观察香港，对比改革开放的变化，想象着繁华生活环境里人们的状态，欲将楼宇林立、繁忙的车流、夜晚的灯火汇集成点、线、面的交响，在 1997 年香港回归之际完成了《都市之夜》这幅作品，有意无意间构成了具有纪念意义的文化和历史要素。

对于这幅作品，吴冠中留下了最直接的阐释：“我首先着力于浓墨粗笔的横与直的交错，楼层间参差错落的错觉，似楼非楼都是楼，前楼后楼碰撞不相让，极目层楼，谁主沉浮，顶天立地争春秋……这幅作于 78 岁的《都市之夜》，可说体现了我对中国画现代化的观念，透露了我所感到的芸芸众生的挣扎之苦乐，时代飞速变化，令人目眩。”借此可感，这幅高度概括的作品不仅展现着都市灯红酒绿的辉煌，更有对人们为生存而忙碌的观照之情。作品完成两年后，于 1999 年吴冠中本人将其捐赠给中国美术馆。

吴冠中出生于江苏宜兴。1942 年毕业于国立艺术专科学校，任重庆建筑大学助教。四年的助教生涯给他以未来艺术之路的思考。师长们留学法国让他心向往之，遂于 1947 年以第一名的成绩考取公费留法艺术生，入巴黎美术学校苏弗尔皮工作室学习油画。1950 年回国，先后任教于中央美术学院、清华大学、北京艺术学院、中央工艺美术学院。（文 / 赵辉）

无题

［法］赵无极

中国画 / 纸本水墨
31cm×31cm
1998 年
2022 年杨明义捐赠

这幅水墨作品由 20 世纪法国华裔画家赵无极晚年创作。在这幅尺幅不大的水墨作品中，赵无极用豪放而稍显杂乱笔触铺陈于画面右下角，而画面的左上角则尽为留白。这种以对角线为边界的留白构图让人联想起南宋马远、夏圭的山水画传统，豪放的笔触与变幻的墨色也暗合了传统中国画“大写意”的笔墨样式。虽然具备传统中国画的艺术表征，但这幅作品所具体描绘的对象并非传统中国画中存在于自然界中的实物，而是作者本人的内心世界。赵无极毕生的创作以油画为主，这幅创作于近 80 高龄的水墨画作品，是他在形式与精神的双重层面对于传统中国艺术精神的回归。

纵观 20 世纪的中国艺术家，赵无极一定是非常特殊的一位。他出身于北京的书香门第，14 岁时进入杭州艺术专科学校，1948 年起定居法国。在巴黎，赵无极得以接触当时西方前卫的艺术思潮，尤其是流行于第二次世界大战之后的抽象表象主义，这对他影响深远。这时期的艺术家逐渐摒弃了对于客观世界具象物体的描绘，转而关注自己的内心世界，他们试图把“美”的概念与具体事物剥离，提炼更加纯粹的审美理念。在之后数十年的创作中，赵无极在吸收抽象表现主义艺术语言的基础之上，不断探索着其与中国传统艺术精神结合的方式，并最终形成了自成一派的艺术样貌。在他的创作中，中国书法的笔触和“留白”这种传统中国水墨语言被融进明丽的油彩中，氤氲升腾，包罗万象，将油画这种西方的传统艺术体裁赋予了中国式的写意和洒脱。以赵无极为代表的艺术家正是中国文化精神播撒在西方艺术世界的种子，他与其他旅居海外的中国艺术家一道，将中国传统的笔墨形式与艺术精神纳入了全球当代艺术的主流叙事进程中，为世界艺术的发展贡献了中国的审美理念。（文 / 李暨涵）

祁连风骨图

程大利

中国画 / 纸本设色水墨
143cm×367cm
2002 年

中国山水画从诞生之初就蕴生着中国人对于天地宇宙之道的探寻，南朝宗炳在《画山水序》中就提出了山水“以形媚道”，后世历代的山水画家们一方面在完成山水画技法语言积累的同时，另一方面则在笔墨所营造的山水境界之中澄怀观道，神游八荒，进而追求人与自然相融合的生命境界。20 世纪以来中国社会开始了从传统的农耕文明向现代工业文明的全面转型，传统的山水画受到了西方艺术的影响，在新的社会语境中，呈现出现代山水画的新的形态。特别是新中国成立之后，在党的文艺方针的指导下，表现社会主义的新山水画应运而生。社会主义新山水画是传统山水画的延续，但在笔墨形态上已经发生了巨大变化，它打破了传统山水画程式化的笔墨形式，从写生中提炼表现新时代的名山大川，在融入西方绘画技巧的基础上，不断开拓山水画的笔墨图式，从文人贵族阶层“小我”的审美趣味中转化为追寻时代的大美境界，从而提炼为一种时代山水精神，并转化为鼓舞人心的时代新气象。

程大利先生创作于 2002 年的《祁连风骨图》就是通过表现祁连山的山水意象而缅怀曾经在这里艰苦斗争的中国工农红军西路军的先烈。作品并未表现现实的战争主题场面，而是通过祁连山的山水意象比拟中国工农红军西路军先烈为革命事业不怕牺牲、英勇卓绝的革命精神。程大利先生通过研读西路军的历史，以缅怀先辈的壮怀激烈的意气入画，将写生所得的祁连山景转化为心中的意象。画面以水墨为主，笔力遒劲，皴染厚重，表现了祁连山脉连绵不绝、巍峨壮观、雄强豪迈之气势。画家寓情于景，情之所至，苍茫悲怆之气弥漫于纸间。“青山处处埋忠骨，何须马革裹尸还”，为革命而献身的英雄们远去了，但他们的精神化为祁连风骨而永垂不朽。这幅主题性山水画开拓了当代中国山水画的表现内涵，也为中国山水画走向现代的探索提供了更多的可能性。（文 / 王雪峰）

吉慶
蓮蓮
百歲遂堂補題

莲莲吉庆

饶宗颐

中国画 / 纸本水墨设色
138cm×34cm×4
2012 年
2017 年艺术家本人捐赠

《莲莲吉庆》是饶宗颐先生荷花题材的代表作之一，也是在 2017 年中国美术馆举办了“莲莲吉庆——饶宗颐教授荷花书画巡回展”后，由艺术家本人无偿捐赠给中国美术馆的珍品。

饶宗颐，字伯濂，号选堂，是一位享誉国际的汉学家和公认的学术泰斗，也是一位蜚声艺术领域的书画大家。先生学养广博，融贯中西，娴习书画，晚年更是游心于艺事，舞笔泼墨描绘祖国大美。

荷花是饶宗颐先生自 20 世纪 70 年代以来非常喜欢的题材之一，他的荷花素有“饶荷”之称。饶先生之所以喜爱荷花是因为其父亲为他取名“宗颐”，希望他能宗法宋代理学大师周敦颐。周敦颐一生喜爱荷花，所著《爱莲说》是自古以来称颂荷花的重要篇章。饶宗颐先生作荷花，以学者之情感，抒发诗人之格调，画以文释，文以画扬，博采众长，卓尔不群。通过荷花这一题材，先生既深刻表达出一位国学大师爱国、爱家乡的思想情怀，也寄托了他对人生观、世界观的深邃理解。

《莲莲吉庆》以自然的荷花姿影为其形，以古人的墨笔为其韵，以心中的清廉高洁为其神，寓意美好吉庆。在红色洒金宣上泼墨点染，温润淋漓，画理笔法，自然相融，形成顶天立地的莲花与莲叶交相呼应、层次丰富的物象，开创了自家风貌，彰显了饶先生“学艺双携”的文化主张和高雅的文化境界，契合了蓬勃发展的时代脉向，可谓真学者之笔也！**（文 / 邵菁菁）**

清香十里

清香十里

潘公凯

中国画 / 纸本水墨设色
136m×136cm
2018 年

潘公凯先生 1947 年出生于浙江宁海，是国画大师潘天寿先生之子，先后于中国美术学院和中央美术学院任教并担任院长，自 1979 年以来，一直担任中国画创作和美术史论的教学工作，是理论与实践兼备的学者、画家、美术教育家。

潘先生早期的绘画多写实，20 世纪 80 年代中期以后，通过对中国绘画艺术的研究，潘先生加深了对传统文人画的理解，在创作上转入了写意花鸟，在继承前人传统的基础上，更多聚焦于展现中国画中“笔墨”语言体系的建构，探索更为凝重、整体的现代感。潘先生认为：“形体、色彩、构图是全世界绘画所共同的要素，但是笔墨却是中国人所独有的，笔墨是中国画的媒介，也是核心。笔墨是全世界其他民族的传统绘画中都没有的要素。”

这件《清香十里》由潘公凯先生作于 2018 年。潘先生的水墨荷花作品格调高雅、意境深远，有着传统文人画笔墨书写的洒脱、流畅、率真、精妙，同时其独特的艺术风格兼有当代审美情趣。潘先生近年的作品更注重中国画抒情写意的根本特质，以笔墨为宗游日骋怀，很少设色，擅在墨中求变，笔法有楷篆之意。这幅作品中右下角的荷叶笔墨深沉、苍劲有力，画面左侧三分之一处，七八枝枯意花梗从淡雅的水中生出，几支浓淡相宜的荷花、莲蓬随着清风轻轻摇曳，阵阵清香沁人心脾。整幅作品墨色、布白、动静、虚实、节奏、气韵相结合，观者能感受到画家所追求的中国画特有的神韵和意境。薛永年先生评价：“潘公凯的绘画是理论自觉后的实践，是以精英传统吸收时代新机的探索，是体现了传统精神与现代审美结合的学者画诉求。”

潘公凯的作品重在表现意象，从技术层面扩展了黄宾虹“五笔七墨”的说法，既含有水墨特有的抽象美，又保持了与传统水墨人文精神的一脉相承，拓展了大写意水墨画的审美意趣。（文 / 闫珉）

高铁进山啦

蔡超、边涛、李鸿莉

中国画 / 纸本水墨设色
210cm×360cm
2019 年

近十几年来，中国高铁纵横大江南北，走出了一条独具特色的创新之路，创造了多个“世界第一”。凭借具有完全自主知识产权的多项技术，中国高铁不仅成为新时代中国外交的“金色名片”，也被视为中华民族伟大复兴的“加速器”。

画家以独特的视角和写实的风格，描绘了高铁开进大山的生动画面。一列白色高铁在延绵的群山脚下疾驰，近处几个七八岁的孩子欢欣雀跃，推着铁环嬉戏玩耍，身形颇具动感，仿佛在与高铁赛跑。奔驰的高铁与滚动的铁环相映生辉。整幅画作气势恢宏，用笔细腻，人物形象生动活泼。作品让人们强烈感受到穿梭在崇山峻岭之间的高铁，使“天涯”变为“咫尺”，架起了古老山村与现代都市的天堑通途，增进了山村孩子与多彩世界的交流联系，带来了乡村振兴的美好希望。（文 / 付瀛莹）

雪地情

孙震生

中国画 / 纸本水墨设色
200cm×300cm
2019 年

在平均海拔 4000 多米的帕米尔高原，有着长达 800 多千米的边境线。半个多世纪前，住在这里的塔吉克族同胞自觉地肩负起保卫国家边境线和牧区安全的责任。《雪地情》取自新疆塔吉克族民兵护边员、共产党员拉齐尼·巴依卡解救队员的感人事迹，再现了惊心动魄的生死一刻：画面下方雪洞中伸出的手及周围不断塌陷的冰雪，暗示有人刚刚滑入雪洞；画面左下方的拉齐尼·巴依卡衣着单薄，双膝跪地，身子前倾，一只手伸向雪洞，他的棉大衣打成了结，用作绳子，被洞中的手紧紧抓住；画面后方的几位护边员，或用力拽拉，或大声呼喊，或表情凝重，不同人物之间动态交织，营造出高度紧张的氛围。在技法上，画家从工笔重彩入手，借鉴了油画的厚重感、壁画的斑驳感及岩彩矿物色的晶莹感与层次感，给人以强烈的视觉冲击，护边员崇高的精神风范跃然纸上。（文 / 付瀛莹）

暖心——十八洞村贫困户精准识别公示会

王奋英

中国画 / 纸本水墨设色
240cm×450cm
2019 年

作品紧扣时代脉搏，以湘西特困苗寨十八洞村在春季召开贫困户精准识别公示会场景为切入点，运用现实主义创作手法，将作者原创的水痕描这一现代水墨语言表现形式与主题性美术创作有机结合，再现了基层扶贫干部与村民们凝心聚力、发扬民主，落实精准识别、帮扶贫困户的温暖情景。画面以苗族建筑常见带窗的木板墙为背景，以螺旋形的人物群像组合，形成人物与人物之间高低错落、呼应顾盼的节奏与韵律，营造出一种祥和、流动的苗乡音乐意境氛围，表达出贫困山区人民对脱贫致富美好生活的憧憬与信心，反映出国家“精准扶贫”政策对贫困落后山区人民生产、生活的深切关怀和温暖的扶贫情怀，传递了“打赢脱贫攻坚战”的创作主题。该作品入选文化和旅游部组织实施的“国家主题性美术创作项目”，2019 年入藏中国美术馆。（文 / 杨子）

火普村
脱贫示范

助梦

张见、齐鸣、李玉旺、李朋帮、李丹、管海龙

中国画 / 纸本水墨设色
280cm×546cm
2019 年

作品《助梦》以“打赢脱贫攻坚战”为创作主题，以中国传统工笔画方式为创作手段，以四川大凉山彝族自治州脱贫攻坚群体为创作对象，细腻描绘出十八大以来党中央对包括大凉山在内的少数民族地区精准扶贫工作取得的伟大成就。画面具体展现了大凉山彝族群众在脱贫之路上的成果，描绘了村支书和众村民在车站喜迎受表彰的脱贫示范户代表的画面。在设色上，画面虽然保留了人物的肤色及服饰的“固有色”，却进行了“降调”处理，辅以灰白色的背景，使整体色调呈现出淳朴而强烈、鲜明而庄重、简洁而大方的视觉效果。彝族兄弟黝黑的肤色，黑、红、黄配色的民族服装色彩，以及服饰的几何构造展现出他们爽朗敦厚的性格。在造型上，作者将人物形象在写实的基础上进行适度夸张，凸显地域性和民族特征。为了突出脱贫攻坚战的经典性、纪念性，创作团队将人物比例设置为真人大小，画面尺幅高 2.8 米，宽近 5.5 米。（文 / 张帆）

八桃

陈师曾

中国画 / 绢本水墨设色
122cm×41cm
年代不详

陈师曾，祖籍江西义宁（今江西修水），名衡恪，字师曾，号朽者、朽道人、槐堂等，斋名有“安阳石室”“染仓室”等。中国近代著名的画家、书法家、金石篆刻家、诗人及艺术教育家，为民国时期北京画坛的领军人物。

作为 20 世纪初北京画坛的领军人物，在中西文化碰撞、中国画面临生存危机的争论中，陈师曾不仅以《文人画之价值》为中国画正名，而且以其高尚之人品、会通之创作、卓越的艺术活动为中国画走向自我的现代做出了开创之功。在他的画学论述中，先后提出“东西画界，遥遥对峙，未可轩轾。系统殊异，取法不同，要其唤起美感、涵养高尚之精神则一也”，“但研究之法，宜以本国之画为主体，舍我之短，采人之长”，“文人画之要素：第一人品，第二学问，第三才情，第四思想。具此四者，乃能完善。盖艺术之为物，以人感人，以精神相应者也”，等等。这些超卓精辟的论述既体现出植根传统的新知识人的开放视野和文化自信，又影响了整个 20 世纪承古出新的传统派绘画发展的内在理路。

陈师曾诸艺融通，不仅“诗、书、画、印”四全，人物、山水、花鸟各科兼善，而且引入漫画，偶作油画、水彩，并参与刻铜、制笺等创作，使民国初年的文房用品的艺术性达到一个新的高峰。这幅《八桃》作品虽无年款，但就画风而言，应是其 20 世纪 20 年代前后偏写生性质的一幅花木佳作，寓有祝寿吉祥之意。绘硕桃八个，将熟未熟之际，由绿转红，亮丽夺目，掩挂于绿叶虬干之间。整个画面仅截取桃树一段，如近景镜头一般，上不见顶，下不露根，主干呈 Z 形折转，撑满纵向画幅，干、枝、叶、果相互掩映穿插，显得饱满而有层次，“衡恪”款藏于右边主干之上的小空白处，强化疏密对比，凸显画面主体。主干的墨线勾擦偏方硬率意，反衬出树叶点写的色墨浑融、水气滋润；陈师曾用色妙在运水，同时增加中间色度的微妙变化，既使得色彩对比艳而不俗，又平添水色的光晕透明。由此作可略窥陈师曾在深厚的传统笔墨章法基础上融物理结构与写生感受为一体的新探索。

中国美术馆藏有陈师曾各类作品 150 余件（套），并曾于 2016 年举办“朽者不朽”的专题研究展。众多藏品，且待慢读细品。

（文 / 邓锋）

錦繡河山以唐人法描寫益
覺祖國之偉大可愛也 非闇

秋山红树图

于非闇

中国画 / 绢本水墨设色
74cm×40cm
年代不详
2015 年舒济、舒乙、舒雨、舒立捐赠

这幅《秋山红树图》为画家于非闇赠予作家老舍的作品，曾是老舍先生的珍藏。画面左上方有作者题词："老舍吾兄正之。锦绣河山，以唐人法描写，益觉祖国之伟大可爱也。非闇。"画家以唐代青绿山水画法描绘祖国大好河山，更觉山河熠熠生辉、明丽灿烂。满目红树，令人立刻感受到秋天特有的气息。深红、浅红、橙黄、明黄色的树叶层次错落，交相辉映，仿佛沐浴着秋光。配以绿色的山石，更觉明艳无比。树木散落在河岸上，中间一条小小的溪谷，迂回曲折，仿佛能听到秋天里清澈透亮的溪水在泠泠作响。林木间掩映着房屋，描绘得细致而准确。溪水似是从屋前经过，不远处，又隐约透出一片竹林。画家用虚实相间的手法，将画面处理得生动而微妙，令人忍不住想沿着水流前去勘探。溪流两旁的树木都呈纵势，只有临近中心的一棵呈横势生长，跨越湍急的流水，与小桥相互呼应。老干势态苍劲，显示出强韧的生命力，而覆盖其上的蔓藤飘逸而活泼，由书写性的用笔点缀出红叶，十分富有趣味。远山高大，气势雄浑，作者令其冲出画面，并以烟云锁其腰，更觉山之耸拔。画面中以留白表现天空和流水，使山石树木之"实"坐落于"虚"之上，并将溪流与房屋窗户的空白穿插于茂密的树林之中，林木映蔽，溪谷断续，增添了山林间的空灵气息。

于非闇是一位传统功力深厚的画家，画面严谨工整、干净利落，可看出其态度的认真和心灵的宁静。他的题款书法习宋徽宗赵佶"瘦金体"，英姿飒爽，刚劲有力，使画面更添古意。于非闇曾说，绘画要画得朝气蓬勃，使人消除掉一天的疲劳，更感生活幸福。而此幅《秋山红树图》正透露着朝气蓬勃的热情，明亮艳丽而不失清新，洋溢着画家对祖国大好河山的自豪和热爱之情。（文 / 白洁）

松树鹤鸟

李苦禅

中国画 / 纸本水墨设色
131cm×64.1cm
年代不详

《松树鹤鸟》的作者是中国近代写意花鸟画大师李苦禅先生。他创作的禽鸟树石题材的绘画作品笔简意繁、气势磅礴、形象鲜明，以写实为基础，不拘泥于对物象描摹，意在表达拙朴与刚健之意。

作品描绘的主体为一棵老松、一只成年雌性灰鹤及三只灰鹤雏鸟。老松树干遒劲有力，虽有部分枯枝，但新生的松针枝叶繁茂。艺术家有意营造出树干自然弯曲生长的态势，使弯折的枝干俨然形成一个鹤鸟栖息天然巢穴。鹤鸟居于画面中上部，雏鸟张开鸟喙朝向雌鸟，雌鸟则低头看向三只幼鸟，一片舐犊情深跃然纸上。刚劲的松树与柔弱的禽鸟形成一种强有力的对比。自然界中的成年雌性灰鹤的头部为灰棕色，而雏鸟则呈棕褐色，艺术家有意在绘画的过程中区分出了成年灰鹤与雏鸟的毛色差别，足见李苦禅先生观察生活的细致与写实功底的深厚。

李苦禅先生创作的花鸟画作品讲究“经营位置”，构图力求“章法”合理。这幅作品李苦禅先生使用了对角式构图，画面起自右下，向左上延伸，松树自然盘桓向上生长，鹤鸟稳居画面之中，使得画作更具稳定之势。作品上下留白，空间得以延伸，辅以若干枯枝自然穿插，松针的浓密与枯枝的稀疏形成了松与紧的对比。松枝环抱簇拥着鹤鸟，予人一种宁静祥和的气息。“苦禅画”款落于树干之下，起到了支撑画面的作用，给人稳定之感。

以淡墨勾勒松树主干主体等物结构以及生长态势，以焦墨刻画出松针、鸟喙，墨色变化应物而发；以绛色渲染鸟羽与松树的枝干，在颜色的变化中区分出物体的质感，运笔果断，设色娴熟。

李苦禅先生一生笔耕不辍，晚年创作了多幅母子题材的花鸟画作品，这类作品不仅趣味十足，还蕴含深情，充满了李苦禅先生对晚辈的呵护疼爱之情，寓意深刻。**（文 / 周晓路）**

交战

关良

中国画 / 纸本水墨设色
34.5cm×34.5cm
年代不详
艺术家本人捐赠

京剧是中国的国粹，中国画也是中国的国粹，能将二者有机结合并开创中国人物画新流派是非常了不起的事情，关良就是那位开创者。他是广东番禺人，17 岁赴日本学习油画。26 岁随军北伐，任国民革命军总政治部艺术股股长。20 世纪三四十年代，先后任教于广州美术专科学校、上海美术专科学校、国立艺术专科学校等。1949 年后任中国美术家协会上海分会副主席、浙江美术学院教授、上海中国画院画师。

关良擅长中国画和油画，他一生致力于中国画的现代化和油画的民族化探索。大约从 1927 年起，他开始以中国京剧人物为题材创作水墨画，成为中国戏曲水墨人物画的开创者。为了加强对戏曲人物的理解，1935 年，关良正式拜师学戏。1942 年，他在成都举办个展，首次展出戏曲题材人物画，引起画坛强烈反响，郭沫若等人撰文大力推介。20 世纪四五十年代，关良与京剧艺术家盖叫天结为至交，其戏曲人物画更臻新境。关良的戏曲人物画继承了传统文人画的简笔写意画法，以简约的笔墨，将两三个戏中人物最为精彩的瞬间定于一格，意味无穷。

这幅《交战》表现的是京剧传统折子戏《白水滩》中的一幕。这出武戏讲的是明代义士许起英（绰号“青面虎”）不慎被官兵捉拿，押解进京途中，其妹前来相救，不明真相的莫遇奇（又名“十一郎”）帮助官兵击退了许妹。后来，莫遇奇反遭官兵诬陷问斩，许起英不计前嫌，下山救莫遇奇出险。画中表现的是许、莫二人交战的情景，笔墨简括，造型稚拙，极具精练简约之美。人生如戏，戏如人生，关良通过方寸之纸表现舞台百态，而由此透露的却是人生这部大戏的复杂况味。（文 / 裔萼）

中国美术馆人话馆藏

中国画

油画

版画

雕塑

书法篆刻

民间

综合

仕女肖像（蓝衣）

佚名

油画 / 布面油彩
59.3cm×45.2cm
清末

这幅蓝衣美人作品源自 19 世纪广州外销画市场中的油画肖像画。画中女子左臂搁在桌子上面，呈端坐姿势。其所穿的大襟衫正是清末民间女子上衣最常见的款式，大襟衫一般为立领，右衽，大襟掩小襟至腋下，以纽扣固定两侧开衩，衣长至膝。大襟衫的袖口宽一尺有余，宽袖内还露出窄袖，追求层叠的美感。画中女子发型为 19 世纪清代女子常见的圆髻，后有花饰。耳戴三环宝珠圆环状翡翠耳坠，手戴绿、黄二色翡翠手镯，从画中人的衣服、首饰可以判断画中女子是晚清汉族女子的装束。画面色彩主要以固有色来描绘，画风细腻逼真，特别是脸部和手部的刻画，通过肤色色调在结构中的微妙过渡，塑造出皮肤白皙细嫩的佳人形象。画中人物 20 岁上下，从嘴角表情中透露出女子内心的青春气息。这是一个标准的清式美人样式，细眉、大眼，樱桃小嘴，瓜子脸，皮肤白皙。作为清末外销画中的美人画，相同的款式有多幅流传于世，其中香港艺术馆收藏的同类作品名为《贵妇像》，有学者研究认为画中人为香港胡姓家族的四姨太。将中国美术馆的藏品和香港艺术馆的《贵妇像》进行比较，中国美术馆的这件藏品似乎是个简化本，构图时省却了右手，左手拿手绢向下的食指也收缩回来，无名指与小拇指上的戒指也不见了，大襟衣上的襟边花纹与胸前的挂饰也省去了，原本发饰上端的花饰也转移到脑后的发髻之下，画面之中光影所体现出来的人物的体积感被逐渐消解和减弱。再比较五官的刻画，中国美术馆藏品中的人物是朝着晚清时期标准的美人的范式去描绘的，它褪去了贵族妇女的贵气，美人的面庞也更加年轻漂亮，这是迎合大众审美的改造。

（文 / 王雪峰）

马

常玉

油画 / 布面油彩
60cm×81cm
1930 年

常玉是 20 世纪早期留法并旅居巴黎的中国艺术家。他的油画作品《马》中，水天一色，一匹马正在河中饮水。河滩和远山的空间布置，既融合了中国传统绘画美学，呈现出平远的山水画意境，又具有西方现代艺术所追求的平面形式构成原理。

在中国古典文学中，马与美人形象常常并置。常玉画马也运用了拟人化的表现手法，充满了女性象征。他描绘的马与其 20 世纪 30 年代的裸女题材绘画中的女性形象相似，皆具有圆润丰盈的体态。常玉绘画对空间和形体的塑造，离不开线条的运用。常玉绘画精神的关键也在于他的线条表达。他的用线简洁有力、细腻流畅，具有韵律感和装饰性，给人清新之感。正是这种简练圆润的线条，为常玉赢得了“东方马蒂斯”的称谓。

这幅画作像一首悠扬、轻快的抒情诗。画中动物悠闲、自在，这种悠然自得的存在方式正是艺术家的自我写照。常玉也曾说过，画中的动物就是他自己。1930 年，常玉创作此幅作品时，正处于一生中短暂的婚姻生活里，艺术创作愉快惬意。常玉时常参加各项沙龙展览，积极融入巴黎的现代艺术群体。他结识了毕加索、马蒂斯、贾科梅蒂、杜尚等艺术家，并受他们的图式经验启发，形成了独特的艺术风格，反映出“巴黎画派”的现代艺术气息。常玉绘画的独特性在于将中国传统的书法性线条、虚空的留白意境、传统写意精神的表达与西方油画媒介、现代派形式探索相结合。到 20 世纪五六十年代，常玉画“马”有了不同于此的变化，倾向于强烈的色彩张力、浓重的黑色线条和纯粹抽象的背景。常玉不同时期的“马”，为我们展现了他非凡的艺术造诣和艺术探索之路上风格变迁的轨迹。**（文 / 汤林丽）**

台湾遗民图

王悦之

油画 / 绢本油彩
183.7cm×86.5cm
1934 年
1982 年艺术家家属捐赠

王悦之，原名刘锦堂，1894 年生于台湾。1915 年赴日学习西洋绘画，1921 年回国，曾先后任教于国立北京美术学校和杭州西湖艺术学院。1922 年与李毅士等人组织成立北京第一个西画艺术团体“阿博洛学会”，后又筹备建立了私立北京美术学校，担任校长，直至 1937 年去世。

在短暂的生命中，他除了积极投身美术教育事业，还坚持艺术创作，并不断突破自我。其艺术创作大致经历了三个阶段：最初留日接受了学院派和印象派的技法风格；于杭州吸收了传统中国画特点，与西画进行融合尝试；回北平后，更为自觉地展开了“西画民族化”的探索，并寄寓了家国忧思之情。

这幅《台湾遗民图》是其最后一个阶段的代表作。首先，他以“台湾遗民”为主题，选取了三位身着旗袍的东方女性，以佛教造像的正面站姿，通过赤足、眉心痣、眼睛、“施愿印”、双手合十，以及手托地球等细节描绘，表达了“祈愿世界和平”的创作理念。其次，他在绘画技法语言、材料和装裱形式上，有大胆融合中西之举。比如，肌肤呈现西法立体写实的一面，而人物身形轮廓、五官、发型、服饰衣纹又趋于线描感和平面化，具有典型的东方特色；再比如，以毛笔油彩施于绢本，以钤印的方式画上印章，以传统中国画立轴的形式进行装裱等。整体而观，王悦之用理性、冷静的笔触，构建了一个复合的画面，呈现出多重复杂的情思，看似宁静平和，实则意味深长。这些融合中西的探索，代表了民国时期中国油画家立足自身文化和社会现实而展开的最早尝试。

20 世纪末为参加“王悦之百年纪念展”，中国美术馆曾请台湾修复机构对其进行修复，后以装框形式展出。（文 / 戴舒濛）

上海街头

张充仁

油画 / 布面油彩
33.3cm×43.5cm
1939 年

《上海街头》是雕塑家张充仁 1939 年创作的一幅油画作品。张充仁这个名字也许在中国美术史里没那么响亮，但他被西方人誉为“东方的罗丹”，他是中国现代雕塑艺术奠基人之一，是漫画《丁丁历险记：蓝莲花》故事里“中国张”的原型。

张充仁生于上海，1931 年考入比利时皇家美术学院学习油画，后转攻雕塑，是著名雕塑家隆波教授的得意门生。1934 年，张充仁结识了和他同龄又同样热爱绘画的比利时漫画家埃尔热，此时的埃尔热正在筹划漫画主角丁丁赴远东探险的故事，张充仁为埃尔热创作中国题材的故事即《蓝莲花》提供了无私的帮助，也倾注了全部的热情，为此埃尔热特意在《蓝莲花》中增添了“张”这一形象。1935 年，张充仁以优异的成绩从比利时皇家美术学院雕塑专业毕业，其毕业作品获得了比利时国王亚尔培金质奖章和布鲁塞尔市政府金质奖章。

张充仁以写实雕塑见长，回国后他开设了充仁雕塑工作室，30 年间培养了大批优秀的美术从业者。同时，他在油画和水彩画方面也造诣颇深。《上海街头》是张充仁写生时的油画习作。画家以阴影中建筑的一侧为近景，衬托出另一侧景物明亮的光感。黄与紫、黄与蓝的互补色运用，红、黄、棕等同类色的交错，显示出画家掌握油画色调的能力，而质朴坚实的造型又体现了厚重感，静立的房子和行色匆匆的人，一动一静形成对比，画面生动有趣。

这一时期，张充仁的作品题材均为身边俯拾皆是的景物，都市的街景、乡村的水岸、穿梭街巷奔波的人们都是他画中的主角。这些画颜色对比鲜明，色彩绚丽，朴素中透着浓浓的生活情趣和生存智慧。正如画家刘海粟所说：“充仁兄能在大理石上表现人类的苦闷，在颜色里表现大自然的秘密。”**（文 / 张帆）**

放下你的鞭子

司徒乔

油画 / 布面油彩
124cm×177cm
1940 年

司徒乔的现实主义油画作品《放下你的鞭子》创作于抗日战争时期，取材于同名抗战街头剧，剧中演绎了九一八事变后，一对父女流离失所并以卖唱为生的悲惨经历。画家多次观看演出并深受剧情触动，亦几度于观众席间创作“流浪父女”的速写，还邀请该剧主演做模特创作该画。画面最终呈现的是，落日余晖中，老父愧疚不已地抚怜刚刚被鞭打的爱女，女儿双手紧握大红汗巾，头微低，扬眉噘嘴，泪眼盈眶，眉宇间充满无限悲愤，如泣如诉的眼神格外凌厉，似乎在说：“鞭我者，日本侵略者。”两人身后散落着鞭子、锣鼓、枪棒、胡琴等物。

画家以写实的创作手法，高度概括的绘画语言塑造了两个典型化的人物形象，诠释了一个戏剧性的瞬间。在夕阳的映衬下，人物肤色被赋予红、橙、赭等颜色，与大面积暗色的背景形成对比色关系，营造出紧张的色彩氛围感。人物置于画面下方，各类道具散落一地，这种混乱性与失衡感恰好与故事的戏剧性与矛盾感相呼应。画家采用倒三角的构图形式，同时通过色彩的运用和明暗的对比，成功引导观者将视觉聚焦到人物身上，用松动概括的笔法勾勒父亲，饱满且坚挺的刻画则凸显女儿的坚强不屈。画中虽未表现父亲举鞭、青年喝止的场面，但是站在画前这一刻那句“放下你的鞭子”仿佛响彻耳边，国仇家恨已写满女儿的脸庞，反抗侵略者的强烈情绪早已跃然于画布之上。

同一历史时期，徐悲鸿也创作过同名油画作品，两位画家都有留法学习经历，又都是采用写实的创作技法，但在人物形象、画面氛围和色彩运用等方面大相迥异：徐悲鸿笔下的女儿更妩媚典雅，凸显的是演员救亡图存的女杰形象；司徒乔笔下的人物则坚毅率真，作品情绪饱满，抗日主题鲜明，流露出强烈的民族情感。该画完成后不久即在重庆、南京、上海等多地展出，引起观者强烈的情感共鸣，在抗日救亡运动中起到了激励民众斗志的重要作用，也成了中国抗战题材的美术作品中一幅极具代表性的经典之作。**（文 / 郑旋）**

香港码头

陈抱一

油画 / 布面油彩
72cm×90cm
1942 年
1964 年陈绿妮捐赠

20 世纪的香港曾经记录下无数过往的中国文杰，然而仅有少数者为这座后起之城摹写容貌。陈抱一笔下的香港码头，洒满阳光，纯粹而静谧，时间仿佛在这一刻凝固于画中。船工们尖尖的斗笠，错落有致地点映在画面前景，如一个个跳跃的音符，将观者的目光引向中景。耸起的船帆、桅杆，还有西式的路灯，所有的这些在水光潋滟之中似乎被抽离出来，形成了直线与曲线交错律动的优美和声。小船的排列构成了一个经典的 S 形，最终将观者的目光和思绪引向远方。这件作品色彩典雅，富有诗意，造型流畅概括，既带有现代主义艺术中“有意味的形式”美感，同时又深深地烙有中华民族的时代印痕。此作品创作于 1942 年，三年之后，陈抱一先生在战争硝烟即将散去前夕病逝于上海。1964 年，陈抱一先生的女儿陈绿妮遵从母亲遗愿将陈抱一各个时期重要作品共 12 件，捐赠给国家，由中国美术馆永久收藏。今天，我们所看到的这幅《香港码头》即得益于这一次无私的捐赠。**（文 / 任哲）**

甘孜雪山

吴作人

油画 / 布面油彩
29cm×38cm
1944 年
2008 年萧慧、商玉生捐赠

吴作人是 20 世纪深受尊敬的艺术家和艺术教育家。适逢辛亥革命风起云涌之际，他负笈欧洲，在完整掌握了西方美术的写实造型方法和油画技巧之后，他不顾国家抗战时期的纷杂动乱，毅然回国，将毕生精力交给了中国的教育事业和艺术发展。他是中国新文化运动之后全面掌握西方绘画观念和技法的杰出代表，也是用现代造型手段改造中国传统绘画方法，推行艺术教育改良的重要代表。

20 世纪 40 年代，吴作人遵循恩师徐悲鸿的创作主张，有意识地寻找中西合璧之路。1943 年 9 月，吴作人从兰州出发，一路西行，从敦煌美术的视觉系统中借鉴了瑰丽的色彩、独特的章法以及富于创造性的组合变化，当他在表现康藏地区特有的地域景观与风土人情时，色彩便基本脱离了欧洲油画的谱系，初步建立起明快而典雅的民族油画语法体系。他的这一尝试拓宽了中国艺术家的眼界，也为中西美术的有效融合提供了可资参详的成功经验。

这幅《甘孜雪山》创作于 1944 年，正是吴作人探索油画民族化之路的里程碑之作。高原明丽的阳光，翻卷的低云，以传统石粉壁画的绘画语言，平涂在画面上方的二分之一处，从而更加凸显了雪山巍峨绮丽的体积感；山脚下清晰而朴素的民居，分散了视觉的焦点，使傲视群峰的甘孜雪山一下子有了烟火味。作品一扫之前留学欧洲时的灰暗、忧郁之感，也摒弃了对先锋与前卫的单纯形式追求，取而代之的是细细品味旧传统与新思潮之甘苦，为油画注入了中国的诗意与人间景象。可见画风的转变，不是刻意追求所能得，而是伴随生命历程的自然流露。

《甘孜雪山》承蒙吴作人先生家属萧慧、商玉生于 2008 年慷慨捐赠，一同捐赠的还有《齐白石像》等一批对中国油画本土化发展极具研究价值的重要作品。（文 / 杨子）

挣扎（暴风雨）

李瑞年

油画 / 布面油彩
65cm×80cm
1944 年
2010 年廖先庄、李楯、李蒂雅捐赠

李瑞年以风景油画和素描见长，早年就学于北平大学艺术学院西画系，之后在比利时皇家美术学院和法国巴黎国立高等美术学校进行学习。徐悲鸿和傅抱石把他的画称为“抒情诗”。李瑞年是早期中国油画界专注于风景画的人，观者从他的作品中能感受到更加深入的情感。

李瑞年的风景画往往通过平常景物营造出深刻的意境，作品风格独特。他的艺术风格是写实的，又充分沁入了个人艺术化的处理。此幅作品是艺术家本人在艺术道路上走向独创的时期。《挣扎》是李瑞年先生在重庆时所画，作品呈现出浓浓的时代气息，画面以赭石等土色的灰色调为主进行调和，这种色调极好地衬托出画面的含蓄与古朴，并稍带苦涩之感，以此来表现四川的风景气息。作品粗略描绘了前景、背景、天空，而加强中调子的精细表现，从而加深了作品永恒之感，使整幅作品构图具有真实感。画面上一片浓重的乌云压迫下，狂风暴雨中，一个奔向天边远远的一线光辉的人，踽踽独行，坚定执着，暗示着艺术之路异常艰苦。

这幅作品不仅是艺术家对现实生活的反映，也是对艺术理想的表达。李瑞年先生的女儿李蒂雅的回忆能让我们更形象地感受李瑞年先生的作品《挣扎》：“父亲的画让我感到一种美的享受、美的向往、美的追求，可也让我感到这美中又包含了多少艰辛和苦痛。一个人要在自己坎坷的人生路上，去不断寻找那美，并以深沉的爱奉还给这个世界，是多么的不容易。”（文 / 杨兰亭）

自画像

潘玉良

油画 / 布面油彩
73.5cm×60cm
1945 年

潘玉良是中国现代绘画史上一位重要的女性艺术家。中国美术馆馆藏潘玉良《自画像》创作于 1945 年的巴黎。20 世纪四五十年代，正是潘玉良艺术创作和参与艺术活动最为活跃的时期，也是她自画像创作最多的时期。在社会新思潮纷纭激荡和女性接受现代美术教育理念的背景下，同时代的中国女性艺术家，如方君璧、蔡威廉、关紫兰、孙多慈等，也都有自画像创作，而潘玉良应该是她们中自画像作品最多的一位。

此幅《自画像》融合了印象派、野兽派的画风，作品的色彩单纯、强烈，装饰意味强。画作中，潘玉良轻依桌旁立在窗前。面对画面，最吸引观者目光的是女画家的眼神。她的双眼应是观者目光进入画面的切入点，从人物的脸部向下，至身体，观者的目光在她的左手处短暂停顿，其后移到扶着桌面的右手，经过盛满黄色鲜花的白瓷瓶，直至显露一角的书，这条斜轴营造了环境的空间深度，在观者心理上拉开了窗与人物间的距离，再从扶着桌面的右手，延伸至腰前的左手，至左上方倾斜的几何花纹窗帘，构成了另一条斜轴。它们形成了一个“V”字，将观者的视线向上提升。同时，她的竖条纹衬衫，指引着观者视线向上移动，再次直抵画家着意刻画的面部。玻璃窗、瓷器、鲜花、窗帘，这些意象经常在潘玉良作品中出现。它们在构图中占据着重要位置，也映衬着她的女性特质和独特的东方情调，展现了与同时代男性艺术家不同的表达视角。这些物品与画家形象仅仅是在坦陈自身，并未被转译成戏剧化或超现实的程度。

这幅作品非常独特，它展现了画家的日常状态。画家身穿时髦的条纹衬衫，配着短上衣，干练中透着女性的柔媚。这幅自画像，展现了一位独立的、具有鲜明文化立场的现代女性形象。

（文 / 汤林丽）

鼓楼远眺

秦宣夫

油画 / 布面油彩
54cm×79cm
1948 年
2013 年秦志燕、秦志云、秦志宁、秦翊捐赠

“我们需要西洋画吗？”这是留法艺术家秦宣夫在 1937 年的发问，代表了 20 世纪中国画坛对于西画的不断探讨。其答案就在秦宣夫的作品中。

秦宣夫是 20 世纪早年留法艺术家群体的一员。其 1929 年从清华大学外语系毕业，1930 年留学法国并改习美术，在法国高等美术学院及吕西安·西蒙教授的油画工作室学习素描、油画，同时借助法国的院校、博物馆等资源研究西方绘画史，所作油画得“学者之画”的赞誉。1934 年，秦宣夫学成归国，先后执教于北平艺术专科学校、国立艺术专科学校、清华大学、中央大学艺术系。

《鼓楼远眺》是 2013 年秦宣夫亲属向中国美术馆捐赠的一幅油画，它将我们带回 20 世纪 40 年代画坛的风云往事。1941 年，归国执教的秦宣夫随学校辗转至重庆凤凰山，开启了乡居岁月。生活虽然窘迫，但是和常书鸿、王临乙、吕斯百、吴作人等同道友人的朝夕相处使其艺术日臻成熟。1946 年，画家们陆续返迁，秦宣夫也回到了阔别已久的南京。带着激荡的心情，他画下了这幅《鼓楼远眺》。

画面中，秦宣夫以迅捷的画笔记录下鼓楼街区的人事风光。带着在法国习得的油画气质，他在现实主义绘画中混合了时代的凝重和生活的愉悦，飞扬的笔触与悦动的色彩虔诚地传达着他对于生活、对于艺术的深切热爱。乡居岁月不仅没有磨灭他的艺术意志，更使其逐步走出艺术的象牙之塔，放怀于更为广阔的人生与自然。《鼓楼远眺》中的那份含蓄与优雅、那份不脱离时代和人的质朴与庄严，完美呈现出其“抱住人生，搂定自然”的艺术目标。

20 世纪三四十年代是秦宣夫在思想、创作和艺术活动上最为活跃的一段时期。“我的画不愿意框上富有诗意的画名。我画里要是有诗，它自然会逃不了鉴赏者的心目；要是画里没有诗，框上一个优雅的名字，也搞不出诗来！”这就是秦宣夫的油画观，也是他的艺术自信。

在美和崇高之间，艺术可以给人更多前进的动力，这不仅是西方文论的观点，亦符合中国人固有的欣赏习惯。以油画追索传统之情致、启迪现代之新意，这正是秦宣夫的答案。**（文 / 王倩）**

黑衣女青年像

苏天赐

油画 / 布面油彩
82cm×66.5cm
1949 年

这是一幅饱含浓情爱意的作品，是苏天赐于 1949 年为夫人凌环如所绘。

苏天赐先生是中国油画艺术的杰出代表及美术教育家。受恩师林风眠影响，苏先生从中国古典艺术中汲取营养，并从中寻求东西艺术的融合之道。

在创作《黑衣女青年像》时，西汉壁画中大面积的红、黑色彩对比，粗放洒脱的笔法，斑驳古朴的肌理所产生的感染力给苏先生带来了启发。由此苏先生摒弃了油画的西方标准，以中国传统绘画中的“气韵生动”为追求，将精力投注到线与体的组合上，使眼前之形与心中之神完美结合，尽情抒发个人情感。在经过十多次的刮掉重画后，最终完成了这幅“油画语言从西方体系向中国表达方式基本转换”的代表作。

艺术风格的发展是依靠历史积淀的，而艺术作品的美感是穿越历史的。1949 年，在油画民族化的探索道路上，苏天赐创作了《黑衣女青年像》——一幅具有浓郁东方神韵的油画作品。无论在任何时代，观者都会在这幅作品前读到一位青年对爱人的深情告白。（文 / 李浩然）

窗前女人体
潘玉良

油画 / 布面油彩
24cm×33cm
20 世纪 40 年代

潘玉良，1895 年出生于江苏扬州。后考入上海美术专科学校学习绘画，并于 1921 年赴法国留学。她是中国近代较早走出国门，系统接受西方现代美术教育的女画家之一。纵观潘玉良的艺术发展之路，正是在 20 世纪中西方文化相互碰撞与交融，传统与现代相互交锋的历史语境中，逐渐展开并日臻成熟。在潘玉良一生的艺术探索中，对女性的关注与表现始终占有十分重要的地位，《窗前女人体》是她第二次赴法时期的作品。这一阶段也正是她在艺术创作上的高峰期，她曾创作过同一主题的多幅变体画。在欧洲绘画中，描绘“窗前的女性”是一个传统的主题，贯穿从古典主义到现代主义绘画的各个阶段。此类画作中“窗”内外的景象更多暗示了画中人的内心和思绪，连接现实与想象，表达画家的艺术理念，因此具有丰富的内涵。

在这幅作品中，窗前女子的姿态自然而惬意，睡眼惺忪的她，身体仿佛正在往一侧轻转，画家则生动传神地描绘出这一充满了韵律和美感的微妙瞬间。画面前景处红色的圆桌、地毯、盛开的鲜花，迸发出浪漫而浓郁的表现主义的色彩张力。中景处绚丽花色点缀的靠枕、蓝色的衾被、窗帘则增加了画面的优雅与宁静之感。而窗外的风景描绘，则更接近中国山水画的意象，逸笔草草绘就出山色朦胧、空水氤氲之气。在此画中，潘玉良将现代主义绘画语言与传统中国绘画意蕴完美融合，呈现出兼具雍容华丽与清隽雅逸的美学意境和对于自然与生命崇高之美的礼赞。在她的身上，深刻展现出倾其一生追求“东西方和谐与精神融合的理想”，探索“合中西于一治”的艺术之路。（**文 / 任哲**）

黄山雲海
劉海粟
一九五四年

黄山云海

刘海粟

油画 / 布面油彩
61.3cm×74.2cm
1954 年
2017 年刘英伦、左月芬、张凤如、刘虬、刘虹、刘蟾捐赠

刘海粟，名槃，字季芳，号海翁，江苏常州人，擅长油画和中国画，是 20 世纪我国现代美术事业的开拓者和我国近代美术教育事业的奠基人之一。最能概括其作品特点有二。一是中西合璧，他既不忘传承传统文化，又能取西方绘画风格为我所用，不断致力于油画民族化道路的开拓。正如中国美术馆馆长吴为山在 2017 年举办的“沧海一粟——刘海粟艺术展” 开幕式上讲的一样：“透过他的作品，我们依然可以洞悉华夏文化的深邃，窥见法兰西阳光的灿烂，感受生命伟力的崇高，礼赞发自灵魂深处的自信。”二是他毕生倾心于黄山美景，秉持“外师造化，中得心源”的艺术追求，前无古人地在 70 多年中十上黄山写生，每去一次都有新的灵感和激情，发出“昔日黄山是我师，今日我是黄山友”的感慨。

中国美术馆馆藏的刘海粟作品《黄山云海》创作于 1954 年，是他六上黄山的大作。作品描绘了在霞光映照下黄山景色丰富变幻的神奇气象。此画采用散点式空间处理法，营造“象外之象”的“远”景之势，通过对自然景色的推敲与提炼，以大面积横向的云、霞，强调海天一线的交错之感，同时辅以因山势向上而激荡横流的云气，打破远处的静谧，使得画面动静相宜、斑斓变幻。整幅作品在保留油画语言魅力的基础上，用笔之间巧妙融入中国画的笔墨情趣，更不乏书法笔力的渗透。画面用色沉着含蓄，在云海的描绘中融入白色，将中国画对灵动之美的意境追求与油画对“光色效应”的探求互补并用，使画面色彩于灿烂之极中归复平凡，平稳之中亦可窥见细微变化，体现“随类赋彩”的深厚造诣。此幅作品以油画材料为载体，通过饱满的热情，借气象浩瀚的黄山之景，展现了刘海粟先生在时代精神的感召鼓舞下对自然和生活的激情，以及他壮阔雄浑、吞吐大荒的艺术追求。**（文 / 孙琳）**

作人·1954·北京

画家齐白石

吴作人

油画 / 布面油彩
116cm×89cm
1954 年

中国美术馆馆藏作品《画家齐白石》表面上是一幅普通肖像油画，其实是用画笔塑造出的一尊蕴涵着艺术张力与民族精神的雕塑，是一座铭记艺术大师齐白石不朽思想与非凡人格的纪念碑。作者吴作人是现代著名油画家、国画家、美术教育家，师从徐悲鸿。他的油画笔法凝练、形象准确，经过多年融会中西艺术的实践和探索，于20世纪50年代初期达到油画创作的高峰，树立了中国油画富有民族气派的典范。

“盖写其形，必传其神，传其神，必写其心。”《画家齐白石》采用三角形的构图，造型精准，形神兼备，创作技巧炉火纯青。齐白石安坐在紫红色沙发之中，端庄安详，宽厚体魄像一座不可逾越的高山，深色睡帽和虾青色大袍衬托出鹤发童颜的面容，彰显出他深如大海的阅历和仁厚性格。五官刻画惟妙惟肖，眼神炯炯，银髯飘飘，气韵生动，其右手拇指与食指捻笔管的习惯性动作处理绝妙。这诸多细节与整体造型相呼应，繁简、虚实和深浅对比，描绘出一代艺术宗师的气度和风采，也体现了作者扎实的基本功和敏锐的洞察力。画面不过多地追求明暗块面和冷暖关系变化，平光的处理及大片空白的运用，不炫技，朴素、纯粹，具有民族性和时代性。作品犹如一首朴素动人的诗，吟诵着齐白石倔强的性格、坎坷的艺术经历与不朽的艺术精神。**（文 / 文航）**

展现在我们面前的是一幅高 1 米，长 4 米的巨幅油画：平远的画面空间中，在蓝天白云的映衬下，巍峨的雪山向远处延绵，明媚的阳光洒向山下嫩绿的草原，大西北壮阔的春景映入眼帘。在这美景中我们又分明感受到了一股热潮——前景延展的建设工地、帐篷和劳动场面，画面中部迎面驶来的蒸汽列车，以及中景处横向穿山而出的另一列火车——无不表现了蒸蒸日上的建设热潮。

事实上，作品表现的是“一五”计划启动的兰新铁路建设工程的一个场景。1954 年春，画家到乌鞘岭兰新铁路工程队体验生活，有感于 5 月大雪之后祁连山脉的奇伟雄峻，兰新铁路建设工地上热火朝天的劳动场面，创作了这件气势恢宏的叙事性风景画。

通往乌鲁木齐

艾中信

油画 / 布面油彩
100cm×400cm
1954 年

画家以借景抒怀的激情将人物、现场与风景融为一体，营造出宏阔壮美的意境。冷色调的蓝天、白云、雪山、草原，烘托出暖色调的黄土裸露的建设工地和工地旁的扎寨帐篷，并以奔驰的蒸汽机车点题，揭示了大自然与祖国建设春天的到来，歌颂了新兴国家的创业建设。

艾中信是第二代油画家、美术教育家，他提倡现实主义艺术，主张创作立足于生活。他对中国油画的重要贡献，当属 20 世纪 50 年代创造性地使用“全景式风景”样式表现叙事性主题，特别是革命历史画，被誉为“艾家样”。这种样式的第一幅大作便是创作于 1954 年的《通往乌鲁木齐》。该作品被韦启美先生评价为 20 世纪 50 年代初期“标志性的油画”之一。**（文 / 李博）**

刘胡兰就义

冯法祀

油画 / 布面油彩
230cm×426cm
1957 年

冯法祀，当代著名油画家，安徽庐江人。1933 年考入南京中央大学教育学院艺术科学习油画，师从徐悲鸿，接受了现实主义的艺术教育，打下坚实的素描写实功底和色彩表现基础。1937 年参加革命后，他创作了许多充满战斗性的作品。1946 年作为徐悲鸿的学生和助手，冯法祀任教于国立北平艺术专科学校。1951 年任中央美院绘画系主任兼油画科主任、教授。

1955 年，冯法祀参加了中央美术学院马克西莫夫油画训练班的学习，油画《刘胡兰就义》就是他在训练班学习过程中完成的作品。他曾几次深入山西文水县体验生活，收集了大量形象素材，以饱满的激情塑造并讴歌了这位 15 岁就为革命献身的女英雄。画面以威逼恐吓和宁死不屈的冲突为导线，以刘胡兰就义前在群众中激起的不平、悲愤，以及在敌人阵营中引起的惊恐为描写情节，采用了分组集中的手法来处理众多的人物和复杂的情节，使人物形象刻画得生动、感人。这幅巨幅革命历史画作历时三年，数易其稿，既是冯法祀先生现实主义题材的里程碑式作品，也是 20 世纪 50 年代极具代表性的优秀作品。**（文 / 李洁冰）**

半边天

罗工柳

油画 / 布面油彩
53cm×82cm
1960 年

罗工柳是 20 世纪中国油画民族化道路上的实践者和推动者，是 20 世纪中国美术历程中的一座艺术高峰。他的油画《地道战》《整风报告》《毛主席在井冈山》《前仆后继》，以及版画《马本斋的母亲》、木刻插图《李有才板话》等，都已成为艺术史上的经典。

1960 年上半年，罗工柳参加由中国美术家协会组织的赴海南岛、漓江等地的写生活动。在海南环岛旅行写生期间，罗工柳创作了油画《半边天》。作品标题“半边天”来自毛泽东同志 1955 年提出的“妇女能顶半边天”的口号，是对女性在社会主义建设中发挥积极作用的宣扬和歌颂。此幅画作最吸引观者眼球的，是画家对海南岛户外烈日阳光的色彩表现——画面背景中耀眼的明黄色，豪放不羁的色彩笔触几乎铺满了整个背景。画面前景中，画家用较为沉着的色调描绘了三位皮肤黝黑的海岛女性劳动者形象。她们肩扛着农具，谈笑着行进，营造出一种欢快愉悦的劳动氛围。

自 20 世纪五六十年代，罗工柳的油画专注于主题性美术创作的形式创新，同时，他将中国传统美学意趣融入油画的表现语言。以《半边天》为代表的户外写生作品，较之于他的主题性美术创作，显得更为洒脱、率意。1961 年，罗工柳发表《略谈油画的创作活动与技巧磨炼》一文，为我们解读此幅画作提供了线索。文中提到油画创作中写生与写意结合的两种方式。《半边天》所呈现的，便是他所阐发的其中一种方式，即“写生与写意同时进行”，作画过程中“既写生又写意”，在写生和写意的反复磨炼中达到“笔中有神，色中有气”。（文 / 汤林丽）

火的女儿

［法］阿尔诺·多德里夫

油画 / 布面油彩
165cm×326cm
1960 年

此幅画作的作者阿尔诺·多德里夫是法兰西艺术学院院士，曾担任该院三届执行院长并当选终身秘书长。作为一名学贯中西和融古通今的具有世界视野的艺术家，多德里夫在绘画世界里展现了高度综合的艺术能力，原始艺术与现代绘画的人文精神深深地沉浸在他所精心构造的油画图景中。他时常以“大海”和“人体”为主题展开创作，并在其中探索构造的内在生命和体积表达的更为深刻的含义。因此在多德里夫的绘画作品中，艺术的永恒魅力在超越时空的每一个画面瞬间不断凝聚，透出画家对我们所在世界无限的爱和光而不耀的沉静气质，形成了画家独特的风格。

《火的女儿》是画家作于 1960 年的一幅精品，作品充分展示了画家对于空间营造的作画能力，整个画面被一个以室内为主体的场景呈现，同时在那些窗口性的空间结构处，画家将观者的视线十分巧妙地延伸到远方的树丛、大地和天空，使得室内的人物主题与室外的风景地貌建立了一种独特的关系。画面右侧的两处窗口都以不完整的边角形式将室内空间的秩序和远处风景呈现出来。而正面得以远望的外景则在黑色和浅色交替的视错觉构成中，产生介于现实与超现实之间的某种神秘感觉，配合着透视的远推效果通向远方。在这个奇幻的构图中，作为画面主体的室内空间由充满爱意和真挚情感的粉色墙面所勾勒，交代出蕴含在绘画形式中画家的潜在情绪和绘画母题的基调。作为绘画主要人物的女孩自然而舒适地躺在充满异国情调的沙发上，目视着观者的方向，表情具有原始艺术久远而神秘的特征，与现代感的人物着装结合，产生了超现实的意味，黑色的猫和日常感的静物参与了画面气氛的营造，女孩的眼神仿佛在这一切悬疑中隐藏的宝石，使得《火的女儿》格外神秘。（文 / 王萌）

水乡之晨

苏天赐

油画 / 布面油彩
50cm×73cm
1962 年
2008 年凌环如、苏凌、苏青、苏为捐赠

2008 年，苏天赐夫人凌环如携其子女将 25 件苏先生的作品捐赠给国家，由中国美术馆永久收藏，苏先生及其家属无私奉献的高尚精神令人钦佩。当时展览开幕，吴冠中先生特地赶来，并诵新诗：“怀有同样心愿的人，无别离。有人走了，没有留下脚印；有人走了，留下了脚印……”

苏天赐先生是 20 世纪中国杰出的油画家、著名的美术教育家。他继承了林风眠等第一代中国现代美术开创者的艺术精神，其油画作品是现当代中国美术中西融汇的成功探索。这幅作品创作于 1962 年，描绘了早春时节莺飞草长的水乡之景，山村傍水而居，若晴若雨的迷蒙水气中，一切都自然舒展，呈现着自然与生活的和谐之美。油画语言清新，色彩明快，波光中洋溢着诗的韵律，表现出浓郁的东方意蕴和中国的民族审美情调。《水乡之晨》是艺术家早期的代表作品之一，正如这幅作品中所描绘的，春天和清晨孕育着希望，标志着新的开始，也开启了画家之后创作更多精彩的可以载入中国现当代美术史册的佳作之序幕。**（文 / 任哲）**

金色的季节

朱乃正

油画 / 木板油彩
152.5cm×161.4cm
1962—1963 年

《金色的季节》是朱乃正先生的代表作品之一，也是他艺术生涯早期对绘画语言的独特探索。这件作品创作于 1962—1963 年，因被选送到 1964 年全国“公社风光”画展而饱受赞誉，后被中国美术馆收藏。在中国美术馆 50 年馆庆大展中，这件作品又一次与观众见面。

作品整个画面呈现出明朗浓郁的金黄色调，两个藏族女性居于画面正中，她们手持簸箕在筛青稞。青稞随风落下，在地上堆积。画面左侧的女性将簸箕高高举起，面带丰收的喜悦；画面右侧的女性背向站立，发辫随风飘扬。风吹动裙裾，显示出两位女性身体的健美。画面上方是青藏高原天空独有的大块云朵。画面下方，远处是人们在忙着收获青稞。有人持叉把青稞放在马车上，有人在高高的青稞堆上忙碌，呈现出一片祥和的丰收景象。更远处，一座座嵯峨的雪山绵延天际。

作为对当时审美价值的延续，这件作品表达了对劳动者的称颂。但与同时代作品相比，朱乃正在技法上独辟蹊径，在情感上则采用了一种更真诚的表达。他采用仰视视角，使两位女性人物显得高大、朴素。他大胆取舍，凸显人物主体；注重纪念碑式的人物造型，使作品产生一种具有雕塑感的立体美。为了使人物轮廓更加饱满有力，朱乃正特意强调背景明亮的金黄色，削弱人物逆光中的冷暖对比，进一步将人物着以厚重的墨绿色和褐色。在这件作品中，朱乃正“油画民族化”的主张已初见端倪。他巧妙地借助中国传统绘画中的常见元素——风，使得迎风而立一正一反的两个人物，达到形体与心灵的完美统一，也使作品增添了诗意和古典美感。

朱乃正利用了对自我的真诚、对情感的真诚、对自然的真诚，画出了“永恒的东西”（朱乃正语）。也正因为这种真诚，世界才得以“在永恒的形式下被捕获”（维特根斯坦语）。（**文 / 朱广华**）

出击之前
何孔德

油画 / 布面油彩
200cm×140cm
1963 年

油画《出击之前》创作于 1963 年。它反映了中国人民志愿军支援朝鲜，展开抗美援朝运动的历史背景。作品描绘了战斗前蓄势待发的紧张场面，画面主体形象是真人大小的一名全副武装的战士，手中握着刺刀出鞘的步枪，神情坚毅，他身旁的掩体上方还有松动的尘土掉落，机枪手们藏在重机枪后方，目光如炬，严阵以待。画面深处的战士形象隐藏在掩体的阴影中，与最前面的主体人物形成鲜明的对比。这种构图安排将宏大战争中的一个局部场景展现得更具层次感，将大战前夕令人窒息的紧张气氛烘托得淋漓尽致。作为一名亲历朝鲜战场烽火洗礼的艺术家，何孔德将深刻的战场体验和鲜活的审美感受注入现实主义创作中。这件油画作品采用直接画法，笔触粗中有细，颜料厚重，具有明显的肌理感。艺术家着重刻画了人物的面部神态，并利用光影创造出画面的空间感。

这幅作品的颜料层构造薄厚差异较大，曾出现画布严重变形、颜料层局部松动、暗部颜色大面积泛白等问题。中国美术馆于 2016 年对其进行了全面修复，解决了作品物质材料结构上存在的不稳定问题，去除画面中的视觉干扰，恢复了画面颜色饱和度和整体色彩关系。今天我们看到的这幅作品镶嵌在为其量身定制的外框中，正面有无反光防紫外线透明层的保护，背面安装了无酸聚酯背板，这些预防性保护措施为作品提供了一个缓解环境变化冲击的微环境，使它可以安全地保存和展出，让广大观者从容地欣赏并感受到这一红色经典美术作品历久弥新的魅力。**（文 / 孔妍）**

千年土地翻了身

董希文

油画 / 布面油彩
77cm×143cm
1963 年

董希文的油画作品《千年土地翻了身》创作于 1963 年。画面表现了西藏农奴翻身做主人，在自己的土地上耕耘的美好图景。董希文是我国当代著名油画家。他的代表作《开国大典》开创了中国油画的新风貌。他也是较早关注西藏题材的画家，曾三次进藏从事写生和创作。这幅作品就是他到西藏体验生活并创作的代表画作之一。

画家以翻土耕地作为切入点，通过“土地”这一广大人民群众赖以生存的根本来揭示主题，可见他对劳苦大众倾注了深厚的情感。翻滚的泥土如同画面中人物的心情一样欢快、喜悦，正如他自己所说：“被犁头铲起的新土，闪闪发光，熟褐色的湿土散发出难以形容的芳香。”

在这幅作品中，作者运用大笔触和大色块的表现手法，构图饱满，情绪热烈。人物后仰的动势，昂首向前耕作的牦牛，以及金子一样的泥土，随着笔触的翻滚构成了极具行进感的画面，而那湛蓝的天空和高耸的雪山，又与肥沃的土地、人物桃红的上衣构成对比和反差，使画面色彩鲜明。

“一笔负千年重任”，这就是董希文先生的精神追求。（文 / 杨奇）

三潭印月

秦宣夫

油画 / 布面油彩
55cm×76cm
1963 年

说起杭州西湖，自然就会想到有“西湖第一胜境”之誉的“三潭印月”。“三潭印月”本是西湖中最大的岛屿，平面呈“田”字形，构成了“湖中湖”“岛中岛”“园中园”的胜境，又称“小瀛洲”。不过，人们印象最深的却是岛南侧湖中鼎足而立的三座宝瓶形石塔。这要归功于第五套人民币一元纸币背面所印的“三潭印月”图案。石塔最有趣的是塔腹中空，环塔身分布五个圆孔，每逢圆月当空映于湖面，塔中点燃烛火，与明月上下争辉，形成“明月印水渊，石塔来相照”的景致，得名“三潭印月”。可见，三塔已成为“三潭印月”的标志。

中国美术馆所藏油画《三潭印月》作于 1963 年，表现的正是以三座石塔为点景的西湖风景。作者秦宣夫是老一辈杰出的油画家、美术史家、美术教育家。曾留学法国，1934 年回国后任教于北平艺术专科学校西画系、中央大学美术系。新中国成立之后，任南京师范大学美术系教授、系主任，曾任中国美术家协会江苏分会副主席、全国美术教育研究会副理事长。

《三潭印月》的画面视角开阔，形象概括，色彩柔和，情绪盎然，意境深远。构图上，艺术家以大面积的水面将青山和苏堤推向远方，近景以跃动的笔触表现湖水荡漾的涟漪，中景以石塔、小船、苏堤、石桥巧妙地展现了水面的纵深感。色彩上画家大胆简化，以与天相呼应的橙色调表现逆光的水面，在水天一色的和谐中融入了天空中隐约的淡蓝、湖水中跳跃的灰蓝和灰褐色，并以淡淡的绿色和蓝色表现苏堤和远山，既有层次地表现了朦胧的春意，也分割了天空和湖面的色彩，与画面整体的暖色调一同渲染出欢快明朗的情调，出色地表现了作者真挚的情感和祖国河山的美丽。同为早期油画家的宋征殷，曾评价秦宣夫这批杭州写生风景画，肯定道：“他试图融合中国的写意画，探索具有民族气息艺术风格的作品。”（文 / 李博）

我们走在大路上

潘世勋

油画 / 布面油彩
120cm×225cm
1964 年

《我们走在大路上》是著名油画家潘世勋于 1964 年创作的西藏主题油画。作为中国现实主义油画道路上的一位重要实践者，潘世勋一直以作品反映时代，表现生活，讴歌人民。自 1960 年起，他先后十余次深入藏区，创作出一大批反映青藏高原独特的自然人文景观和藏族人民精神风貌的油画作品，《我们走在大路上》便是他刚刚结束近十个月的进藏生活之后，用 15 天时间完成的作品。该作品以 1963 年发表并广为流传的同名爱国主义歌曲命名，敏锐地抓住了时代主题，在当年举办的全国美展中大获好评。

在这幅写实主义风格的油画作品中，艺术家以平实的绘画语言描绘了藏族青年筑路工人放工途中边走边唱的生动场景。走在前排的女工肩扛铁锹，意气风发，脸上洋溢着喜悦和自豪，四周的工友微笑着将目光投向他们，他们的身后是雄伟的布达拉宫和连绵不绝的山峰。画面饱和的色彩和强烈的明暗对比营造出雪域高原明丽的色彩和光感，笔触和大色块的运用则使作品浑厚有力，充满张力，映衬出新西藏建设者们朝气蓬勃、斗志昂扬的精神面貌。通过这幅时代特征鲜明的油画作品，潘世勋成功地塑造了社会主义建设时期藏族青年劳动者们的时代肖像，为中国现代美术史留下了一件极为重要的西藏主题绘画作品。（文 / 杨婧）

在战斗中成长

秦大虎、张定钊

油画 / 布面油彩
138cm×130cm
1964 年

秦大虎、张定钊于1964年合作完成了油画《在战斗中成长》。艺术家用近于写意的手法描绘了北方农村初夏早晨的场景。作品主要刻画了一老一少两位游击队队员在取得战斗胜利后，携枪枝、望远镜、手榴弹等战利品，满怀喜悦地穿梭于朦胧唯美的青纱帐中的动态，传递出军民合一的革命乐观主义精神。“小八路”生动鲜活的形象与中年游击队员沉稳坚毅的面部神情共同勾勒出“在战斗中成长”的主题，纪实主义的创作手法与表现主义的绘画风格，为作品营造出既真实又浪漫的气氛。光感的塑造是艺术家创作的一个重要抓手，侧光、顺光的交错配合，使沐浴在黎明光辉中那葱绿的纱帐、深沉的土地，以及热情的人物形象塑造，更具温度与人文关怀，使画面充满了北方乡土气息，亲切动人；补色的运用更是巧妙地强化了画面主体，体现出艺术家在油画本体语言上的探索与实践。**（文 / 柳淳风）**

محکمه شرعی

罪恶的审判

哈孜·艾买提

油画 / 布面油彩
128cm×190cm
1964 年

一幅好的作品不光让观众折服于画家精湛的画技，更能使观者产生强烈的共鸣，《罪恶的审判》就是这样的代表。

该作品由维吾尔族油画家哈孜·艾买提于 1964 年完成，是其早期的代表作。哈孜·艾买提受苏派写实油画影响，将东方绘画的线条造型与西方油画的构图色彩相融合，同时吸收新疆独特的地域文化和审美情趣，流露出浓郁的新疆风情。

1949 年 9 月，中国共产党实现了新疆的和平解放，消灭了封建土地制度，建立了农民所有的土地制度，真正实现了人民当家做主。该作品刻画了 1949 年新中国成立前，被封建恶势力操控的审判结束之后的情景。画面表现了地主巴依和法官勾结，做出不公正审判，强行霸占贫穷少女，造成父女生离死别的人间悲剧。作品因与歌剧《白毛女》近似，故被称为新疆油画版“白毛女”。

画家以现实主义表现手法，通过纯熟的造型功力营造具有史诗般效果的戏剧冲突，刻画了不同阶层的多个人物形象，还原了旧社会劳苦大众的苦难，体现了画家爱憎分明。画面中央描绘了被恶奴拖拽倒地的红衣少女和满脸绝望的父亲。近景表现了趾高气扬的地主和阿谀献媚的法官。他们衣着华丽，与周围衣衫褴褛的群众形成鲜明的对比。画家通过透视手法突出地主和法官的肆无忌惮及红衣少女和父亲的渺小无助，控诉着解放前新疆底层人民的苦难，他们生活在地主和农奴主的剥削和压迫下，连最基本的人权都无法得到保障。

仔细观察，作品中下部有条从左至右的“横线”。这是由于当时条件有限，没有油画专用亚麻布，哈孜·艾买提便自己用缝纫机将两块帆布拼接在一起，再在布上刷胶为底进行创作。正是在这样艰苦的条件下，他创作了这样一幅充满人文精神的艺术佳作，值得我们钦佩和学习。（**文 / 孙琳**）

纳木湖畔

戴泽

油画 / 布面油彩
73.5m×93.5cm
1964—1982 年

戴泽作为徐悲鸿弟子之一，始终遵循现实主义创作原则，以满腔热忱面向现实、歌咏自然。1963—1964 年，戴泽与潘世勋共赴西藏写生，完成了一批西藏题材油画作品，《纳木湖畔》正是其中一幅重要作品。

该幅作品描绘的是西藏牧民安居乐业的生活场景。画面丰富充盈，成群结队的羊群与居于中央的女性牧民融为一体，人物身上洋溢着的喜悦与欢愉，奠定了作品热烈、欢快的情感基调。画面远端，广袤无垠的高原草甸上，耀眼的阳光穿透云层洒向大地上劳作的人和他们的家园，投射出画家对平凡而充实的农牧生活和美好的大自然的向往。

正如那冲破油画“酱油调”的明媚光线一样，神圣的西藏大地和那里质朴的人民自 20 世纪 40 年代起不断激发着艺术家们的创作灵感，启迪着中国油画民族化的新进程。

戴泽《布达拉宫》（1963）、《拉萨春天》（1964）等同样诞生于此次西藏之行的写生作品，印证了当时以绘画表现时代历史与社会主义新生活的创作思路。《纳木湖畔》脱胎于写生，牧羊女的圆润面庞和真诚笑容不仅是藏族人民的真实写照，更是那个时代纯朴的劳动者们的集体缩影，是留驻在画家笔端的时代印痕。但是，作品完成时间与写生时间相隔近 20 年。社会文化的变革与生活的沉浮曲折，给予戴泽更多对人生和艺术的思考。他说：“相信你的眼睛，画你所看到的。”他又说：“我随着潮流来，随着潮流去，离开潮流是自讨苦吃，但是要顺服自然，心平气和。”这既是对现实主义创作态度的忠实践行，也是对艺术随时代演进的清醒认识，反映在创作中，则多了几番审视和观察。正如《纳木湖畔》最前方那只黑脸绵羊，它注视着画家方向，似在观察，又似在召唤。这何尝不是画家在 20 世纪 80 年代重提画笔后的真实情感：拿起多年前未完之作，回味过往，不知藏民们生活是否美好如故？这种画面内外的情感交流，正是 80 年代以来艺术家们着意强调的创作理念，作品也因此凝聚了更多艺术家的个人感受。在戴泽心中，这个答案无疑是肯定的，因为他向往美好、表现美好的心一直未曾改变。**（文 / 王倩）**

横渡大西洋

［英］大卫·霍克尼

油画 / 布面油彩
183cm×183cm
1965 年
1996 年路德维希夫妇捐赠

《横渡大西洋》是大卫·霍克尼的早期代表作。德国企业家彼得·路德维希在收藏此作品时并不会预想到，数年之后，霍克尼会成为曾经打破拍卖价格纪录的当代艺术家之一。1996 年，伊蕾娜·路德维希夫人依据其丈夫的遗愿，将 89 件国际艺术品无偿地捐赠给中国美术馆，展现了路德维希夫妇宏大的文化视野与高尚的道德情操。作为当代艺术范畴内的波普艺术大师，霍克尼的绘画与艺术观念对众多当代中国艺术家的创作产生了重要影响。他善于将现实的景观平面化地再现，以主观的透视视角不断地借由新型的技术媒介进行艺术探索。《横渡大西洋》描绘了一条行驶在大西洋上几乎快被巨浪吞没的船。1965 年，霍克尼乘船从纽约回到伦敦，冬日的海水给他留下了十分深刻的印象，霍克尼天才般地刻画出动荡不安中夹杂着对生命本质渴望的细微情感。众所周知，“水”和“运动”是霍克尼作品最常见的主题，《横渡大西洋》中乌云和巨浪的排布充满了舞台效果与仪式感，彰显了霍克尼将日常事物置入画面却能塑造出奇幻色彩的超凡能力，引发了波普艺术风格中现实主义特征的广泛学术讨论。

（文 / 柳淳风）

胡贝尔拉特附近的埃费尔风光（黎明）

［德］格哈德·里希特

油画 / 布面油彩
150cm×200cm
1969 年
1996 年路德维希夫妇捐赠

《胡贝尔拉特附近的埃费尔风光（黎明）》由德国视觉艺术家格哈德·里希特于 1969 年创作，是一幅布面油画作品。里希特根据自己拍摄的照片绘制了这幅油画，表现了广阔无人的埃费尔即将破晓时的风光。画面下端色彩最深沉的是广袤的大地，薄薄的植被间雾气蒙蒙。深垂的天幕占了画面的三分之二，把观者的注意力聚焦到天空那微妙的色彩变化之中：由近推远，随着距离的增加，色彩由蓝转紫，再由紫变橙，让我们在大气色彩的变化中，感受到地平线另一侧正在升起的太阳。

20 世纪 60 年代，里希特开始以照片为原型作画，这幅作品就是他的"照片画"之一。与单纯的照片写实主义不同，里希特在画面中模仿的是摄影与拍摄对象之间一种漠然的关系。他通过刮擦手段让画面产生均匀的、如照相机失焦一般的模糊效果，用绘画的形式承载他"反绘画"的态度。这样一来，《胡贝尔拉特附近的埃费尔风光（黎明）》不仅巧妙地融合了 19 世纪德国浪漫主义风景画和 20 世纪东德社会主义现实主义绘画的特色，也带上了鲜明的前卫艺术特点。通过里希特冷静、批判的视角，这幅"模糊"的作品超越了真实与自然，在空旷与寂寥的景观中，为我们开拓了视觉艺术的可能性。正如画家本人所言，绘画能让我们继续前进。**（文 / 徐梦可）**

带鸟的步兵

[西] 巴勃罗 · 毕加索

油画 / 布面油彩
146cm×114cm
1972 年
1996 年路德维希夫妇捐赠

巴勃罗 · 毕加索是西班牙著名的艺术家、画家、雕塑家，后定居于法国。作为 20 世纪极有影响力的艺术天才之一，他以创建立体主义以及探索多种现代主义风格而闻名。世界顶级博物馆以拥有他的画作为荣，艺术品拍卖市场的世界纪录也屡屡被他的作品打破。中国美术馆共藏有 4 幅毕加索的珍贵作品，均来自 1996 年德国收藏家路德维希夫妇的慷慨捐赠。这幅《带鸟的步兵》就是其中之一。

《带鸟的步兵》创作于 1972 年，这是毕加索晚年的经典作品。在结构的表现上，可以明显看出其保留了立体主义时期的绘画语言。画面中步兵左手支撑着长剑，正在给栖息在剑柄上的白鸽递去一碗水，步兵下眼睑上的皱纹和卷发上缕缕的灰色表示他已不再年轻，就像所有经历过战争之殇的士兵那样，眼神空洞而疲惫，表情带有哀伤。画家并没有进一步说明步兵的身份，唯有灰绿背景衬托下的褐色帽子，以及鲜艳的蓝色上衣戏剧性地隐喻了他的贵族身份。

毕加索是一位不断变化艺术语言的探索者，他从未放弃对现实的关切。《格尔尼卡》与《和平鸽》至今仍具有非凡的意义。1967 年后，“士兵”成了毕加索创作的主要题材之一。作品中，士兵象征着权力与欲望，而白鸽象征着和平与反暴力。白鸽和剑的组合与衰老的士兵构成了冲突的张力。或许当和平的白鸽降临在斗争的本性上时，耄耋之年的毕加索已经能平静地看待衰老和即将到来的死亡。

在毕加索逝世的 23 年后，这幅《带鸟的步兵》与其他路德维希夫妇捐赠的 116 幅欧美现代艺术作品一同漂洋过海来到中国，极大地完善了中国美术馆近现代世界美术的收藏序列。这幅作品将继续承载着传播和平与友谊的使命，惠及后人。（**文 / 杨子**）

1974.

太湖鹅群

吴冠中

油画 / 木板油彩
44cm×59.5cm
1974 年

吴冠中是中国杰出的艺术家和美术教育家。他早年毕业于国立杭州艺术专科学校，后赴巴黎国立高等美术学校学习油画，这一求学经历成就了其独特的画风和国际文化交流使者的身份。他 1991 年获法国文化部“法国文化艺术最高勋位”，1993 年获“巴黎市金勋章”，2002 年被选为法兰西艺术院通讯院士。秉持着“中西结合是时代潮流”的创作理念，其作品在融汇东方与西方绘画艺术特色的基础之上实现了创新探索与自由超越。吴冠中践行了将油画民族化的光荣理想和道路，并数次将作品无私捐赠给中国美术馆，将艺术精品奉献给人民，是一位德艺双馨的人民艺术家。在其众多捐赠作品中，中国美术馆藏经典油画《太湖鹅群》即是这一江南画家独特创作理念的生动诠释。

这一被誉为中国写意油画的突破之作以起源于西方的油画载体传承了东方意境之美。画作整体色彩鲜明，点、线、面布局恰切，下笔迅捷有力，有一气呵成之势。线条洒脱流畅，富有动态节奏感，生动还原了太湖天光湖色之间鹅群嬉戏喧闹、充满活力的场景。画面前景映入眼帘的是以极富生命力的白色块描绘出的鹅群。画家以赋予变幻的手法勾勒出鹅之神态，色块在聚散碰撞间浑然一体，使鹅群呈现出富有抽象韵致、活蹦乱跳的姿态。再以红色点缀在鹅头，作为“点白成鹅”的神来之笔，挥挥洒洒间落笔千钧，精妙传神。鹅头及背景中渔舟炊火的点点红色，与舟上晾晒衣服的红蓝色彩，共同点亮了整个画面，也使得作品洋溢出浓郁的江南渔家生活风俗气息，再配以画面远景端的白云、群山，以及江面上缓缓行驶的帆船，营造出一种动静结合的自然氛围。艺术家匠心独运，以道法自然、纯净且极富生命力的绘画风格，将中国传统文化精神与现代形式美感和谐相融。**（文 / 衡明明）**

亚拉里克的坟墓

［德］安塞尔姆·基弗

油画 / 布面油彩
221cm×300cm
1975 年
1996 年路德维希夫妇捐赠

安塞尔姆·基弗是德国新表现主义的代表人物之一，也是当代世界范围内极具影响力的艺术家之一，他的艺术观念深受时代影响。他的创作围绕德国的历史和民族精神展开，在具有视觉震撼力的同时，着力探索更为广阔的社会、文化问题，并通过作品表达自己对现实生活的态度。在创作过程中，基弗并不局限于某种材料，而是运用一切能达到预期效果的媒介进行创作，形成了独具特色的视觉语言。

诗歌对基弗产生了很大的影响，他的不少创作也是围绕诗歌、神话等文学作品展开的。作品《亚拉里克的坟墓》创作于 1975 年，灵感来自奥古斯特·冯·普拉滕的诗歌《布森托的坟墓》。诗歌讲述的是去世的亚拉里克一世被埋葬于布森托河边，最终其坟墓永远地消失在河流的波浪中。基弗用表现主义的手法展现给人们一幅河边景色。他直接选择了褐色画布，并在上面用黑色的颜料快速涂出画面，杂乱且富有力量感的笔触让画面显得昏暗和神秘。画面上方中央有一座周围长满树木的小屋，并清晰地倒映在水面上。如此，艺术家暗示了这里的河流既深不见底又流速缓慢，营造出一种安静又危险的氛围，也对应了诗中的那一句“高大的水生植物从英雄的坟墓里长出来”，提示我们亚拉里克的坟墓已被河水掩盖。通过这样简单的手法，基弗成功地再现了墓地周围的沉寂。昏暗的风景笼罩在沉默中，似乎想要守住一个秘密。只有通过作品的题目，人们才能想起亚拉里克的故事。实际上，基弗并没有真正去描绘布森托的景色，而是选择画下了莱茵河畔的风景，并借此暗喻战争及战争带来的人类的悲剧。在 20 世纪 70 年代，基弗致力于研究德国历史，并致力于通过绘画的手段重述历史的真相。**（文 / 徐梦可）**

立体派的有柠檬的静物

[美] 罗伊·利希滕斯坦

油画 / 布面油彩
228.6cm×172.7cm
1975 年
1996 年路德维希夫妇捐赠

罗伊·利希滕斯坦，生于美国纽约。他与安迪·沃霍尔、贾斯珀·琼斯、詹姆斯·罗森奎斯特等人的艺术风格在 20 世纪 60 年代共同定义了美国波普艺术。20 世纪 50 年代，利希滕斯坦的艺术风格在立体主义与表现主义之间摇摆。1960 年，他受卡通形象和商业印刷品的启发，开始形成了自己的艺术风格。1965 年，毕加索、塞尚、凡·高等艺术大师的经典样式也成为他艺术灵感的一部分。他的艺术主题脱胎于消费主义、工业主义及大众传媒的时代环境，在对流行图样的模仿中既有对市场经济下艺术的嘲讽，也有对高高在上的经典艺术的恶搞，从而继达达主义之后更进一步将艺术平民化。

《立体派的有柠檬的静物》创作于 1975 年。1979 年，路德维希夫妇购于纽约的利奥·卡斯泰利画廊；1996 年，作为中德友谊的见证，路德维希夫妇向中国美术馆捐赠 117 件世界现代艺术品，此作品为其中之一。

这幅作品中，利希滕斯坦仿照毕加索及布拉克在画面上表现多种重叠物象的方法，以立体派拼贴的方式表现了一个安静的生活场景：带柄的壶、柠檬及葡萄。画面上下可以看到画框，右边为黑白与黄色木纹图案，左下方木条上有一颗钉子。整幅作品色彩强烈，构图平衡，线条刻画得非常仔细。作品在结构上模仿经典，但在风格上强烈地倾向漫画，艺术家将绘画语言的书写性与机械复制的工业性进行了调换，给人以印刷品的错觉。观者不得不在欣赏作品的同时，反复辨认作品是否为原作。在这一过程中，艺术家嘲讽了市场经济下的艺术。他将波谱艺术描述为“这不是美国绘画，而是工业绘画”。（文 / 李浩然）

春天在山上

［俄］瓦连金·米哈伊洛维奇·西多罗夫

油画 / 布面油彩
65cm×80cm
1976 年
2019 年艺术家本人捐赠

这幅叫《春天在山上》的作品，是由俄罗斯著名画家瓦连金·米哈伊洛维奇·西多罗夫所作，西多罗夫是俄罗斯艺术科学院院士、俄罗斯人民艺术家，曾担任俄罗斯美术家协会主席 20 余年，并且是莫斯科苏里科夫美术学院的教授。

在这幅画中，作者用简单的笔法和鲜艳的色彩诠释了他眼中的春天：正午阳光明媚，似乎能让观者嗅到温暖又清新的空气，一种安逸感和幸福感油然而生。画面简洁明了，但又不缺少空间感和细节，比如前景的草地和泥土，树干和影子，背景的山丘和天空中微妙的色彩变化，这些都体现了作者高超的绘画技巧。作品充满着诗韵和童趣，反映了西多罗夫对大自然真挚的感情。他曾说过“艺术创作要心中有爱，才能‘生产’出人们喜闻乐见的作品”。

西多罗夫在俄罗斯民族艺术传统基础上深入探索，用真心描绘本国的土地和人民，同时广泛吸收世界艺术的营养，如印象主义、现代主义、中国写意艺术等，最后形成了鲜明的个人风格。不幸的是，卓有成就的西多罗夫于 2021 年 1 月病逝，享年 93 岁。他用一生的探索，创造了俄罗斯当代风景画的传奇，成为新一代俄罗斯青年艺术家学习的标杆和典范。**（文 / 孙珂）**

理发师的树

［美］贾斯珀 · 琼斯

油画 / 布面油彩
87cm×138cm
1976 年
1996 年路德维希夫妇捐赠

贾斯珀 · 琼斯，1930 年出生于美国，美国非常重要的当代艺术家之一，在新达达主义和波普艺术运动间起了承前启后的作用。他在艺术理念上受杜尚和维特根斯坦的影响，喜欢在作品中模糊“绘画”与“实物”之间的界限，并借此强调绘画本身的价值。他用简洁和形象化的作品风格，使达达主义艺术达到了新的高度，他将欧洲的传统文化艺术消化后，滋养了随后而来的美国波普艺术、观念艺术等艺术潮流。

在表现手法上，贾斯珀 · 琼斯的绘画作品多数基于蜡画法，其特性是将融化的蜡与颜料相融合，也正是由于蜡干燥得快，每一笔笔触都得以保留，而不会被后一笔涂抹得模糊不清，同时笔触变得半透明，隐约可以看见颜料下层的内容。他的作品中充满了这种随意、松散，又具有强烈风格化的技法信息，使得当观众开始关注它时，绘画风格反而吞噬了画面内容，从而使绘画手法成了作品的主题之一。贾斯珀 · 琼斯刻意经营的绘画技法与绘画主题的平庸形成了冲突，有效地表达了艺术语言与现实感知之间的哲学困惑。

《理发师的树》作于 1976 年，由路德维希夫妇捐赠给中国美术馆。这是一幅用液态蜡与油彩混合制作的抽象作品。在这幅作品上，人们可以看到许多平行排列的不同颜色的斜阴影线。从表面上看，画的结构近乎相同、一致，但仔细看去，便能感受到形式与色彩上的强烈的节奏感。1972—1981 年是贾斯珀 · 琼斯艺术的过渡期，这一阶段他较多专注于画排线图形。据说这幅作品的灵感来自他在《自然地理》杂志上看到的一幅摄影作品——一位墨西哥理发师，把自家发廊前的树干涂成这样的条纹图案，以代替通常发廊门前的旋转彩灯。**（文 / 李浩然）**

公司

拂晓

肖峰、宋韧

油画 / 布面油彩
192cm×303cm
1979 年

这幅作品创作于 1979 年，表现了 1949 年解放上海时，中国人民解放军第三野战军的战士们露宿上海街头、等待黎明到来的感人场景。战士们或坐或躺，互相依偎。有两位首长阔步走来，神情坚毅而自信。作者以朴素而精准的造型语言、清冷中透着柔和的生动色调，以夜色之“冷”与画面右侧红旗及战士们脸色之“暖”形成对比，突出人民解放军宁肯露宿街头也不借住群众家中的铁一般的纪律与在这铁律之下战士们的火热之心，以及近在眼前的光明与胜利！作者之一的肖峰曾作为一名军人参与了解放上海的伟大战役，故能将这一题材表达得淋漓尽致，使抒情与叙事、浪漫与真实在画面中完美结合。**（文 / 魏思明）**

紅烛颂
—纪念闻一多烈士

红烛颂

闻立鹏

油画 / 布面油彩
70 cm×101cm
1979 年

闻立鹏以崇高的美学追求和精神品格构建出独特的油画语言。闻一多为我国著名诗人、学者、民主战士，1946 年因反内战在昆明被国民党特务暗杀。他曾著有诗集《红烛》，表达了对祖国的真挚感情。闻立鹏是闻一多之子，这幅作品刻画了一位集谦谦学者与坚毅斗士于一身的人物形象。作品中背景的处理得益于闻立鹏 1978 年赴敦煌莫高窟时所获得的灵感，红与黑、动与静的强烈对比赋予作品超越了肖像画的精神内涵。暗夜里燃烧的红烛、烈火等象征性语言的运用烘托出革命者为祖国、为真理而战的崇高精神，“红烛”也象征了闻一多“莫问收获，但问耕耘”的一生。画家通过这幅作品，既表达了对父亲的深切缅怀，也表现出对近现代以来祖国苦难命运的叹惋愤懑及对无数仁人志士的崇敬之情。**（文 / 任哲）**

颜文樑

晚霞雪景
颜文樑

油画 / 木板油彩
22cm×33cm
20 世纪 70 年代
2016 年吴文家、吴乙真父子捐赠

颜文樑，著名油画家和美术教育家，是我国近现代油画发展史和美术教育事业发展上一位举足轻重的人物。他出生于苏州的一个美术世家，自幼跟随父亲学习中国画，后转向学习西洋画，在创办苏州美术学校期间，与艺术大师徐悲鸿相识并深得徐悲鸿的赞赏。在徐悲鸿的力促下，颜文樑赴法国巴黎高等美术学校学习油画，师从皮埃尔·罗朗斯。他是早期留学欧洲的油画先驱者之一，并是首位获得法国艺术沙龙荣誉奖的中国画家。

《晚霞雪景》创作于 20 世纪 70 年代，是颜文樑先生的暮年之作。作品近景中姿态婀娜、疏密有致的树与影远近错落、俯仰顾盼，在灵动的笔触中凸显出画家扎实的造型功力；曲折的河道将我们的视线引向远方的天际线，漫天的霞光晕染了河面，使整幅画面笼罩在一片橙红色的暖色调中，蓝紫色的雪中微微泛出暖黄色的霞光。画家运用粗放、洒脱的笔触表现物象色彩的微妙变化，画面在冷暖色的对比与交融中呈现出美妙的色彩律动。欣赏这幅作品，我们可以感受到画家秉承了印象主义对光色变化的娴熟把握，同时，夕阳、冬雪、枯树、小河、房舍、炊烟所营造的画境也让我们看到了画家所追求的诗情和东方美学的意境。

（文 / 庞桂馨）

父亲

罗中立

油画 / 布面油彩
215cm×150cm
1980 年

罗中立的作品《父亲》，无疑是改革开放以来中国现实主义艺术创作的杰出代表。这幅艺术作品的创作，来源于生活却高于生活。作品《父亲》的人物形象，源自艺术家在大巴山农村地区的写生。1975 年的除夕，罗中立发现在他家附近的厕所旁，一位邻居——也就是画中的这位父亲形象，坐在扁担上。“心里一阵猛烈的震动，同情、怜悯、感慨……一起狂乱地向我袭来”，这与我们美满的生活和过年节庆的场面形成了鲜明的对照，在农村地区的生活中又是如此的现实。

作为一位有良知的知识分子，罗中立说道“我要为他们喊叫”，这个喊叫声来自中国最底层的农民，也构成了画面最初的创作冲动。他画了守粪的农民，之后为了描绘更积极、灿烂的农民形象，又创作了巴山老赤卫队的农民。但是，这幅画并不仅仅代表了大巴山地区的农民，也代表着祖祖辈辈在田地上耕作的农民——为我们提供生活所需的农民。作品最初被称为《我的父亲》，在之后展览的过程中，作品的称谓被简化，称为《父亲》，这就是艺术与人民最亲近的关系。

随着罗中立的《父亲》从起稿、生成、展览到进入公众的内心产生共鸣，这种生命力随着作品不断升华，仿佛它的创作一直尚未完成，而是随着全国人民的观看、消化和提炼才形成了这样一幅伟大的作品。回望这幅作品，无数观者都在驻足凝视。他们在面对这幅作品时深思，深思我们的国家，深思我们所伫立的这片土地。观赏《父亲》这件油画时，我们发现自己很难长时间去面对这种善良、苦难、坚毅、乐观的形象。我想，这是中国人民形象的概括，也是中国人民形象的图腾。

《父亲》不仅在内容上具有丰富的形象特征，将一个农民肖像放大到如此程度，其实也是中国艺术的一个创举。正是由于这幅作品的出现，为我国 20 世纪八九十年代的中国美术创作中人物形象描绘的转变，起到了革命性的推动作用。最终，《父亲》这幅作品，无论是从其朴素的命名起源，还是从为国家叙事的视觉美学中人民形象的刻画角度，抑或是从形式语言的特征分析来说，都是新中国成立以来当之无愧的杰出的美术作品。**（文 / 张晴）**

钢水　汗水

广廷渤

油画 / 布面油彩
260cm×168cm
1981 年

广廷渤的代表作《钢水　汗水》创作于 1981 年，这件作品与罗中立的《父亲》被认为是 20 世纪中国照相写实主义油画的双璧。

1981 年正值改革开放初期，经历了 30 余年的大规模基本建设，中国钢铁工业已形成较为完整的体系，这个时期的钢铁工人创造了历史，在他们身上熔铸着新中国工业化建设的伟大进程。不同于许多炼钢题材作品所展现的劳动场面，《钢水　汗水》并未流于概念化，作品以极富镜头感的特写手法表现出炼钢工人的休息场景，将工人们辛苦劳作的想象留给观众。画面中，位于前方戴着口哨的工长正襟危坐，端着茶缸，橘红色的炉光映照出他宽厚的臂膀、流淌的汗水与被浸湿的背心。后面三位工人，有两人正在笑谈，另一人在仰头大口喝水。艺术家对人物表情和动作富于节奏感的处理源于现实生活中对于钢厂工人的长期观察；而在炉光下，工人的汗水透不透明、工人被浸湿的背心与皮肤贴或不贴，这些极细致的刻画，则源于艺术家深厚的造型功底与“尽精微”的表达。富于真实感与人文情怀的画面，在艺术家历时 3 年的打磨之下，具有了纪念碑般的庄严美感。

作家郑振铎写道：“中国人像一个钢的巨人似的，雄健地站立着，面向着红光亮亮的太阳。”中国人骨子里的“钢铁情结”在广廷渤的作品中得到充分表现，而钢铁工人形象的生成，则是社会主义现代化工业建设的民族视觉记忆的建构。（**文 / 魏思明**）

路漫漫

李天祥、赵友萍

油画 / 布面油彩
180cm×400cm
1982 年

《路漫漫》的作者是李天祥、赵友萍夫妇。李天祥原名李锡祥，童年时得知国家危难、民族屈辱，他向往成为像文天祥那种“孔曰成仁，孟曰取义”的民族英雄，从而改名为李天祥。带着这种强烈的爱国主义情感，李天祥及其夫人在 1982 年创作了这幅革命现实主义作品。在作品中，九位革命志士缓慢前行，呼应了屈原那充满爱国情怀的诗句“路漫漫其修远兮，吾将上下而求索”。作品中的人物虽丧失人身自由，承受着肉体上的痛苦，但从表情中透露出从容与淡定。画家运用大刀阔斧的笔触，强化了人物坚定的特型塑造，同时人物轮廓边缘用肯定的黑色线条勾勒出一个个独立的具有纪念碑意味的人物形象。观者仿佛置身其中，能够感受到革命志士坚定的信念。该作品体现了画家巧妙的构思，主题深刻，极富感染力。**（文 / 王林燕）**

绿色动力

朱德群

油画 / 布面油彩
195cm×390cm
1982 年
2010 年艺术家本人捐赠

这幅油画的创作者是20世纪负笈海外的著名艺术家朱德群，他与吴冠中、赵无极并称为“留法三剑客”。作品充满了线条、色块和自由的笔触，远望好似群山，细看仿佛空气、光线、薄雾，这些元素构成一个奇特而神秘的空间，使人感受到涌动的活力，明暗间的碰撞及整体的和谐宁静。这幅作品既有凝练的西方抽象审美，又有淡雅空灵的东方意境和韵味，是20世纪中西方艺术融合的经典作品。

朱德群1920年生于安徽萧县一个具有文化修养的医生世家，1955年赴法深造，此后便旅居法国直至去世。1997年，他当选法兰西学院艺术院终身院士，是该学院的首位华裔院士。

朱德群的作品综合了色块、线条和笔触，使之共同构成一个浓淡分明、明朗轻快而激荡深邃的画面。他浓缩了中国传统书法中点线的运笔和姿态，形成独特的韵律和节奏，使画面呈现出意境美、形式美、线条美、运动美等多种审美形态。不得不说，中国传统书画的表达经验为朱德群的抽象创作奠定了基础，他同时融合西方抽象油画的内涵，达到精神层面上的互通共融，产生出国际化的现代绘画语言。

吴冠中曾这样评价他的作品：“朱德群的抽象绘画不受远景近景具体物象的约束，他竭力追求深远的空间感与具体笔墨的韵律相结合，使纵深感与形象性都得到最充分的发挥。”朱德群根据“意存笔先，画尽意在”的理念，通过对心境情感的抒发，给观者带来广阔的想象空间和激越的心理感受，那是一种激荡的力量和丰富的情感。

朱德群是当今著名海外华人艺术家之一，他的绘画以西方现代绘画中的抽象形式为载体，汇集了东方文化的价值观和哲学精神，并浓缩了古典审美意境以及中国书法的律动感。（文 / 李蕴慧）

新线

韦启美

油画 / 布面油彩
83cm×110.5cm
1983 年

韦启美是我国杰出的艺术教育家、油画家、漫画家，1942年考入国立中央大学艺术系，师从徐悲鸿、黄显之、吕斯百等人，毕业后应徐悲鸿之邀任教于北平艺术专科学校，曾担任油画系教研室主任、油画系研究生班主任、教授等职。

20 世纪 50—70 年代，韦启美致力于风俗画和历史画创作，这一时期的色彩观念受马克西莫夫的影响，代表作品有《模范饲养员》《初春》等。80 年代是韦启美艺术理念的重要转折期，他跳脱之前的创作模式，开始关注现代化城市景观和科技发展现象，北京首座立交桥、首个电话亭、高能研究所、气象台、天文台等都留下了他的足迹。韦启美的漫画创作及早年研习国画的经历，对其提炼“简化、诗意”的油画创作理念产生了很大影响，他的创作被评论界誉为“诗性现实主义”，创作于 1983 年的油画《新线》就是这个时期的重要代表作品。

《新线》以一个工地写生视角来描绘和讴歌在祖国大地上展开的现代化建设场景。长途干线光缆铺设是国家实现现代通信的基础载体，对确保国防建设和提高人民生活质量有着极为重要的作用。澄碧的天空下，两个偌大的光缆轮盘一近一远、一正一侧矗立在通往远方的山间公路上，远山含黛，横亘在天地间。整个画面给人一种明快、开阔、碧空如洗的视觉感受。作为造型主体的巨型轮盘醒目而不突兀，公路的边缘与渐行渐远的护栏一起，共同形成一条天然的延伸线，使观者的视角从主体轮盘逐步移到远处的轮盘和建筑，构图严格符合透视学原理。轻快而富有强烈对比的色彩和平涂的设色方式，使画面富有现代感和装饰意味。艺术家大胆舍弃了一切与画面无关的物象，通过对现实场景的高度提炼概括和色彩的主观化处理，营造出一个介于现实生活和内心世界之间的诗性空间，引导人们关注画面背后的情绪表达。**（文 / 崔光武）**

潮

詹建俊

油画 / 布面油彩
177cm×196cm
1984 年

《潮》是著名美术家詹建俊创作于 1984 年的油画，被誉为“20 世纪 80 年代中国改革开放的缩影”，曾荣获第六届全国美术作品展览金奖。詹先生是新中国培养的第一代油画家中的代表人物，有着深厚的艺术造诣。

油画《潮》是其极负盛名的代表作品之一，画家运用现实主义与表现主义相结合的创作手法，营造出较为平面化但极具表现性的视觉效果。画面以初春涌动绿潮的原野为背景，中心以仰视的视角刻画了一位顶天立地的当代中国青年农民形象。他昂首挺立，双臂交叉，手扶铁锹，目光坚定而豪迈自信地站在充满希望的田野上，逆光中的主体人物造型严谨而概括，笔触塑造有力，色彩微妙而又对比强烈。他肩上随风舞动的蓝黑色外衣与身后在春风中自由激荡的绿柳团块形成呼应和形势美感，高大的身躯、直立的铁锹和脚下平缓的大地又强化了画面纵与横的构成。而背景中翻腾、奔放，意象性处理的嫩绿柳枝和墨绿色平静的田野更是形成动与静、线与面的强烈对比；大写意的笔触，黄、绿、黑三色简洁而微妙的色彩组合形成了画面热烈明亮、气势恢宏、激情澎湃的音乐般的律动感。该作品极具象征意味，以“春风杨柳万千条”万物复苏的春天象征着中国农村改革的春潮，以及对美好生活的憧憬。时至今日，我们仍能感到这幅作品所传达的春天与生命的气息。

同时，作品《潮》充分体现了詹建俊先生鲜明的个性化油画风格，不仅很好地凸显了油画本体语言，而且极具民族精神，不愧是时代的经典作品。它对于今天如何更好地建构当代中国油画也有重要的示范意义和借鉴价值。**（文 / 潘义奎）**

色草

吴大羽

油画 / 布面油彩
53cm×38cm
1984 年

《色草》是吴大羽先生晚年所创作的一幅作品，于 1984 年获得第六届全国美术作品展览荣誉奖。吴大羽先生生于 1903 年，江苏宜兴人，是中国现代抽象绘画的拓荒者、奠基人。他于 1922 年留学于法国，其绘画艺术风格突出地体现了他在那时受西方现代绘画艺术的影响很深。他回国后任教于杭州艺术专科学校（现为中国美术学院），其间培养了一批优秀的油画人才，其中包括吴冠中、赵无极、朱德群这三位享誉世界的油画家。

作品以轻快灵动的笔触谱写了一曲具有音乐韵律之美的光色乐章。最浓重的一抹蓝色用于表现花瓶瓶身，而瓶颈仅以简率的用笔勾勒出外部轮廓，具有解构、重组的形式特征。整个画面以畅达的笔意、明快的纯色运用表达出作者欢快而饱满的情绪，那散落的、具象的黄色花朵跳跃其间，闪烁出活泼而灵动的光彩，洋溢出浪漫而热烈的情灵，使观者在具象和抽象的视觉空间里感受“似有非有”“若隐若现”“虚实相生”的奇妙体验。在作品中可见作者笔上色彩由浓转淡，由湿转干，技法娴熟，一气呵成，体现出作者刹那间对直觉感受的捕捉，保持了作品气质上的生动和鲜活。

此幅作品也表达出一位东方人以其极具表现力的用笔对西方现代绘画所做的探索，吴大羽先生追求一种天然的东方意象之美。他对自己的绘画有如下的解读：“我的绘画依据，是势象、光色、韵调三方面的结合。”其中的“势象”观，体现了他的东方传统美学内在素养。“势”是关乎“置陈布势”的“平中寓奇”的险绝之美，“象”是主体在审美实践活动中与客体产生“心”与“物”相互观照下的产物——“意象”之“象”。吴大羽对中国书法的体会和理解使得他对绘画中的表现，追求气韵和生机，笔意活脱，发乎天然，将西方现代抽象派绘画形式技巧融入了东方审美意蕴，在动与静之中，在具象和抽象之间，荡漾出优美而空灵的韵致。（**文 / 王林燕**）

塔吉克新娘

靳尚谊

油画 / 布面油彩
60cm×50cm
1984 年

《塔吉克新娘》是著名油画家靳尚谊先生 1984 年的创作，此作以其成熟完美的油画表现力和独特的艺术感染力被誉为中国新古典主义油画的开篇之作，给画坛带来了清新与清纯之风。此画创作前，靳先生曾前往欧美著名的艺术博物馆进行艺术考察，专门从造型的角度研究欧洲文艺复兴以来的古典油画风格，形成了将名家大师风格手笔融汇一体的语言体悟。带着研究的成果，他在油画肖像创作上有了新的方向。根据靳尚谊先生的阐述，这幅作品是他前往新疆塔吉克民族地区采风时根据写生而创作的，设计构图时采取侧光的方式，形成强烈的明暗关系，人物形象轮廓明确，在色彩上加强色块对比，用古典造型的方法强化形体的浑厚体积感，用笔时采用小笔触点绘的技法，层次非常丰富，又有流畅的线条韵律，传达出典雅的美感。画中新娘身穿红色上衣，头戴库勒塔帽，披红色纱巾，秀美的面庞轮廓被侧光凸显得引人注目。人物的目光朝向内心世界，微微翘起的嘴唇圆润而略带拘谨，表现出新娘的端庄质朴与若隐若现的羞涩，这种专属于东方女性的含蓄之美十分耐人寻味。与此同时，画面中人物的神情和对未来生活的向往，恰好对应了 20 世纪 80 年代改革开放之初社会对回归美好和内在纯洁世界的向往，展现出一种崭新的美学理想。（文 / 于歌）

一九八五年八月
遵义萌星火，神州烈焰新。
海粟又题

遵义会议会址

刘海粟

油画 / 布面油彩
81cm×110cm
1985 年

1935 年 1 月，中共中央政治局在贵州遵义召开了独立自主地解决中国革命问题的一次极其重要的扩大会议。这是中国共产党第一次独立自主地运用马克思主义基本原理解决自己的路线、方针和政策的会议。这次会议，在极其危急的历史关头，挽救了党，挽救了红军，挽救了中国革命，是中国共产党和工农红军历史上一个生死攸关的转折点。

在这次挽救中国革命于危难之际的重要会议召开 50 年后，时近 90 岁高龄的刘海粟游览了贵州，于 1985 年沿着红军长征的足迹探访了遵义会议会址。50 年前的会址依然矗立，它在改革开放的春潮中焕发新颜，这样的景象激发了刘海粟的热情，促使他创作出这幅色彩浓烈、内涵丰富的作品。遵义会议的会址占据了画面的主体，笔触随性而凝练；远处的群山与云朵既界限分明又浑然一体，仿佛阳光下的光影流动，既有西方艺术的肌理，又兼具北宋“米氏云山”之神韵。整幅画面最夺人眼球的是清新明丽的色彩，刘海粟在色彩的选择上融入其主观性的处理，大片蓝绿基调中色彩层次分明，又于蓝绿色的主基调中嵌入高饱和度的红色作为点缀，在联系西方印象主义和现代主义色彩特征的同时亦承接传统中国青绿山水的审美意趣。在画面右上方的空旷处，刘海粟用红色颜料书写道：“九十遐龄来遵义，以十分激动的感情画遵义会议会址，一九八五年八月廿七日，刘海粟。”此外他还赋诗一首：“遵义萌星火，神州烈焰新。奇峰辉史册，半祀忆长征。笠上雨犹湿，灯中火似明。硝烟凝彩雨，壮我华中情。海粟又题。”这不仅是对长征精神的礼赞，也是对改革开放的礼赞。**（文 / 李暨涵）**

在激流中前进

杜键

油画 / 布面油彩
200cm×280cm
1991 年

《在激流中前进》是杜键 1963 年从中央美术学院罗工柳先生主持的油画研究班毕业时创作的作品，罗工柳先生为之命名。同年，《美术》杂志第 6 期刊载了杜键文章《我怎样画〈在激流中前进〉》，《人民画报》第 10 期刊载了作品。不幸的是，1974 年画作被毁。1991 年年底，杜键重绘此画，尺幅略小，画面中水势略有不同，命名为《黄河激流》，参加 1992 年 1 月在中国美术馆举办的“二十世纪 · 中国：中央美术学院院展”并被中国美术馆收藏。中国美术馆将作品名改回《在激流中前进》。2020 年，杜键再次重绘，画面中水的形态有较大变化，命名为《不息的黄河》。

这幅作品的选题源于杜键于暑假期间，在黄河中游的山西河津禹门口、陕西吴堡宋家川体验生活的两个月中的所知所感。他与黄河渡船上的船工们一同拉纤、一同吃饭，近距离观察他们的生活，建立了表现他们的情感基础。不过，这些远不足以让他创作出《在激流中前进》，而是唤醒了他少时起就吟唱的《黄水谣》，在他心里，黄河已然不是一条自然的河流，而是中华民族伟大抗争精神的象征。

在画作中，杜键对船工们的形象没有过多着墨，汹涌奔腾的黄河水才是画面的视觉核心。他选择描绘渡船在过激流险滩时最惊心动魄的一刻，船工们齐心协力与激流搏斗。这里，黄河寓意着艰难险阻，是被征服的。所以，这幅作品赞美的是象征着中华民族的船工们的艰苦奋斗的精神。杜键以一种表现主义的视觉语言风格进行创作，是超越时代的。他用朴拙厚重的大笔触表现湍急的黄河水，反衬了黄河船工们的英雄气概。这与王式廓、罗工柳和董希文先生的启发和影响分不开，罗工柳先生当时就主张要大胆尝试把中国传统写意画和书法理论中的神韵渗透到油画创作中来。1991 年，杜键在改革开放的新历史语境下重绘此作，《在激流中前进》恰能反映中华民族披荆斩棘、排除万难、勇往直前的改革开放精神。（**文 / 魏祥奇**）

画作 6 号

[德] 格奥尔格 · 巴塞利茨

油画 / 布面油彩
285cm×457cm
1991 年
1996 年路德维希夫妇捐赠

格奥尔格 · 巴塞利茨是当今非常重要的德国艺术家之一，他善于从不同的文化和艺术风格中汲取灵感，形成了自己独特的艺术语言。自 20 世纪 70 年代，他开始采用一种“形象倒置”的创作方法。这种方法不通过具象的形象来传递信息，而是以形式和色彩表达艺术家的内在体验，在忽略叙事性和象征性的同时，强调绘画的艺术性。

巴塞利茨生于 1938 年，在二战的苦难中长大。他表示自己出生在一个被“破坏”的秩序中，所以他质疑一切，期待“重新开始”。“破坏”的概念在巴塞利茨的创作中起着重要的作用，他热爱打破任何常见的认知惯例，这也成为他的指导性艺术原则。直到今天，“形象倒置”仍是他的作品的鲜明特点。这幅《画作 6 号》创作于 1991 年，是一幅大尺幅的油画作品。巴塞利茨在一次意大利之行中，在一座教堂中的两块石板之间发现了几块墓碑，墓碑上的刻线启发他创作了这幅作品。画面中，深灰色的背景衬托着两个浅色的圆形，圆形内涂抹着淡紫色、绿色和黑色。其中，黑色的线条模仿了墓碑上的刻线，乍看上去比较凌乱，但仔细观看便可发现，线条在每个圆内都组成了两个人像。由于人像是横着绘制的，“破坏”了观众的认知习惯，因此给观者带来了抽象且与众不同的观看体验。

《画作 6 号》于 1996 年由路德维希夫妇捐赠给中国美术馆。由于作品异常沉重，给保存、展示和修复都带来了极大的挑战。2022 年，这幅作品在中国美术馆、清华大学和德意志联邦共和国驻华大使馆共同主办的“永恒的温度— 中国美术馆藏路德维希夫妇捐赠作品选展”中再次与观众见面。**（文 / 徐梦可）**

云

[俄] 亚历山大·基罗维奇·贝斯特罗夫

油画 / 布面油彩
150cm×200cm
1995年
2005年刘迅捐赠

《云》是一幅充满浪漫气息的油画作品。时间与空间的拉伸及人与马的动态关系，让画面呈现了较强的叙事性。画面整体构图重心偏左，人与马望向画面右侧，为观者在欣赏作品时留出了很大想象的空间。画家塑造的骑手与马结实、圆润，犹如浮雕一般，观者从中可以感受到画家深厚的绘画功底和独特的艺术气质。

这幅作品的创作者俄罗斯画家亚历山大·基罗维奇·贝斯特罗夫生于1956年。青年时接受了传统的苏联美术教育，1985年毕业于列宾美术学院。而在其创作语言形成之际，正赶上苏联到俄罗斯联邦巨变的洪流，画家也深受这一巨变的影响。

这幅作品创作于1995年，可以看出画家试图在传统绘画语言和当代艺术风格之间寻找契合点，在处理现实题材时更注重表达自身感受，呈现出较强的风格化特点，是当代俄罗斯油画追求民族性发展的代表作。（文 / 张帆）

軍民團結

小八路

孙滋溪

油画 / 布面油彩
130cm×95cm
2004 年
2016 年孙滋溪、王雁、孙路捐赠

《小八路》是著名美术家、美术教育家孙滋溪创作的油画作品。

孙滋溪，1929 年出生于山东龙口，9 岁加入民族抗日少年先锋队，11 岁担任乡儿童团团长，17 岁参加八路军，是名副其实的“小八路”“老革命”。他擅长绘画军旅题材，但在他的笔下没有宏大、残酷的战争场面，更多的是通过生动的细节展现战争时代人性的光辉。

这幅作品中，画家通过刻画“小八路挑水过门槛”这一瞬间，利用“内暗外亮”的光影效果正面呈现了八路军战士的人物形象。同时，通过老人与小八路的身高对比和水桶溅出的水，侧面反映了小八路的年龄。画面中，一老一小抬扁担的和谐场面揭示了军民团结一心的亲密关系。门边的扫帚，不但调整了构图的均衡，也让人联想到小八路可能刚刚打扫过院子。正越过门槛的小狗增加了画面的欢快气氛。画家利用由室内向外看的“取景”手法，巧妙地将室内、室外联系起来。远处的战士正在写“军民团结”四字标语，从侧面点题，体现了军民“鱼水情深”的优良传统，突出了这幅作品所表达的主题。**（文 / 张帆）**

八大山人

靳尚谊

油画 / 布面油彩
132 cm×100.5cm
2006 年
2008 年艺术家本人捐赠

《八大山人》是靳尚谊先生的代表作之一，2008 年由靳尚谊先生本人捐赠给中国美术馆。在经过了一段时间以严谨的新古典方式作画后，靳尚谊先生发现很难在画面中创造出松动的感觉。他以油画语言本体的探索为根本，“跨媒介”地吸收中国画的写意方式，从中国文化的深层结构中找到“语言转化”的契机，再回归到油画语言的媒介本质中进行自觉性的创造。《八大山人》是靳尚谊探索东西方艺术相互观照的一幅成功之作，画中以细腻的笔触刻画了中国古代花鸟大家八大山人摘下斗笠坐于江西大地的场景，人物头部的刻画在形神上真正体现了中国人物的特征，衣饰与环境浑然一体。在创作这幅作品的时候，画家始终在思考以什么样的方式体现花鸟画家的“空灵美感”。为了完成这幅作品，靳尚谊造访了所画人物在江西南昌青云谱道观出家的现场，他把背景画成一条河，保留少量天空，在一片统一的灰色调子中将观众的视线带向画中人物所处的时代与实际地理位置的交汇处，传达出了独特的中国意境。**（文 / 王萌）**

焦裕禄

毛本华、王刚、鲍璐、郝米嘉

油画 / 布面油彩
220cm×400cm
2009 年

2014 年 3 月，习近平总书记到兰考县考察时，曾精辟地将焦裕禄精神总结为“亲民爱民、艰苦奋斗、科学求实、迎难而上、无私奉献”。焦裕禄的事迹深入人心，感动着几代中国人。他不仅是人民的好干部，也是时代的楷模。

2006 年，根据国家“十一五”规划，“国家重大历史题材美术创作工程”项目启动，《焦裕禄》作为国家重大历史题材序列作品，经过三年紧锣密鼓的创作，由毛本华领衔创作，王刚、鲍璐、郝米嘉共同创作的 4 米长大幅油画作品最终完成。

这件作品生动描绘出焦裕禄当年带领兰考人民治沙种树的感人景象，画面中的焦裕禄带领群众扛着树苗、顶着风沙走向荒漠，描绘出那个特定历史年代和兰考的特殊环境。衣衫简朴的焦裕禄正和村民、林业技术人员一起扛着泡桐树苗走在沙地上，他们边走边亲切交谈着什么，画面朴实亲切。在漫天风沙中，这些交错的树干就像战士们举起的枪，好似在和恶劣天气作斗争。作品喻示着共产党员带领人民带着如同在战场搏杀的豪情与自然进行激烈的抗争，象征着焦裕禄如同树根一样在脱贫攻坚过程中，永远地扎根在人民群众心中。

此幅作品反映现实生活，情感丰富，令人印象深刻，用艺术之美记录了光辉历史，讴歌了时代精神。（文 / 杨兰亭）

跨过鸭绿江

吴云华

油画 / 布面油彩
250cm×565cm
2009 年

《跨过鸭绿江》描绘了冬夜里中国人民志愿军“雄赳赳，气昂昂，跨过鸭绿江”这一重要历史时刻，画面将时空锁定在丹东鸭绿江赴朝渡口。作品横向构图，视野开阔，描绘出一幅千军万马云集、气壮山河的画面：鸭绿江江面白雪皑皑，志愿军官兵们士气昂扬，肩扛钢枪，昂首迈着整齐有力的步伐，义无反顾地走向保家卫国的新战场。队伍呈“之”字形疾行，汽车、战马运输着辎重，在冰冻的江面上蜿蜒不绝。远处夜空中，几束探照灯光将被敌机炸毁的鸭绿江大桥照得通亮，渲染出战争的残酷和紧张气氛。作者将画面整体和局部细节刻画巧妙结合，人物形象塑造细致入微，色调处理匠心独具，具有强烈的视觉冲击力和感染力。

读此画卷，我们仿佛回到了那段峥嵘岁月和硝烟弥漫的战场。志愿军将士克服困难，浴血奋战，勇往直前，取得了抗美援朝的伟大胜利。这段慷慨悲壮、气壮山河的历史和一个个可歌可泣、活生生的英雄形象，将永远铭记在人民的记忆中。（文 / 邵菁菁）

平型关大捷

孙浩

油画 / 布面油彩
407cm×640cm
2009 年

此幅油画作品表现的是抗日战争中的一次著名战事：1937年9月25日，八路军第一一五师的战士们以战胜一切敌人的气势，克服装备劣势等困难，以伏击战术，一举歼灭日军精锐板垣第五师团第21旅团1000余人，摧毁敌军大量的汽车、马车，缴获大批武器和军用物资。该次战役中，八路军也牺牲了600余人。在《平型关大捷》中，画家孙浩以低视角切入，描绘了八路军和日军短兵相接和肉搏的场面，仿佛身处平型关底部观察战斗。画家以全新的角度，将平型关战役的特点及细节尽可能多地予以表现，整幅作品场面宏大，笔触奔放有力，造型坚实，环境氛围渲染得当，画家将战争的残酷性淋漓尽致地表现出来，同时展现了八路军的英雄气概。（文 / 张贺）

时髦女孩

［法］皮埃尔·卡隆

油画 / 木板油彩
16cm×16cm
2009 年
2015 年法国巴黎美爵艺术基金会捐赠

皮埃尔·卡隆深受法国具象派画家巴尔蒂斯的影响。他的作品中蕴含着一种特殊的审美经验，这种经验像一条通向领悟诗意的大道，帮助他创造和阐释艺术。他的画作大多尺幅偏小，但笔触之间能流露出艺术的真性情。《时髦女孩》创作于 2009 年，这幅小画映照出了年轻女孩的生命光彩，蕴含着扑面而来的青春气息。画面的湖蓝色背景如天空，如海洋，引人遐思。女孩的眼神如凝视与被凝视的辩证，她似乎在两种视角里静观，直视观者的灵魂。画面童趣的色彩与拙朴的造型，不仅表达了艺术家对古典艺术的敬意，也融入了他个人的生活经验，诠释着法兰西艺术的多元与包容。

吴为山馆长曾说：“皮埃尔·卡隆的艺术以表现儿童和风景为多，前者的‘纯真’与后者的‘本然’构成了他艺术之美的主调。”正如画面中女孩的时髦与青春，映照着皮埃尔·卡隆的本然和纯真。**（文 / 陈真）**

壹玖肆玖

白展望

油画 / 布面油彩
253cm×250cm
2009 年

作品表现了 1949 年 1 月的天津战役中，一位中国人民解放军战士手持冲锋枪站在金汤桥上远眺的场景。战士面朝冬日的艳阳，身后的滚滚硝烟将他的身影衬托得格外清晰。他头上缠着绷带，眯眼微笑的神情与放松的双手，体现出奋战后迎接胜利的姿态。他昂扬地站着，健壮的身体具有雕塑般的美感，身上的伤口让人联想到战斗的激烈。作者以富有创意的构思，避免对战争场面进行写生式的简单群像刻画，而是选取对一位战士的特写，以小见大地展现了天津战役恢宏壮阔的场面，这样的表达方式甚至比直接表现冲锋陷阵的战争场面更加具有凝重深沉的力量。战士、浓烟、金汤桥、建筑这些形象仿佛在艺术家严谨又不失温情的描绘之下被凝固在那个伟大的历史时刻当中。这幅作品获得第十一届全国美术作品展览金奖。**（文 / 魏思明）**

九月

罗尔纯

油画 / 布面油彩
190cm×180cm
2014 年
2015 年艺术家本人捐赠

20 世纪 30 年代初，中国艺术界正处于由传统向现代转型的阶段。成立于 1912 年的上海图画美术院，已经历了二次更名；创办苏州美术专科学校的颜文樑，刚从法国巴黎高等美术学校学成归来；在蔡元培大力支持下成立的杭州国立艺术院，刚满 2 岁……此时，罗尔纯出生于中国湘乡。

湖南虽然与中国苏州、上海等艺术活跃地区相隔甚远，但得益于父亲的艺术熏陶，罗尔纯从小就对绘画产生了浓厚兴趣，并在姑母的建议下，16 岁时报考了苏州美术专科学校，从此走向了现代艺术之路。苏州美术专科学校既是罗尔纯接受正规美术教育的起点，也是他艺术生涯重要的转折点。尤其是校长颜文樑，这位被罗尔纯称为“具有伟大心灵”的画家，在绘画写生、色彩学等方面对罗尔纯产生了深远的影响。2015 年 4 月，“大美至朴——罗尔纯艺术展”在中国美术馆举行，展出乡土题材作品、人物和静物作品、早期风格转型期的作品及水墨画作品。

罗尔纯正式投身艺术创作时间较晚，1978 年之后，他的创作活动才逐渐多了起来。他回忆说：“‘文革’后第一次回湖南，却被老家的一片红土吸引。”从此，罗尔纯对乡土题材创作一发不可收拾，直至晚年爱不释手。这件创作于 2014 年的油画《九月》，是他晚年乡土题材的重要代表作。

《九月》所描绘的正是湖南的红土地，火苗似的山丘与远处的白云相接，农家妇女头戴角巾，身着简朴衣裙，牙牙学语的婴儿依偎在母亲肩上，乖巧可爱。妇女目视前方，双手交叉于腹前，意在使双肩及背部更有支撑力，保证婴儿的安全，体现了作者对生活细致入微的观察。在用色上，以红、黄、蓝为主色调，对比强烈，既有装饰画的平涂视觉，又有印象派的亮丽斑斓，将物象的固有色与艺术家的主观色相交融，表达了作者精湛的造型能力和色彩表现力及浓烈的、炽热的乡土情怀。（**文 / 高勇**）

国家的脊梁

董卓

油画 / 布面油彩
288cm×480cm
2019 年

画家董卓以壁画的构图方式创作了此幅为国家做出杰出贡献的十位科学家的群像，他们分别是：王淦昌、黄大年、邓稼先、钱学森、吴文俊、钱三强、宋文骢、谢家麟、王大珩、朱光亚。整个画面分为三层：使用冷调蓝色铺底，并用曲线和直线贯穿画面，在丰富画面内容的同时加强了整个画面的结构；中层用符号化的形式表现十位科学家在不同领域的代表性成就，不仅与背景中的结构线相呼应，也突出了画面的主题；画面上层则是十位科学家的形象，他们或坐或立，与底层、中层的结构线及符号相配合，个性鲜明地位于画面之中。由于画面尺幅巨大，为了让其更具可读性，董卓对画面中心的三位科学家做了一些顾盼关系上的处理，这也增加了画面中心的趣味性。**（文 / 徐梦可）**

温暖的枣园

范迪安

油画 / 布面油彩
100cm×160cm
2019 年

延安是中国革命的圣地，从 1935 年到 1948 年，中共中央在延安指挥了抗日战争和解放战争，实现了马克思主义同中国实际相结合的历史性飞跃，诞生了毛泽东思想，奠定了新中国的基石，党在延安形成的延安精神成为中国革命和建设的伟大精神动力。宝塔山下、延河岸边留下了大量革命旧址，见证着老一辈革命家当年的生活与工作，散发出延安精神的光彩。

油画《温暖的枣园》描绘了毛泽东主席在延安枣园居住与工作的院落。作者范迪安是中国美术家协会主席、中央美术学院院长，他曾多次踏访延安，在杨家岭、枣园等革命胜景进行油画写生，此幅作品表现了晨光下的枣园毛泽东旧居。1943 年 10 月至 1945 年 12 月，毛泽东主席曾在此居住，种下了丁香树，写下了《为人民服务》《论联合政府》《愚公移山》《关于重庆谈判》等重要著作。作品画出了院中浓郁的绿荫和富有延安特色的窑洞。作者在写生中带入创作意识，注重表达写生的现场感受，以阔略的笔触和冷暖相间的色彩表现阳光下的景色，以明亮的黄褐色刻画窑洞与地面，使之呈现温暖的光辉。

回望历史，延安的窑洞在人们心中有着独特的地位，留下了中国共产党领导集体和领袖人物的足迹。作为油画风景作品，《温暖的枣园》以典型的场景记写延安的历史岁月，刻画出时间的印记，让人从朴素的窑洞与院落情景中获得对革命历史的亲切感受，以此讴歌伟大的延安精神。（文 / 于歌）

中国共产党党员——钟南山

冯少协

油画 / 布面油彩
180cm×230cm
2020 年

作品表现了 2020 年年初，面对来势汹汹、迅速蔓延的新冠肺炎疫情，84 岁的钟南山院士再次冲入一线昼夜奋战的情景，体现了其“人民至上，生命至上”的伟大精神，更体现出一名中国共产党党员敢于担当、勇于尽责的政治品格。作者以现实主义的创作手法，刻画了钟南山院士在面对疫情时果断坚毅的形象，背景以简约的笔触铺陈，增加了画面凝重的气氛。巨幅的人物肖像创作，在作者的演绎下具有强烈的感染力，画面中的钟南山院士面戴口罩，神情严峻，脖颈上的纹理映现了英雄哽咽的一瞬。画中的点睛之笔——那夺眶而出的热泪，表现出钟南山院士的坚韧和悲悯，在情感的诠释和艺术的表达上直击心灵，被称为“最美落泪”。作为优秀的抗疫主题美术作品之一，该作品多次在中国美术馆展出，2020 年入藏中国美术馆。（文 / 杨子）

中国美术馆人话馆藏

中国画

油画

版画

雕塑

书法篆刻

民间

综合

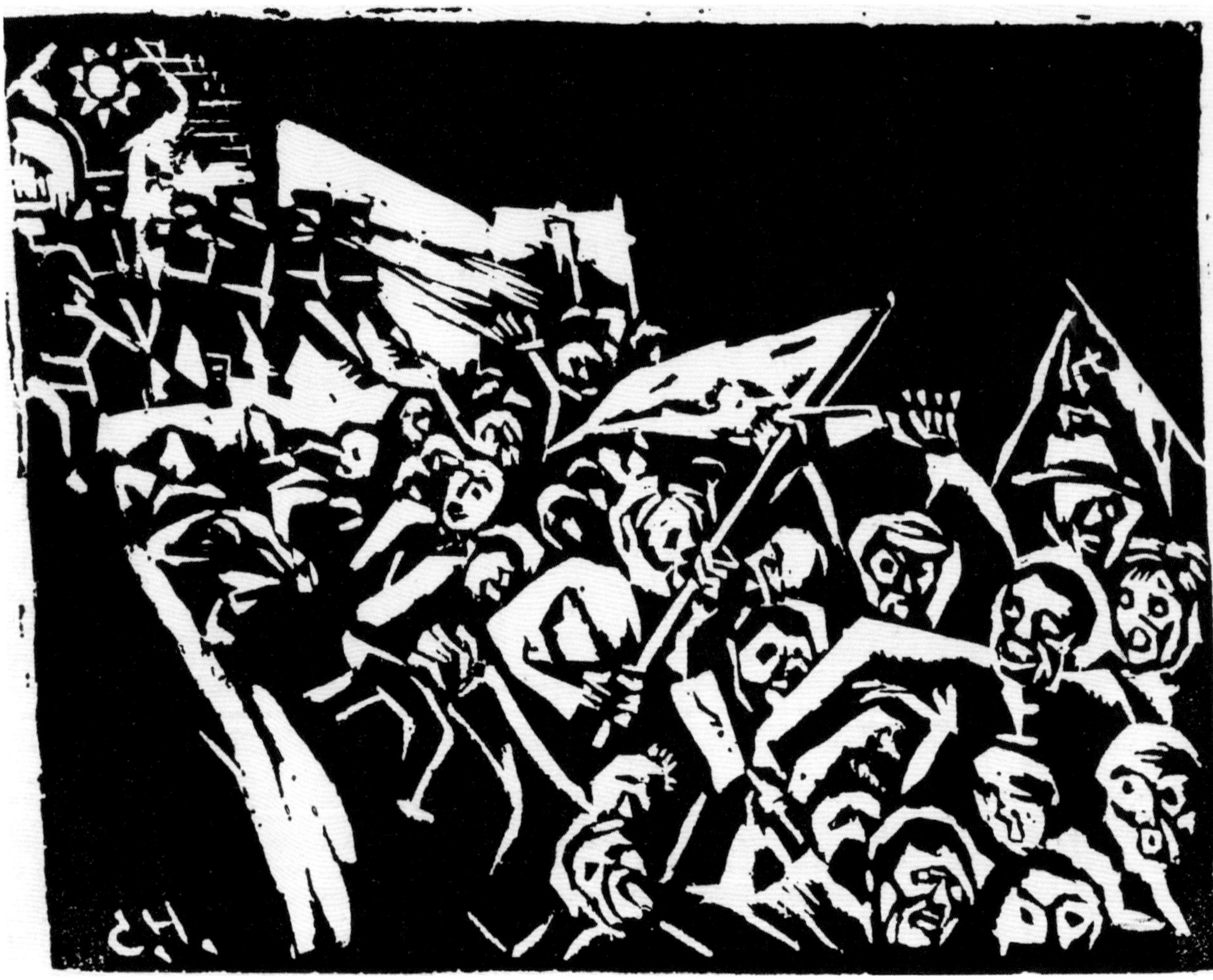
C.H.

要求抗战者，杀

江丰

版画 / 木版单色
14.5cm×18.5cm
1931 年

江丰，原名周介福，曾用名周熙、邹介福，笔名高岗、江烽、固林等。中国现代版画家、美术教育家、美术评论家。中华人民共和国成立后，他担任过全国文联委员、中国美术家协会主席、中央美术学院院长、文化部顾问等职。

江丰出身工人家庭，自幼喜欢画画，曾在上海白鹅西画会学画。后与“一八艺社”成员张眺、陈卓坤、陈铁耕等，共同筹建上海“一八艺社”研究所。1931 年 5 月加入上海反帝大同盟，协助楼适夷编印左联机关刊物《前哨》。1931 年鲁迅等举办木刻讲习会，请日本人内山嘉吉讲解木刻技法，鲁迅亲自主持并担任翻译。学员有：陈广、陈铁耕、江丰、黄山定、李岫石、顾鸿干、郑启凡、钟步青、乐以钧、苗勃然、倪焕之、胡仲明、郑川谷。

作品《要求抗战者，杀》参加了 1931 年在上海虹口每日新闻大楼举办的“一八社习作展览会”，此次展览会展出作品180幅，展出作品包括油画、雕塑、图案及木刻，这也是木刻版画首次在展览上与观众见面，同时出版了《一八艺社 1931 年习作展览会画册》，鲁迅先生撰写了序文。《要求抗战者，杀》是江丰的早期作品，那时江丰正处在学习国外木刻表现语言与技法的阶段，画中游行民众的脸孔明显受了欧洲表现主义木刻艺术家的影响。作品传达的绘画主题具有一种呼告与呐喊的直接性。作品采用了对角线式的构图，左上方的青天白日旗下军警们正持枪向示威群众疯狂射击，示威者惊恐的表情充满了绝望与无助，大块的黑色衬托出示威队伍混乱与激愤的感情，强烈的黑白对比带来撼人的视觉冲击力，简括运动的刀法充满动荡的情绪，并且强化了作品给予观众激愤震怒的视觉心理感受。（文 / 安雪）

怒吼吧，中国！

李桦

版画 / 木版单色
20cm×15cm
1935 年

《怒吼吧，中国！》显示了木刻版画遒劲的线条和刀刻笔法，通过简明的黑白塑造力表现了 20 世纪上半叶中华民族在救亡图存的险境所迸发出来的强烈的民族反抗精神和革命意志。在象征性的语法中，骨瘦如柴的人物形象代表了那个时代的中国遭受层层压榨的事实。人物的眼睛被蒙住，身体被绳索牢牢捆绑在木桩上失去自由，脖子上的绳索扼住咽喉，两只手臂被紧勒住，绳子一直捆绑到腿部，整个身子被捆到变形而失去常态。然而，就是在这样的摧残和压迫中，就在全身被紧紧勒住的极限处，清晰显露的劳动人民的肌肉释放出最后的斗争和强大力量，整个人物在奋勇的挣脱中发出怒吼，右手即将握住地上的刀子，锋利的刀刃就像版画家入木三分的造型刻痕，即将把捆绑的绳子彻底斩断。（文 / 王萌）

BBD
BBD
Hu.I.Chuan.

八百壮士

胡一川

版画 / 木版单色
15.6cm×20cm
1938 年

胡一川，原名胡以撰，福建永定人，20 世纪三四十年代中国新兴木刻运动的先驱。1926 年，鲁迅曾在厦门做过几次演讲，新思想的传播影响了 16 岁的胡一川。在后来的求学生涯中，他一直以进步青年的姿态追随鲁迅先生的脚步。为实现自己的艺术理想，胡一川在厦门、杭州、上海等地辗转求学，其间曾加入"一八艺社"、左翼"美联"，1930 年开始投身新兴木刻运动，抗战胜利后来到延安鲁迅文艺学院任教，曾组织"鲁艺木刻工作团"并任团长。木刻作品《八百壮士》创作于 1938 年，以黑白木刻的形式表现了中国军队在八一三淞沪会战中抗击日本侵略者的战斗场景。画面以大面积的黑色为主，以凝重有力的木刻语言塑造了团长谢晋元率领的八百壮士在四行仓库喋血奋战的英勇形象。近景的战士处理为剪影形象，一条白色的线简约地勾勒出紧握手榴弹的战士手臂，使得战斗的形象瞬间有了动感。另外两位战士的头部与身躯形成虚实对比关系，进一步强化了日寇被痛击的远景，使画面具有了由近及远的纵深感。画面人物造型高度概括，用刀简洁爽朗，木刻语言直接、刚毅，粗犷的线条、强烈的黑白对比，给观者以强烈的视觉冲击。（文 / 安雪）

Aus dem Nachlaß Käthe Kollwitz
Hans Kollwitz

面朝右侧自画像

［德］凯绥·珂勒惠支

版画 / 铜版、软蜡
48cm×29.5cm
1938 年前后
2015 年詹·珂勒惠支捐赠

艺术家创作的时候是在表达他的思想和展现他的人格。正如珂勒惠支绘制的这幅版画，那具有生命力且会呼吸的线条语言，将艺术的张力与精神的高度凝练成雕塑感，塑造着创作者的灵魂，营造出一种从形式到精神无限延展的立体维度。此作是珂勒惠支众多自画像中的一件，在 2015 年“黑白的力量——凯绥·珂勒惠支经典作品展”中，艺术家的曾孙詹·珂勒惠支将它捐赠给中国美术馆永久收藏。站在这位我非常喜爱的女艺术家的自画像前，我感到了一种超越之美。这种超越感是打破性别、肤色、种族、阶级、传统等原有定义的那种艺术感染力。这幅作品一以贯之她版画作品的洗练风格，没有铺陈与渲染，而是直面主题，集中概括，却又在主题描述之下细致、深刻、有力。这也正是她在艺术表现中所具有的卓越的洞察力。她的作品犹如一首坚定而动人的诗篇，朴素、纯粹，穿越时代，成为经典。1938 年，欧洲正处在二战爆发的前夜，已年逾七旬的珂勒惠支冷静地面对充斥着狂热与幻灭的德国社会，这幅自画像如同在与现代德国无言对话，承载着她自身命运的悲怆与追求不朽精神的倔强。当时德国表现主义的艺术思潮与她具有穿透力的艺术表达遥相呼应，她说德国艺术无须作假，即使是平淡的东西，被真正的纯净心灵捕捉到，也是令其欢喜与感动的。艺术与人心必须是互通的，她为广大弱势群体发声，给人以直面残酷现实的勇气。用艺术在呐喊，即使如临深渊，依然热爱与勇敢，珂勒惠支那孤独而高贵的灵魂，为艺术世界谱写出一曲大爱之歌。（**文 / 陈真**）

秋收

李桦

版画 / 木版单色
20cm×27cm
1940 年

李桦，原名李俊英，曾用名浪沙、小泉，广东番禺人，20 世纪三四十年代中国新兴木刻运动的核心人物。在《十年来中国木刻运动的总检讨》一文中，李桦等人反思了从 1929—1939 年十年间的木刻创作，《秋收》这幅作品正体现了该文“今后的动向，木刻运动要大众化，艺术队伍要深入农村，到实践中去”的主张。画面表现了南方农民一家三代人在田间劳作收割稻谷的场景，画中的老农脸上洋溢着自信与满足的笑容，他的右手握着镰刀，举起的左手紧紧攥着刚刚收割的稻谷，正擦拭着额头的汗水。农妇怀抱稻谷正在召唤远处的儿子、儿媳、孙儿。人物身边成捆的稻谷和远处的谷仓，突出了土地的广阔与肥沃，表现出作者对生活的热爱。作品以刀代笔，画面充满了感人的生活气息。灵活的刀法运用将黑、白、灰的关系组织得恰到好处，观者能感受到刻刀在木板上走笔，流畅与钝涩相谐的线条细腻而明净。尽管这件作品创作于抗日战争期间，但作者从讴歌生活的角度表现了中华民族的坚韧与顽强。（文 / 安雪）

延河溜冰

刘岘

版画 / 木版单色
9.6cm×11.1cm
1941 年
2017 年王人殷捐赠

《延河溜冰》（曾经名为《延安溜冰》）是版画家刘岘于1941 年以木口木刻技法完成的一幅作品。

刘岘，原名王之兑，学习木刻之初曾受到鲁迅的指导，后赴日留学，抗战时期在延安鲁迅艺术文学院任教，中华人民共和国成立后担任中国美术馆研究部（原收藏保管部）主任等职。

抗战时期，革命圣地延安物资条件有限，从事木口木刻版画创作的艺术家不多，刘岘的艺术实践就显得尤为难得。《延河溜冰》手掌大小的幅面上刻画了 20 个人物，马、车若干。尽管每个人物高不足 1 厘米，但是观众仍能清晰辨认出他们的性别、年龄、发型、相貌、表情、着装、体态、动作、职业，乃至溜冰的熟练程度，可见艺术家木口木刻版画的高超造诣和对当时延安革命生活的深入体验。

画面分为上、下两部分，上半部分以“密刀”手法表现了延河岸边的远山、驮马、行人，线条转折柔和，色度变化细腻，形成温和的灰调子，尽显木口木刻技法的独特魅力，准确表现出革命圣地清晨时分的静谧安详。画面的下半部分是入冬后的延河冰面，着装不同、姿势各异、动态呼应的溜冰者就像一个个欢快跳跃的乐符，与金光闪闪的冰面形成强烈对比，紧紧吸引住观众视线，形成作品的兴趣中心。

画面上，冰刀在冰面划过留下的痕迹往往被观者忽略，然而这些弧线在画面构成中起到关键作用。一方面，艺术家有意夸张了冰面刀痕，呈现草书的抽象之美，在人物和冰面之间织造出一个灰色过渡带，缓解了人物和冰面的冲突；另一方面，溜冰运动的特点决定了画面人物是分散的，处理不好难免主体不突出、画面散而无力，而这些弧线则巧妙地把散列河面的溜冰人物连缀起来，收到“形散神不散”的艺术效果，画面也因此产生强烈的现代感、抽象美。

1939 年 11 月，毛泽东为刘岘题词，鼓励他“为创造中华民族的新艺术而奋斗”。中国美术馆馆长吴为山多次推介《延河溜冰》：这幅作品描绘了当时延安社会生活中浪漫、诗意、抒情的一面，它就像一首革命的乐曲，用艺术语言生动诠释了“团结、紧张、严肃、活泼”的光荣革命传统。**（文 / 王伯勋）**

牛犋变工队

胡一川

版画 / 木版套色
11.4cm×18.8cm
1943 年

《牛犋变工队》是作者在陕甘宁边区进行深入调研后创作的作品。作品表现了抗战时期，陕甘宁边区人民以牛犋变工队的形式进行互助耕田劳作的场景，体现了人们对美好生活的向往，具有一种浪漫主义和理想主义情怀。画面中的黄牛与扶犁农民的造型简括凝练，作者将刚毅的刀法、粗犷有力的木刻语言与质朴简约的色彩相结合，表现出边区人民乐观向上、自力更生的进取精神。1944 年 5 月，《牛犋变工队》被印制 20 幅作为礼物赠予来到延安的外国记者。同年 7 月，美国派出以包瑞德上校为首的美军中印缅战区驻延安观察组访问延安。7 月 26 日晚，八路军总部设宴招待美军观察组，而在宴会窑洞的墙上挂着的正是《牛犋变工队》，足见这件作品的重要意义。**（文 / 安雪）**

当敌人搜山的时候（伏击）

彦涵

版画 / 木版单色
23cm×18.7cm
1944 年

《当敌人搜山的时候》又名《伏击》，表现了抗日战争时期，在敌强我弱的情况下，八路军化整为零与人民群众并肩战斗的情景。画面中心，由群众组成的“人梯”正托举一名八路军战士向敌人射击；左侧的战士手握长枪，正准备跃上战壕阻击敌人；画面下方，一位少年昂首匍匐，左手撑地，右手正奋力将手榴弹传递给正在战斗的同伴。这一构图形式具有典型的情节性，形象地表现出八路军在抗日根据地与人民同仇敌忾、抗战到底的战斗意志。从取景的角度来看，作者仿佛亲历了这场激烈的战斗，紧张的情节设定似乎将观者带入画面中，让观者以参与者、目击者的视角“经历”战斗，从而产生强烈的艺术感染力。从技法来看，作者采用了以阳刻为主、阴刻为辅的表现手法，人物造型简洁凝练，刀法遒劲娴熟，使整幅作品呈现出浑厚中兼具拙朴的美感。（文 / 安雪）

為人民服务
中國萬

豆选

彦涵

版画 / 木版单色
27.6cm×35.6cm
1948 年

“豆选”是 20 世纪三四十年代中国共产党在苏区、解放区和抗日根据地推行的一种以豆子作为选票的民主选举形式，使不识字的人民群众也能够公正、平等地行使民主权利。1947 年冬天，彦涵带领华北联合大学师生在河北获鹿县大河村参加“土改运动”。在担任土改工作组组长时，他亲身经历了农民用投豆子的方法选举贫农委员，这种朴素而智慧的选举方式使他敏锐地意识到中国农村民主政治的重要变革，返回学校后便创作了这幅黑白木刻版画《豆选》。

作品生动再现了“豆选”现场的真实情景。远景中“为人民服务”的标语和近景中长条桌上摆放的选票记录显示了这是在中国共产党领导下开展的基层民主选举活动。选举会场上人物众多，井然有序，每个村民都积极踊跃地参与到选举活动中。画面右侧背对着村民的是几位候选人，他们身后的桌子上各放置一个投豆子的碗，一位拄着拐杖的老人小心地捏着豆子，颤巍巍地走向心目中的候选人，准备投出庄严的一票。前景中，一位妇女俯身小心翼翼地捡起一粒不慎掉落的豆子，体现了人民群众对来之不易的民主权利的珍视。一粒小小的豆子，代表了一张珍贵的选票，承载了人民当家做主的迫切愿望。画面中不仅有参加投票的妇女，还有女候选人，表现了妇女社会地位的提高和参政议政权利的实现。作者将现实生活进行高度提炼，通过典型情节的选取和生动细节的刻画，将村民们行使民主权利的热情表现得淋漓尽致，显示出中国人民民主意识的觉醒。

这幅作品巧妙运用明暗光影和黑白对比突出主体形象，营造出清新明朗的画面基调。在人物塑造方面，借鉴民族民间绘画的表现形式，以阳刻为主，略去人物面部的阴影，使作品更加符合群众的审美习惯。作者对北方农村风貌和人物衣着、物品的刻画真实、细腻，给人以自然、亲切的感受，体现了作者细致的观察能力和丰富的生活体验。作品不仅富有地域特色和民族风格，也兼具时代气息与历史厚度。（**文 / 戚明**）

北京展览馆

汪刃锋

版画 / 木版套色
26cm×19.2cm
1954 年
2017 年艺术家本人捐赠

汪刃锋，祖籍安徽，是中国新兴木刻运动中卓有影响的木刻家，也是著名国画家。1954 年，汪刃锋先后到京郊农村等地写生，画了大量速写。同年 11 月，他到皖北参加土改。回京后，汪刃锋把半年来的写生和速写陈列在创作部办公室，请同事们提意见。《北京展览馆》这幅套色版画就是在此种背景下根据速写积累的创作素材整理而成。

该作的画面中心描绘的是北京展览馆建筑主体。它由苏联人设计，外观融合了哥特式建筑、东正教建筑和苏联建筑风格，造型比较工细，但是采用了扁平化手法，消解了体积感和空间性，而且建筑背景伴以大量的留白，这是融合中国画线性造型观念以及“计白当黑”艺术手法的结晶。建筑的底部，隐约可见一群参观者正在观赏两只大象，大象、参观者和主体建筑形成了动静反差。更为重要的是，北京展览馆附近的柳树采用了概括性和简约化的艺术语言，尤其是左右两棵大树可谓二木成林，带有很强的表现主义美学倾向。作品的近景是一处池塘，其中的睡莲亦采用了椭圆形的抽象化处理，同时池塘之水复以留白加以显现，水中倒影和景物实体形成有机呼应，以此营造波光粼粼的视觉效应和虚实互补的微妙对比，该作将大面积的橄榄绿、留白、浅绛、鹅黄、淡紫等多种色彩综合并置，形成一种类似交响乐的优雅、祥和之境。

总之，这幅版画作品既有工细的描绘，亦有粗犷挥写，既有逼真的写实感和具象性，也有类似中国画的写意感和“不似之似”，作者将西式木刻的简括、雄强与中国画的意趣、气韵，以及民间剪纸的图案化、平面性等多元艺术语言融为一体，从而践行了版画艺术民族化的美学诉求。**（文 / 黄丹麾）**

蒲公英

吴凡

版画 / 木版套色
45cm×31cm
1959 年

在人民教育出版社出版的初中美术课本中，我们可以看到一幅饱含童真趣味的作品，它就是现藏于中国美术馆的水印木刻版画《蒲公英》。

《蒲公英》是我国现实主义版画艺术家吴凡先生的代表作品之一。画作中的小女孩斜坐在地上，鼓起了脸，嘟着嘴巴将蒲公英的种子吹向了天空，身旁放了一个空空的竹篮和一把镰刀，似乎是忘记了妈妈的嘱托，此刻，她正陶醉于这满天飞舞的蒲公英，脑海中只有无数种子即将展开神奇旅程的画面。如此天真可爱的情景不禁让人联想到“飘似羽，逸如纱，秋来飞絮赴天涯”的诗意，更给人“带着你的梦想，自由飞翔；带着你的希望，随风飘荡”的遐想。

据吴凡先生回忆，他的创作灵感来源于一次看到一群孩子在玩吹蒲公英，欢快的情景瞬间牵引了他对童年生活的回忆。这幅家喻户晓的版画创作于 1959 年，自问世以来就成了那个时代经典的视觉记忆。作品在波兰第七届世界青年和平友谊联欢节中获二等奖、民主德国第三届“莱比锡国际书籍艺术展”版画比赛中获得金奖，可见，这样一幅充满平凡生活中平和之美的作品，能够引起人们的强烈共鸣。作品创作手法看似简洁，却蕴含了吴凡先生的精妙构思，以浓墨、淡彩和留白三个色调营造出的近、中、远三个层次关系，使观众拥有了一个巨大而又宁静的联想空间。难能可贵的是，吴凡先生用水印木刻的刀法呈现出了中国画的水墨韵味，更增添了作品灵动淡雅的气息。作品内容取材于生活，从细微处表达生活中美感，那丝丝的风载着蒲公英、载着几代人珍藏在心中的天真与梦想轻轻地飘向远方。这就是纯洁美好而又容易满足的童年，平凡、简单却很快乐，使人观后久久难以忘怀。（文 / 周晓路）

A.P. 我们要和平
1959年 北京 李平凡

我们要和平

李平凡

版画 / 木版套色
63cm×50cm
1959 年
2004 年李平凡、周燕丽捐赠

李平凡，原名李文琨，毕生专注于版画事业，作品多取材平凡之景，流露朴实之美，展现“平凡不凡，大美至善”的版画世界。他早年曾在天津美术馆西画科学习，1937 年七七事变爆发后，年仅 15 岁的李平凡在鲁迅倡导的新兴版画的感召下，开始关注底层人民的艰辛生活，用手中的刻刀展现那个时代的悲歌。1943 年，他赴日本学习水印木刻技法，创立神户华侨新集体版画协会，1948 年成立中华全国木刻协会日本联络处。1950 年回国工作后开始对儿童题材情有独钟。此外，他也是一位优秀的社会活动家，一直致力于国内外版画发展交流，曾获日中美术交流特别贡献金奖和版画交流特别贡献金奖。美术评论家齐凤阁称：“继鲁迅之后，在中日版画交流中贡献突出，成绩卓著者，当属李平凡先生。”

2004 年，李平凡将其创作的版画作品、美术日记以及毕生珍藏的日本浮世绘、现代版画、藏书票及欧美版画等 1600 余件作品，悉数捐赠给中国美术馆永久收藏，极大地丰富了国家美术收藏。李平凡一生作品无数，优秀作品更是不胜枚举，尤以中国美术馆藏《我们要和平》最为经典。这是他于 1959 年为纪念世界和平运动十周年而作，曾荣获民主德国第三届“莱比锡国际书籍艺术展”版画比赛银奖。画面在纯蓝色的背景前错落有致地刻画了三个不同肤色的儿童形象，前面的小女孩怀抱和平鸽，后两个则分别把小手搭在前面小朋友的肩头。三个儿童形象稚拙粗朴，近似于儿童画，但于细微处又巧妙体现其不同特征，使得画面更具童真，主题突出。整幅作品自然生动、笔简意饶，刻线单纯自由、粗壮有力，色调明朗清新、饱满强烈。李平凡用简单的形象、单纯的色彩、精练的画面将饱满的创作激情注入其中，通过天真烂漫、亲密无间的儿童形象表达了对和平的希冀和对美好生活的憧憬。**（文 / 孙琳）**

第一道脚印

晁楣

版画 / 木版套色
30.2cm×36.2cm
1960 年

晁楣的版画是新中国“北大荒画派”的一面旗帜。他 1931 年生于山东菏泽，自幼学习书法和传统绘画，1949 年南京解放后参加人民解放军，考入刘伯承任校长兼政委的二野军政大学文工团美术队。1958 年，他放弃城市的优越条件，投入北大荒的怀抱。这一年，几十万转业官兵进入北国边陲，唤醒了这片沉睡千年的土地。他们在冰封雪地上安营扎寨，向荒原索粮，几年内把北大荒变成了“北大仓”——正是这样的英雄壮举激发了晁楣的创作热情。

1960 年，其创作的《第一道脚印》记录了这些军官征服荒原的第一步。在凛冽的寒风中，踏察队员们迈着坚实的步伐行进，队员回首点烟的瞬间动作传达了这些英雄坚强、乐观的精神面貌。

就技法而言，豪放的刀法与强烈的色彩是北大荒画派以及晁楣版画风格特征的重要标志。粗犷的圆口运刀手法和浓郁的油印套版颜色展现了冰天雪地的荒原气势。作品显示出画家善于通过版画创作感受生活、捕捉形象的深厚功力，表现了人们在征服荒原的斗争中的坚强意志和无所畏惧的强大力量。**（文 / 高晴）**

鲁迅像

赵延年

版画 / 木版单色
29.8cm×42.2cm
1961 年
2006 年艺术家本人捐赠

赵延年，中国著名版画艺术家，美术教育家。1924 年出生于浙江，1938 年进入上海美术专科学校学习木刻，1941 年参加中华全国木刻界抗敌协会，50 年代任教于中央美术学院华东分院，后为中国美术学院教授。1991 年荣获“中国新兴版画杰出贡献奖”，2009 年荣获首届“中国美术奖 · 终身成就奖”。

《鲁迅像》创作于 1961 年，是鲁迅题材版画中的一幅经典之作。画面黑色背景中，疏密错落的白色横线与呈十字状围巾的黑色块，衬托出鲁迅坚毅而不屈的头颅，黑白互衬的色块与纵横交错的线条构成强烈的视觉对比。当时，正是赵延年寻求大平刀刻作独特风格的初探期，他使用平刀，在木板上具有爆发力地刻、铲、切、挑，使线条苍劲有力。在犀利硬朗的刀法、简洁明快的构图、强烈的黑白对比中，形成一种严正而肃穆的强悍风格，鲁迅“横眉冷对千夫指”的硬骨头形象跃然纸上。这幅《鲁迅像》也被很多人视作极具鲁迅风骨的造像之一。

在表现额头和衣褶处，作者用平刀加强了木板的斜面坡度处理，将油墨滚子轻轻滚过斜面，再将这里的油墨轻轻地抹擦处理，拓印出的作品呈现出黑白对比下的灰色地带。后来，这一创新的刻画手法被版画家李桦称为“晕刻法”；黑白木刻中出现灰色，也成为赵延年对现代木刻创作的一大贡献。

鲁迅作为中国 20 世纪具有代表性的文学家和思想家还曾积极致力于倡导新兴版画创作，被称为“中国新兴版画之父”，赵延年深受鲁迅精神的影响，一生有关鲁迅题材的版画创作有近 170 幅之多，鲁迅题材的黑白木刻作品成为他艺术成就中最具代表性的部分，也成为他对以鲁迅为代表的民族精神和民族魂的呼唤与歌颂。

2006 年 3 月，赵延年将《鲁迅像》作品珍贵的木刻原版连同其他 500 余件作品一起捐赠给了中国美术馆。**（文 / 庞桂馨）**

初踏黄金路

李焕民

版画 / 木版套色
54.4cm×48.8cm
1963 年

《初踏黄金路》是版画家李焕民于 1963 年创作的一件套色木刻作品。

20 世纪 50 年代末西藏实施民主改革后，20 万户、80 万农奴和奴隶翻身做了主人。这为艺术创作提供了丰富题材，文学、戏曲、电影、摄影、绘画等方面的优秀作品大量涌现，《初踏黄金路》就是其中之一。

画家李焕民 1950 年进入中央美术学院美术干部培训班，毕业后到重庆工作，有机会深入川西藏族地区体验生活，亲眼看见藏族劳动人民民主改革前后的生活对比，为创作《初踏黄金路》积累了素材。

作品的“题眼”在于“初踏”和“黄金路”。画面构图呈 S 形，这条 S 线启自画面的右上角，向左下行进至画面 1/3 处折向右下，这条路突然变宽占据了底边的全部。科学分析，路的透视有悖真实。显然，画家在此处并未固守焦点透视，而是将中国传统山水画中的“平远”“中远”“高远”运用在版画创作中，艺术地夸张了这条田间小路，使之成为藏族劳动人民沐浴着党的恩泽走上了社会主义康庄大道的美好隐喻。这种处理方式，配合全幅统一的金黄色主调，紧扣画题中的“黄金路”。此外，画面这条呈 S 形的结构主线，又像飘扬的五线谱，藏族女青年与牦牛就是这条乐谱上的乐符，奏响“翻身农奴把歌唱”的高亢乐曲。

画面上由近及远安排了三位青春健美的藏族女青年。她们身着白色上衣和宽厚的藏袍，三人各自牵有一条头戴大红花的牦牛，牦牛背上荷载大捆刚刚收割的青稞，行进在八月收获季节的金色田野里。三位藏族女青年，代表广大翻身做主人的藏族劳动人民，她们嘴角挂满幸福的笑容，深情地望向远方，对社会主义新生活满怀憧憬。三位藏族女青年项间戴着鲜红的宝石饰品，与牦牛头上的大红花形成呼应，巧妙地表现出藏族劳动人民对牦牛这一基本生产资料的深厚感情。（文 / 王伯勋）

雷锋

吴强年

版画 / 木版单色
64.5cm×56cm
1963 年

四川版画是中国新兴版画的一股重要力量。以四川省美术家协会为中心，版画家们既继承了鲁迅先生倡导的新兴版画运动精神，又将四川地域文化融入版画创作中，由此形成了以黑白人物为主的版画面貌，具有鲜明的地域特色。

吴强年生于 1937 年，是四川版画肖像刻画领域的佼佼者。他的画着力表现人物的思想性格与精神面貌，既有形象的概括力，又具有鲜明的个性特征。

1963 年 3 月 5 日，《人民日报》发表了毛泽东主席“向雷锋同志学习”的题词，全国上下迅速掀起学习雷锋、纪念雷锋、宣传雷锋的热潮。在这样的时代背景下，吴强年创作了《雷锋》。整幅画运用强烈的黑白对比和质朴有力的刀法，增强了视觉效果，背景中矗立的山峰岩石力求单纯有力，以凸显一种纪念碑式的效果。再结合画面中心手持冲锋枪的英雄形象，给人以社会主义祖国千秋万代和雷锋精神永世流传的联想。吴强年的画风朴实，构图严谨，着力依靠人物性格力量打动观众。

该作品完成后，曾先后在《人民日报》《光明日报》《四川文学》等多家重要报刊发表，成为表现雷锋的经典艺术形象。（文 / 高晴）

主人

徐匡、阿鸽

版画 / 木版单色
70cm×69.5cm
1978 年

青藏高原是一片神奇的土地，是艺术创作的重要取材地。新中国成立以后，许多艺术家到藏区写生创作，形成了蔚为壮观的艺术现象，版画家徐匡、阿鸽伉俪就是其中重要的艺术家。

1977 年，徐匡、阿鸽作为四川美术家协会创作组成员，深入西藏生活长达八个月，对西藏有了更深入的了解。他们用身心去感悟自然，从大自然中汲取营养，用真挚的热情观察生活，在生活中发现美。他们善于捕捉藏民生活中富于情调的细节，笔下的人物形象极具生命力，作品洋溢着浓厚的生活气息。

二人合作的这幅版画《主人》，以极其概括的手法表现了西藏人民当家做主的重大主题。藏族男子手持镐头，铜像般地站在观众面前，不卑不亢，落落大方，微笑中透着威武和力度，传达了藏族人民在中国共产党的领导下，农奴翻身解放做“主人”、昂扬向上的精神面貌。作品采用了雕塑式的造型和正三角形构图，刀法纵横多变，强调黑、白、灰的强烈对比，格调明朗。作者通过版画语言，把藏族人民美好的心灵和高原的阳光献给了观者。**（文 / 赵蔚峡）**

丰收的喜悦

伍必端

版画 / 木版套色
40cm×55cm
1979 年

伍必端，1926 年出生于江苏南京。1939 年选送到陶行知先生创办的育才学校绘画组学习。1948 年随联大美术宣传队参加战地宣传工作，同年任《天津画报》美术编辑。1950 年到中央美术学院任教。1951 年和 1953 年以战地记者身份两次赴抗美援朝前线。1956 年赴苏联列宾美术学院进修，回国后大力推进版画系学科发展。1979 年当选为中国美术家协会理事，1980 年被选为中国版画家协会理事。1996 年获中国版画家协会颁发的“鲁迅版画奖”。

套色木刻版画《丰收的喜悦》大面积使用金黄色这种象征性色彩营造出画面的主调，颜色单纯而富有内在力量，形象地描绘出丰收之景，进而烘托出人物在辛勤劳动后收获的喜悦。画面正中两位劳动女性的脸上洋溢着欢乐的笑容，在欣喜之余，作者又细致地描绘出两人的不同神态，深入挖掘了劳动者的心理和情感。同时，作者注重刀法的组织和布局，富于节律，含蓄地将年画、剪纸等民间艺术形式融会其中。

伍必端擅于用生动的生活和劳动场景表达对劳动人民和时代的歌颂，既描绘了劳动者的形貌、刻画出精神气质，还反映出时代特点。1979 年起，我国农业生产力解放，粮食产量迅速增加。画中人物手中的镰刀、挽起的袖口、红扑扑的脸蛋、背景处涌动的金色麦浪，使人直观地感受到劳动者看着这一大片丰收之地，不辞辛劳地收割时的欢喜与自豪。左上角麦田中有两只飞来的喜鹊，似是来向人们报喜，侧面烘托出丰收之悦。

作者在刻画人物形象时，朴素清新、优美如诗，带有与画中人物进行对话的特点，塑造的是生活中的美，展现出人民蓬勃向上的精神风貌。正如全国政协常委、中国民主同盟中央委员会副主席、中国美术馆馆长、中国美术家协会副主席吴为山曾评价：“历经时代风雨和生活锤炼后，伍必端先生及其艺术凸显出一种强大的生命力，并持有一种人文情怀。正是难得的人生历练，造就了伍必端先生坚定的信念以及与时代同行的广阔胸襟。”（文 / 李少洁）

彼得·路德维希的肖像画

[美] 安迪·沃霍尔

版画 / 亚麻布丝网印刷
105cm×105cm
1980 年
1996 年路德维希夫妇捐赠

安迪·沃霍尔无疑是波普艺术潮流中极具代表性的艺术家，其对大众文化的挪用和以工业性复制印刷技术为创作媒介的艺术风格，打破了流行文化与精英艺术的边界，促使视觉艺术家第一次在公众范围内成为文化偶像。除了人们所熟知的《金宝汤罐头》系列作品，肖像创作是沃霍尔艺术中突出的一类。《彼得·路德维希的肖像画》作为中国美术馆国际艺术典藏路德维希捐赠系列作品的后现代主义艺术力作，是众多描绘伟大企业家、收藏家彼得·路德维希先生的艺术创作中的重要作品。画中的路德维希先生以手托腮，神情专注，沃霍尔借由对其眼神的突出塑造，传达出路德维希先生敏锐的艺术鉴赏力和高尚的人文情怀。线条的摆放与轮廓的造型简洁明快，色域的分割巧妙地增添了人物情感表达的维度，画面主体形象的张力传递出轻松愉快的速写风格，完整地反映出大众文化对艺术创作的关键性影响。安迪·沃霍尔的名人肖像创作使传统的肖像画创作得以复活，其典型的后现代风格则令成名已久的抽象表现主义艺术彻底让位于波普艺术，将消费主义语境下的流行文化推向顶峰。（文 / 柳淳风）

同一个梦想

[日] 师村妙石

版画 / 木版套色
74cm×74cm
2008 年
2008 年艺术家本人捐赠

《同一个梦想》是日本篆刻家师村妙石为庆祝 2008 年北京奥运会举办而创作的篆刻版画作品《奥运系列》中的一件，该系列的另外四件作品为《花王（牡丹花）万岁》《北京奥运》《同一个世界》《富贵延年》。系列作品底色与奥运五环呼应，表现了艺术家对于北京首次举办奥运会这一时代壮举的欣喜之情，也表达了其对中日友好、世界和平的朴素期盼。

《同一个梦想》以鲜艳的绿色为底，文字采用黄色，用色大胆直接，不同于传统篆刻，极富现代感。作品中的“梦想”二字，仿照甲骨文书就，展现了古朴的金石趣味，间架结构结合了艺术家本人的理解和想象，不拘一格，灵动非凡，是书法形质美与形象美的极佳结合。

师村妙石出生于 1949 年，自幼学习书法，后接触到篆刻艺术，被这种“方寸之间见天地”的艺术形式深深吸引。自 1972 年首次访华以来，已访华 210 余次，追寻中国篆刻大师的脚步，推动两国艺术交流。他的篆刻作品以秦、汉古印以及明清流派印章为范本，同时深受吴昌硕影响，风格澄明且气势宏大，质朴又雄健浑厚。2000 年之后，妙石开始探索篆刻彩色创新，将数字技术应用到创作之中。不仅将作品放大几十倍，采用绚丽的色彩加以渲染，突破传统范式，甚至采用剪纸、扎染布料、石雕、陶瓷等综合材料作为展现媒介，形成了独具一格的“师村派”创新篆刻风格。在继承了古典篆刻传统的同时，又逐渐展现出时代特色，以反映艺术家对社会的深入观察和思考。

中日两国篆刻艺术交流源远流长，最早可追溯到东汉“汉委奴国王”金印的故事。在接下来 2000 多年的交流中，日本融合吸纳中国篆刻艺术的精髓，形成了具有浓厚民族特色的篆刻风格，同时两国间的交流从未间断。可以说，师村妙石的故事就是当代中日篆刻艺术交流的一个经典范本。**（文 / 郑宇婷）**

中国“天眼”

周吉荣

版画 / 综合版套色
240cm×300cm
2019 年

《中国“天眼”》是一幅大型版画作品，作为由文化和旅游部发起和组织的“国家主题性美术创作项目”之一，由艺术家周吉荣历时两年创作完成，并于 2019 年入选了在中国美术馆举办的“伟大历程 壮丽画卷——庆祝中华人民共和国成立 70 周年美术作品展”。

素有“天眼”之称的 500 米口径球面射电望远镜，简称 FAST，于 2016 年 9 月 25 日在位于贵州省黔南布依族苗族自治州平塘县克度镇大窝凼的喀斯特洼坑中落成并启用。这一伟大工程由我国天文学家南仁东于 1994 年提出构想，从工程设计到开工建设再到后续科研使用历时 22 年。

此幅作品运用写实手法将严谨的科学与浪漫的艺术有机地结合起来。“天眼”主体形象位于画面偏下位置，画面上方为星空，中间部分的群山将“天眼”与星空自然地连接在一起。大型射电望远镜“天眼”是用来观测宇宙星辰的，所以作者格外注重对于星空的处理，通过大量天文资料并结合中国传统二十八星宿的本土天文学文化，推演出“天眼”落成之日的天象，重点刻画了东方天空的“天苑”“五车”“天船”“奎宿”等星宿，画面星宿中每颗星的大小、明度都尽量与实际相符。由于版画创作在制作中需要依靠印刷设备，作者运用了一种凹版画的新技法——柔性版材凹印技术，通过 15 张不同的局部合并整合为一幅完整画面，将“天眼”这一大国重器客观而具有艺术性地呈现出来。通过此画我们感受到了人类对于探索浩瀚宇宙不懈的努力，正如“天眼”之父南仁东所说：“美丽的宇宙太空，正以它的神秘和绚丽，召唤我们踏过平庸，进入无垠的广袤。”（文 / 刘鉴辉）

中国美术馆人话馆藏

中国画
油画
版画

雕塑

书法篆刻
民间
综合

王临乙、王合内夫妇侧面像

王临乙

雕塑 / 铜
31.5cm×36.3cm×4cm
1937 年
2015 年中央美术学院捐赠

1937 年，25 岁的法国姑娘勒妮 · 云妮 – 尼克尔和 29 岁的中国留学生王临乙在巴黎举行了简单的婚礼。这位法国女孩怀着对丈夫深深的爱和对中国文化的钟情，将自己的名字改为王合内。

新婚之际，王临乙创作了这件作品，生动刻画出两人年轻时的容貌。作品以青铜铸就，采用了西方常见的双人侧面肖像式样。自文艺复兴以来，双人侧面肖像浮雕的主要功能就是纪念婚庆等重大事件。画面中，年轻的雕塑家把妻子的形象置前，自己的形象放后，将观者的视线更多地引向妻子美丽精致的脸庞。此刻，雕塑家已将一道道纯粹细腻的线条化为动人的情话，隐匿在作品之中，表达着对妻子的情真意切。

婚后，王合内义无反顾地跟随丈夫来到当时风雨飘摇的中国。在此后的 60 年里，他们相濡以沫、携手共进，在东方与西方这条清晰而模糊的境界线上，塑造了一个个经典之作，培养了一代代雕塑人才。1997 年王临乙因病逝世，3 年后，王合内在北京去世。他们没有孩子，临终之时两位老人将全部作品捐献给了中央美术学院。

2015 年，中央美术学院代表艺术家将《王临乙、王合内夫妇侧面像》等 200 余件作品捐赠给中国美术馆。**（文 / 付瀛莹）**

沉思

滑田友

雕塑 / 铜
168cm×43.5cm×54.5cm
1943 年
2008 年滑夏、滑玉捐赠

《沉思》是滑田友在法国创作的著名雕塑。他在艺术上的成功，不但源自对艺术的热爱和执着，而且源自徐悲鸿的伯乐眼光。滑田友 1901 年生于江苏淮阴一个木匠家庭，1919 年考入江苏省立第六师范学校美术科，毕业后成为高邮市第一小学的美术教师。1930 年他以自己的儿子为模特创作了木雕《小儿头像》，并拍成照片慕名寄给徐悲鸿。徐悲鸿复信说："迄今为止，中国现在恐怕还没有人能刻出这样的雕像。你不必进中央大学，我愿与你为友，将你送到法国去学习雕塑，希望春假到南京来相见。"滑田友来到南京，徐悲鸿看到原作后非常高兴，给它写了一篇短评，并推荐给著名的畅销画报《良友》发表。1933 年，滑田友随徐悲鸿赴法国留学，先后在巴黎高等美术学院、儒里昂研究院学习、研究和创作，追随布夏、德斯比奥学习雕塑。《沉思》深受法国学院派雕塑严谨作风的影响，刻画的是一位正在思考的裸体少年，他左脚稍向前迈，呈稍息状，左手垂放于左腿之侧，右手抬起，以食指托腮。其头部右倾，神情略显犹豫。此作源自雕塑家对模特的深入研究，风格质朴，造型坚实，结构准确，语言醇厚，形体浑然饱满，具有深沉的内在张力。**（文 / 邵晓峰）**

轰炸

滑田友

雕塑 / 铜
109cm×89cm×36cm
1946 年
2008 年滑夏、滑玉捐赠

《轰炸》是滑田友在法国创作的雕塑代表作。他在法国留学期间，几乎跑遍了巴黎的博物馆、美术馆，系统学习西方自古希腊以来的雕塑作品，深入研究欧洲伟大的雕塑传统，对东西方的雕塑传统与特色有了更加深刻的认识。1937 年，滑田友在得知南京被日本飞机轰炸后，怀着沉痛的心情在巴黎创作了《轰炸》的立体构图稿。1940 年，在德国军队进入巴黎之前，他偷偷地将《轰炸》等作品藏在煤堆里，直到第二次世界大战结束后才取出，并在条件成熟后将《轰炸》进行放大。这件作品内涵深邃、形式简洁、体态浑厚、气象质朴。在作品中，拼命躲避日本轰炸机的母亲裹着头巾，紧张地抬头回望天空，右手紧搂小儿，左手拉着大儿，左腿绷直，迈开的右腿弯曲，重心放在右脚脚尖。作者以这种特殊造型，强调母亲身体前倾的动势，突出一条约呈 60 度的斜线，大胆建构了作品的视觉张力。其创作放弃了欧洲学院派雕塑过分依赖现实模特的做法，更加主动从中国传统雕塑艺术宝库中汲取造型语言，加强整体的浑然性，突出线条的装饰性，营造“六法”中的“气韵生动”性，激活了形体之外的意境，创造了具有个人图式的艺术风格，以此表达对祖国和人民的深切关爱，以及对日本法西斯战争罪行的控诉。1946 年，雕塑《轰炸》被法国教育部收藏。后来此作又被巴黎现代艺术博物馆收藏，并入编法文版《世界美术百科全书》。**（文 / 邵晓峰）**

民兵
王朝闻

雕塑 / 铜
33.6 cm×15 cm×14.3cm
1947 年

雕塑《民兵》由著名文艺理论家、雕塑家王朝闻创作，表现的是解放战争时期的北方民兵形象。作品运用象征手法表达现实题材，人物形象坚定扎实，身形敦厚，姿态似动还静，蕴涵了雕塑家独到的造型艺术实践观。厚拙的服装造型体现出属于那个特殊年代的风貌，饱满的面部刻画把握住了人物的个性特征。眼神的方向与紧握武器的右手呈现相反的运动走向，表现出民兵高度警惕的精神状态。雕塑家的创造概括单纯、粗朴有力，没有过度雕琢细节，浑然天成的纹理衬托出作品淳朴的气质。高而窄的底座增加了战斗的紧张气氛。作品虽然占据空间较小，却有一种纪念碑式的精神气质，反映出王朝闻强烈的民族意识，使雕塑的寓意比其本身更具感染力。**（文 / 韩金峰）**

孤独的行走

［法］严德晖

雕塑 / 石膏
38cm×14cm×16cm
20 世纪 40—50 年代
2019 年严德晖之女玛丽安娜 · 严捐赠

《孤独的行走》是旅法雕塑家严德晖的作品。严德晖 1908 年生于浙江温州，1987 逝于法国巴黎。从 13 岁开始，他师从专门从事佛像和传统黄杨木雕的艺术家朱子长学雕塑。1938 年，严德晖和 23 位大学生出国留学，到达法国马赛。一个月后，他考入巴黎高等美术学院。1944—1946 年，他在法国文学院学习。这期间，他再次在巴黎高等美术学院学习雕塑，成为雕塑大师布夏的弟子。20 世纪四五十年代，他游览法国境内各地及欧洲等国，一边游览一边写生作画，并成为法国巴黎大皇宫及加蒂奈美术社团成员。20 世纪 70 年代，他创作的作品曾多次在法国巴黎大皇宫参展。《孤独的行走》刻画的是一位迈步前行的裸女，她身姿健硕，头部左扭，望着前方，双手自然地垂在臀部两侧。此作深受法国学院派雕塑的影响，通过对人体的塑造来表达丰富的情感。作品中生命的律动，衬托着艺术家内心的彷徨。严德晖是海外游子，这种内心的呼唤借助于雕塑的形体语言进行了无言而有力的释放。**（文 / 邵晓峰）**

地雷战

萧传玖

雕塑 / 铜
200cm×74cm×123.5cm
1957 年

《地雷战》是雕塑家萧传玖创作鼎盛时期的作品，无论在艺术性还是思想性上，都充分反映出创作者高超的水准。作品表现的是一位民兵埋地雷前注视远方、观察环境的动势。雕塑家重在以少胜多，将客观素材经过锤炼和升华转变为理性化的呈现。整件作品强化了人物动作的连续性和肌肉骨骼的力量关系，结构紧凑，局部起伏微妙，有一种情绪性的张力。它营造了一种现实主义情境，通过人物的表情动作等细节塑造透视出人物的坚毅，这正是抗日战争时期中国山东民兵作战的典型形象。通过这一形象，观者不仅能进一步了解这类特定时期的特殊作战形式，更能从中感受到中华儿女不屈不挠的革命精神和中华民族的强大生命力。（文 / 朱剑）

艰苦岁月

潘鹤

雕塑 / 铜
45.6cm×46.6cm×34cm
1957 年

潘鹤先生创作于 1957 年的雕塑《艰苦岁月》是红军题材美术作品中的经典之作，其原型是在海南岛母瑞山艰苦斗争岁月中的琼崖红军。这件雕塑以写实的手法塑造了一老一少两位红军战士的形象，其中吹着笛子的老战士穿着破旧的军装，身形瘦削却筋骨强健，饱经风霜的面孔印刻出老革命者的坚定意志。少年战士信赖而亲昵地倚坐在老战士身边，托着腮，入神地倾听笛声，仰首遥望远方，眼中充满对革命胜利的遐思，呈现出一个年轻的革命战士对于美好未来的向往。这件作品将红军在革命斗争中的“苦”与“乐”熔铸一体，既反映了革命斗争的严酷，又体现了红军战士对革命理想信念无比坚定的乐观主义精神。其成为艺术经典，感染和鼓舞了一代又一代人。迄今《艰苦岁月》仍是各类中小学美术教材必收录的作品之一。**（文 / 李暨涵）**

齐白石

[白俄] 谢尔盖·谢利哈诺夫

雕塑 / 铜
63cm×43cm×24cm
1957 年
2017 年康斯坦丁·谢利哈诺夫捐赠

谢尔盖·谢利哈诺夫是白俄罗斯 20 世纪极具代表性的雕塑家之一。苏联卫国战争开始后，谢尔盖以二等兵的身份前往前线，战争期间，他创作了大量战友的铅笔肖像，提高了造型能力。战后，他多以卫国战争重要事件以及英雄人物的纪念碑雕塑为创作主体。1956 年年底至 1957 年年初，正值新中国成立初期的中苏友好时代，谢尔盖受邀访华，巡游北京、上海、南京、苏州、杭州、广州、湛江、玉林、武汉等地，其间共创作了如巴金、齐白石等中国文艺界名人形象和普通大众形象的雕塑作品 36 件。

《齐白石》这件作品注重人物面部刻画，注重以形传神，用典型的现实主义手法塑造了白石老人头戴毡帽，身着长袍的胸像。直面作品时，其深邃、坚定而又温和的眼神，映射了老人含蓄蕴藉、不亢不卑的风度。飘洒的胡须与衣着融为一体，仿佛连绵不绝的山丘。谢尔盖高超的塑造手法甚至将毡帽、长袍的布料质感表现出来。作品完成后，齐白石大加赞赏，并在雕塑下方刻上了自己的名字。齐白石不仅是享誉盛名的中国绘画大师，还是世界舞台上极具国际知名度的中国艺术家之一，代表了全球 20 世纪的艺术高峰。苏联邮政在 1958 年甚至还发行了带有齐白石肖像的邮票，这是苏联邮政历史上首次使用中国名人肖像。谢尔盖用他对社会主义现实主义文艺创作理论的理解，加上对齐白石这位伟大的中国画家之神秘憧憬，创作了这件无价之宝。这是他对中国社会的关注和深入探索的象征之一，更是对同是社会主义国家的价值认同。《齐白石》于 2017 年时值中白两国建交 25 周年之际，由谢尔盖的孙子康斯坦丁·谢利哈诺夫向中国美术馆捐赠。（**文 / 孙珂**）

此件浮雕作品是人民英雄纪念碑一组十件浮雕中最大的一件。作品由彦涵绘制画稿、刘开渠制作泥稿、曲阳石匠雕刻完成。作品表现的是解放战争时期的渡江战役（也称“宁沪杭战役”）场景。号兵吹响冲锋号，指挥员高举右手，连连向高空发射信号弹。已登陆对岸的战士踏着反动派的旗帜，冲向国民党反动统治的老巢。作品画面构图完整，形象刻画优美、挺拔，层次处理简明、统一，虽是浮雕，但具有很强的立体感。人物关系舒展流畅，

胜利渡长江　解放全中国

刘开渠（彦涵画稿）

雕塑 / 石膏
50.5cm×161.5cm×8.5cm
1958 年

疏密有致，形象多样，细节刻画微妙，生动传神，体现了不同人物的个性美感和精神内涵。中国美术馆于 2017 年运用现代科技对原作进行扫描缩放复制，并进行馆藏。（文 / 韩金峰）

骆驼

[法] 熊秉明

雕塑 / 铜
40cm×50.2cm×18.5cm
1958—1959 年
2016 年杨振宁、翁帆捐赠

熊秉明是一位旅居海外 55 载的著名法籍华人艺术家，是集哲学、文学、绘画、雕塑、书法等多重修养于一身的学者型艺术家。他无论是对人生哲学的体悟还是对艺术创作的实践，都贯穿东西，融合了中国的人文精神，艺术作品风格独特。

《骆驼》是熊秉明在 20 世纪 50 年代所创作的具有代表性的雕塑作品，融汇了中国的写意精神和西方的抽象构成观念，具有鲜明的中外文化交融的特征，体现出浓厚的哲学意味，彰显熊秉明作为一名学者型艺术家的艺术精神。《牛》和《骆驼》系列最能显示熊秉明先生的内在学养与本质追求，体现了他对雕塑艺术的诠释与表达。

《骆驼》渗透着浓浓的乡土情结，蕴含着故乡思绪和中国传统文化思想。创作手法和材料语言等西方现代艺术手法在作品中进行了充分的提取与应用，使得作品的思想得到淋漓尽致的表达。他对哲学的研究与学习也潜移默化地影响了他的雕塑创作。（文 / 杨兰亭）

志愿军

王临乙

雕塑 / 铜
224cm×85cm×72cm
20 世纪 50 年代
2015 年中央美术学院捐赠

《志愿军》是王临乙在新中国成立后创作的为数不多的全身圆雕塑像之一。这一时期王临乙的创作以表现劳模、英雄、战士和农民等角色为主，体现了他对新时代与新社会的赞美与歌颂。作品既体现出严谨精深的艺术功底，又蕴含了传统雕塑内敛质朴的独特气象，富于厚重之美。《志愿军》塑造的是一位抗美援朝战场上的志愿军战士，他双足跨立，上身略微向左扭动，胸挂弹袋，手持武器，神情沉静坚毅，展现出勇敢无畏的革命意志。作品结构设计精巧，体现了学院派的造型功力，语言朴实含蓄，各部分相得益彰，浑然一体。在作品中，王临乙加入了对民族雕塑的独特理解和体会，通过服饰上的纵向线条来表现人物的形体结构，在对作品的整体把控上，着力强调了对象的内在精神，表达了细腻的情感。（文 / 杜志东）

牦牛

刘开渠

雕塑 / 汉白玉
11.3cm×26.5cm×19cm
1960 年

20 世纪初，受西学东渐的影响，一批有志之士远赴海外学习。1928 年，年仅 24 岁的刘开渠在蔡元培的支持下获得留法学习雕塑的机会。1933 年，刘开渠完成学业回国，鲁迅对他说：“过去中国人只做菩萨，现在该是轮到做人像了。”此后，不管社会环境、生活环境、创作环境如何变化，他始终心系中国雕塑事业的发展。1963 年，刘开渠任中国美术馆首任馆长。

1961 年 8 月，刘开渠被中国美术家协会安排到中国西南考察，他先后经过昆明、滇池、石林、瑞丽、南宁、桂林等地。程丽娜后来回忆说，刘开渠借此机会进行了为期一个月的写生，回到北京后根据印象创作了不少画作。一幅题有“昆明”二字的《牦牛图》（已发表出版物中创作年代为 1960 年，疑有误）正是创作于这一年。

雕塑《牦牛》的牛身并未重现画作中的笔墨细节，而是采取类似于绘画中留白的抛光处理，只对牛的鬃毛、尾巴及腿部的毛发以线描的形式进行勾勒，并通过石材的肌理表现出毛发的浓密感和真实感，浑然一体。值得注意的是，刘开渠在 1959 年《提高雕塑艺术的质量》一文中强调：“雕塑造型的基础是体积，轮廓是体积的边缘。从体积到轮廓从轮廓到体积，使作品的体形完整，生命力充沛。”可以说，雕塑《牦牛》在某种程度上就是他这一理念的实践，将中国传统美学思想融入现代雕塑创作中来，让观者感受到画中有塑、塑中有画的意境。**（文 / 高勇）**

—

欧阳海

唐大禧

—

雕塑/铜

145cm×154cm×99cm

1964年

《欧阳海》由雕塑家唐大禧于1964年创作完成。雕塑家以高超的艺术技巧表现了英雄欧阳海“推马救列车”那史诗般的场面：欧阳海顶住高举前蹄冲向铁轨的马匹，用力挥舞着左臂警示画面外的列车，人与马的相对之势在画面中构成了稳固、升腾的金字塔形态，充满戏剧性张力。值得一提的是，作者对现实逻辑进行了艺术修改，突破了雕塑“记录性”的局限，在人与马的冲突刻画中，合理添加了欧阳海在推马的危急时刻同时振臂高呼、注视顷刻而至的火车的动作，凸显了英雄舍身忘我的高度责任感。作者成功塑造了一位共产主义战士的英雄形象，强烈的艺术感染力触动了无数观者的内心。**（文/张天意）**

阳光下的牛

[法] 让·卡尔多

雕塑 / 铜
140cm×190cm×80cm
1968 年
2019 年艺术家本人捐赠

这尊雕塑是由法国雕塑家、法兰西艺术院院士让·卡尔多先生创作的《阳光下的牛》。2019 年，在庆祝中法建交 55 周年之际，艺术家本人将此作捐赠给中国美术馆。

让·卡尔多先生 1930 年生于法国，其创作的《戴高乐像》和《丘吉尔像》立于香榭丽舍大道，广为人知。除此之外，公牛也是卡尔多雕塑的常见题材。1957—1959 年卡尔多赴法兰西驻西班牙学院驻留期间，对斗牛产生了浓厚兴趣，斗牛士与公牛间殊死搏斗的场面激发了他的创作灵感，创作了一系列以公牛为题材的作品。回到法国后，卡尔多仍不时以公牛为题材进行创作。1983 年他当选法兰西艺术院院士时，甚至将公牛作为主体造型铸在其佩剑剑柄上。

相较于卡尔多创作的其他公牛题材作品，《阳光下的牛》最大限度地扬弃了细节表现，不仅牛的尾部消失不见，四肢也几乎与身体融为一体，但与此同时，公牛微昂的头部和伸长的脖颈动势则被强化和夸张。这种具有表现主义倾向的形体淬炼，让作品充满了强烈的精神性。卡尔多几经思索，最终决定将这件创作于 1968 年原名为《垂死的公牛》的雕塑，重新命名为《阳光下的牛》，或许是在完成作品的 50 余年间，艺术家的心境已变，希望通过公牛引颈向天的造型表现生命的磅礴力量而非垂死前无奈的挣扎。**（文 / 孙庚辰）**

孺子牛

[法] 熊秉明

雕塑 / 铜
35 cm×67 cm×26cm
1969 年
2019 年陆丙安捐赠

这件 2019 年由熊秉明的夫人陆丙安女士捐赠给中国美术馆的《孺子牛》，表现的是牛在最艰难的状态下欲奋起的那一刹那。它双跪前膝，俯身仰首，整体呈三角形构图，内部精彩的结构及结构之间的穿插关系无不体现出熊秉明先生至高的专业素养和艺术修养。作品表面泥土般的肌理如同那纵横的沟壑、深耕的田地，高低凹凸、跌宕起伏，混沌模糊，而这些都透露了熊秉明先生的哲学思考与精神境界。

这件作品在 2000 年南京大学百年华诞之时由熊秉明邀请时任南京大学的教授、雕塑家吴为山（现任中国美术馆馆长）为其主持放大，并立于南京大学广场。熊秉明认为中国大地才是这“孺子牛”最好的归宿。这牛是鞠躬尽瘁的奉献，是倔强不屈的奋起，是任重道远的希望！（**文 / 韩金峰**）

圣塞巴斯蒂安

［西］萨尔瓦多·达利

雕塑／铜
217cm×74cm×66cm
1974 年
2014 年黄建华捐赠

《圣塞巴斯蒂安》是萨尔瓦多·达利晚期移居美国后的代表作，由华裔收藏家黄建华先生于 2014 年 11 月 26 日捐赠给中国美术馆。

作为西方美术史上极富争议的艺术家之一，达利的创作展现了与其出生地紧密相关的地中海式观念和方法。尽管他一生经历丰富，经历了不同阶段、风格迥异的艺术时期，但其作品始终传递着文艺复兴古典主义的传统再现与个体主观想象表现相并置的神秘面貌，彰显了现代与经典的双重特征。

“超现实主义”无疑是达利艺术最显著的标签，作品如同先锋的“心理摄影”，暗喻着晦涩的焦虑与不安。他的创作涉及各个领域——绘画、雕塑，甚至舞台布景、电影、珠宝设计等，从不同面向反映出达利内心世界与外在生活间的矛盾与冲突，以及其超越日常的景观构建能力。旺盛的创作欲望促使达利马不停蹄地探索艺术的真谛，从 1929 年加入超现实主义团体以来，他先后提出“偏执狂批判法”“超现实主义物体”等概念，推崇弗洛伊德精神分析学说，为超现实主义潮流的发展建构了理论坐标。然而，随着西班牙内战的临近，达利的创作逐渐转向，最终在 1934 年的一次“审判”中，被超现实主义团体开除。经历过第二次世界大战的他声称要彻底抛弃超现实主义，对原子裂变和宗教主题展开研拓。

20 世纪 50 年代之后，宗教题材的巨制不断在达利的作品中出现。《圣塞巴斯蒂安》创作于 1974 年，刻画了圣徒圣塞巴斯蒂安被罗马帝国皇帝戴克里先下令乱箭射中，濒临死亡的场景。圣塞巴斯蒂安被塑造在永恒的动势之中，写意的表现和写实的锻造，于石头（底座）形态的抽象提炼、肌肉线条的笔触挥洒与圣徒面部表情的精准点画、利剑尖锐速度的时空传达间自如流淌，将超现实主义里非理性、潜意识梦境般的暗调升华为崇高理想、神圣之光的华彩。

《圣塞巴斯蒂安》让公众探得了达利艺术的另一种表征。它矗立于中国美术馆雕塑园一隅，成为艺术史普及教育的范例和闪耀的文化景观。（文／柳淳风）

吸入

［法］安东尼·彭赛

雕塑 / 铜
90cm×25cm×35cm
1980 年
2019 年艺术家本人捐赠

出身于艺术世家的安东尼·彭赛是法兰西艺术院雕塑院士。他以奇妙大胆的构想与锐利精准的造型塑造了独具魅力的艺术作品，从中所展现出来的优雅与张力是艺术家激荡的情愫及对生命的礼赞。

这件名为《吸入》的雕塑是安东尼·彭赛在 1980 年创作完成的。形体考究的线条，构筑了抽象雕塑中的诗意想象。这件由心灵与物质巧妙碰撞出的抽象雕塑作品，取铜为材质，结实地展现出了趋于完美的形态和光洁细腻的质感。它周身弥散着金属的光泽，并被艺术家赋予人性的光辉。物质与精神的高度统一在这件作品中得以凸显。

艺术家小心翼翼地将它置于正方形的底座上，亭亭玉立，圆润饱满的优美弧线，构成了介于阿拉伯数字“8”与数学逻辑符号“&”的性感造型，不禁让人浮想联翩。而其玄妙之处在于无论从任何一个角度去观看，其都会呈现出匀速扭动、平衡不倒、缓慢绽放的状态，这种奇异的视觉效果则让作品显得格外生动有趣。

艺术家如同调皮的孩子，发挥着他天马行空的想象力，并用双手乐此不疲地玩儿着“平衡”雕塑的游戏，最后，却如同上帝一般为其注入生命、灵魂和力量，仿佛在一呼一吸之间完成了质的飞跃，令其闪耀出法兰西浪漫主义的光芒。它会随着观看的目光，在空中或沉重或轻盈，或平缓抑或急促地旋转，在时间和空间里形成了一个个优雅而完美的痕迹；当你凝视它时，却又在不知不觉中，被它吸入了另一个世界，遁入其中，聆听那婉转铿锵、律动雀跃、雄厚悠扬的法兰西之歌！（文 / 纳禾雅）

徐悲鸿像

傅天仇

雕塑 / 石膏
89cm×68cm×49cm
1983 年

现藏于中国美术馆的《徐悲鸿像》是雕塑家傅天仇 1983 年创作的一件精彩人物胸像雕塑作品。

傅天仇，原名傅健朝，笔名傅路，广东南海人（今广东省佛山市南海区），曾担任中央美术学院雕塑系主任、教授，中国美术家协会理事，全国城市雕塑艺术委员会秘书长。傅天仇 1942 年毕业于桂林美术专科学校，被校长马万里推荐给来校授课的徐悲鸿，进入国立中央大学（重庆）艺术系继续深造学习，再转入国立美术专科学校雕塑系学习，师从雕塑家刘开渠，就此与雕塑结缘。1946 年 4 月，傅天仇在重庆中苏文化协会首次举办个人雕塑展，展出了自己创作的《望夫石》《丰收的愤怒》和《暴风雨》等革命题材作品。此展当时就引起了周恩来同志关注并向《新华日报》进行推荐，傅天仇也因此结识了后来成为总理的周恩来。1958 年，傅天仇应邀为人民英雄纪念碑创作浮雕《武昌起义》。

这件《徐悲鸿像》是 20 世纪 80 年代北京在重建徐悲鸿纪念馆时，徐悲鸿夫人廖静文亲自请傅天仇创作的。雕塑家抓住了中国现代著名画家和美术教育家徐悲鸿的一个瞬间：身着中装，宽额浓眉，目视远方，眉宇舒展，嘴角含笑，长发飞扬，有临春风而思浩荡之意态。整个雕塑结构严谨，虚实有致，惟妙惟肖，人物眼角的纹路及微微牵动的嘴角显示了创作表现的细腻精微。而人物胸部的处理又率性粗犷，甚至近基脚处还有一块未雕凿的地方，达到了塑中有写、实中有意、形神兼备、自然圆融的艺术效果。此作后又立于徐悲鸿纪念馆门前。

傅天仇还重视对中国古代传统雕塑的研究，主张走雕塑的民族之路。他一方面继承中国古代雕塑现实主义的传统，另一方面吸收外国雕塑技巧的长处，创作了一批优秀的中国社会主义时代新雕塑。傅天仇还写过《移情的艺术——中国雕塑初探》一书，从一名实践者的视角来讨论中国雕塑语言的特质。他在书中强调，艺术家在创作活动中必须保持朴素的情感，才能使作品打动人，从而使雕塑的移情性得以发扬。《徐悲鸿像》显然就凝聚了浓浓的情谊，观者从中完全能感受到雕塑家在创作时自然流露出的对老师徐悲鸿的深厚情感。（文 / 朱剑）

白山魂
贺中令

雕塑 / 石
68.5cm×101cm×65cm
1984 年

雕塑家贺中令创作的《白山魂》，表现的是东北著名抗日民族英雄杨靖宇的形象。在进行构思时，作者明确了“铸魂鉴史”的创作目标，想寻找一块具有长白山意象的天然风化石料，在其中嵌入杨靖宇的遗容，寓意英雄精神将与白山同在，浩气长存。为此，贺中令“绕白山十数日，跋涉数百里”，多次走访杨靖宇将军牺牲地，终于在这片浸染过英雄鲜血、长眠着英雄身躯、凝聚了华夏忠魂的地方找到了理想的创作材料——一块亿万年地质运动造就的红白交杂的火山岩，犹如白雪中浸染了碧血。雕塑家因材制宜，尽可能保留材料的原始品貌，不仅传神地塑造了杨靖宇的遗容，更通过这种悲怆昭示出崇高之美，赋予作品强烈的纪念碑感，直观呈现出自强不屈之民族性格。（文 / 朱剑）

开荒牛——献给深圳特区

潘鹤

雕塑 / 铜
34.5cm×99cm×24cm
1984 年

作为新中国第一代雕塑家，潘鹤的艺术生涯几乎跨越了新中国成立至今的各个时期，他的作品紧扣时代脉搏，清晰地展现了新中国雕塑的发展特质。中国美术馆目前共收藏有九件潘鹤的雕塑作品，除了广为人知的革命题材作品《艰苦岁月》及歌颂世界和平的《和平少女》外，他的重要作品还有这件《开荒牛——献给深圳特区》。

《开荒牛——献给深圳特区》是潘鹤 1984 年为深圳市创作的城市雕塑的小稿。近 40 年来，这件作品不仅成了深圳的城市象征，也成了中国改革开放精神的象征。一头颔首顶角、身体前倾且肌肉紧绷的公牛正在奋力拉动身后的树根，牛的造型略有夸张，肌肉线条强劲有力，树根盘绕交错，根脉粗壮扭曲。从侧面看，整件作品呈斜三角形，这种构图形式不但可强化向前的力量感，也令牛与树根的拉拽角力显得更加雄壮有劲。这件作品诞生于改革开放的时代大背景之下，艺术家采用象征的手法，将特区拓荒者的形象转化为一头四蹄奋劲的牛，虽在塑牛，却意在抒写一种奋斗精神。从荒僻渔村到现代化特区，深圳的发展靠的就是这种披荆斩棘、奋力拼搏、敢闯敢试、破局开路、勇做改革实干家的开荒牛精神，而牛身后的树根就犹如根深蒂固的保守观念，如不将之铲除，就会阻碍新生事物的发展。透过这件作品，我们深深地感受到艺术创作与时代进程的密不可分，感受到艺术家在历史发展中的使命与价值。唯改革者进，唯创新者强，这种开荒牛精神不仅是深圳这样的改革先锋城市创造历史的精神基因，也是新征程上中华民族砥砺奋进创造未来的强大动力。（文 / 杜志东）

走向世界
田金铎

雕塑 / 铜
58.8cm×18cm×34cm
1985 年

《走向世界》这件雕塑作品给人的第一感受就是运动中的人向我们走来，有一种运动感、生命感、力量感扑面而来。在艺术史上，许多艺术家通过雕塑作品表现英雄和彰显英雄主义。这件作品的作者运用了简洁概括的塑造手法，准确地把握运动员出脚的一刹那和竞走运动特有的体态节奏，冲破于物质而走向精神。田金铎先生在得知徐永久获得竞走冠军之后，就决定要以这些运动员为原型来表现竞走的状态。他以运动员为模特，抓取了他们竞赛中的动作，并用夸张和变形等技法强化了这一运动的特征。这也是 20 世纪 80 年代具有代表性的雕塑作品之一，它拓展和丰富了表现手法，加强了表现力。

这件作品之所以能喜闻乐见，让大家过目不忘，原因有很多。第一个原因就是它所呈现的运动当中的主动势，从各方角度观看，它的流线造型都充满了强劲的张力。第二个原因就是，当这件雕塑转动时，它的线与线之间的关系形成了生命的律动。线、体加上竞走运动一些规律性的内在表现，使这件作品既有温度，又有力度。

另外，田金铎先生有意把底座处理成圆圈状，独具匠心，表现出了轻盈感，也体现了场地感。同时，其也暗示了竞走姑娘步履的轻灵快捷，象征着中国在奥运赛场上“零的突破”。该作品经国际奥委会主席萨马兰奇决定，放大为 2.2 米高的铸铜像，安放于瑞士洛桑国际奥委会总部的花园内。此后，日本札幌的“雕刻之森”，中国的沈阳、阜新、深圳和广州雕塑公园，都相继铸造了此像。1989 年，该作品获得了国际奥委会颁发的体育与艺术奖。之后，田金铎又获得了国际奥委会颁发的奥林匹克艺术奖。**（文 / 范影青）**

蔡元培胸像

刘开渠

雕塑 / 树脂
81cm×100cm×58cm
1987 年
2018 年刘米娜、米洁捐赠

著名雕塑家刘开渠 1987 年创作的这件作品，具有纪念碑式的效果，浑朴厚重，在现代写实手法之中融入传统雕塑语言。雕塑对象从眉骨的隆起和低陷，到颧骨和嘴部周围肌肉的起伏，都依托线的法则，当转到特定视角时，会浮现出明确的轮廓线，有“线描”之感。雕塑的不同高点之间以铺排的点块形成过渡，这样便有了较强的整体协调感，从远处看还有明亮的发光感。

刘开渠 1928 年在蔡元培的帮助下赴法留学，1933 年放弃法国的优越条件，赴国立杭州艺术专科学校担任雕塑系教授。

刘开渠自法国学成归国后去拜访蔡元培，巧遇鲁迅，鲁迅饱含深意地对刘开渠言道：“过去中国人只做菩萨，现在该是轮到做人像了。”这句话恰恰成了中国近代雕塑发展的预言，中国的雕塑开始脱离以往为政治和宗教服务的传统做法，转而服务于现实生活，利用写实主义表现现实主义题材。这是时代的选择，也是那一代雕塑家们的选择。刘开渠创作的以劳动人民生活为主题的浮雕作品《农工之家》是中国雕塑史上第一次真正以普通人的生活为题材的现实主义作品，是中国近现代现实主义雕塑传统的开端，刘开渠因而成为中国现代雕塑的开拓者之一。

蔡元培先生是我国著名教育家、革命家和政治家，他采用“思想自由，兼容并包”的办学方针，开北京大学“学术”与“自由”之风。他认为，雕塑可在“以美育代宗教”中承担起一定的社会作用，所以极力推动雕塑进入中国近代美术教育体系。这尊雕像用写实的手法准确生动地还原了蔡元培先生的沉毅、果敢和儒雅，让人联想到他影响时代的深邃思想和理念，更让人感慨于在那个风云变幻的时代，一批有识之士凭一腔热忱的爱国情怀推动和影响着中国的发展。这件作品不仅是刘开渠众多刻画人物形象中的精品，更是他为时代立碑、为历史作传的例证。（**文 / 李蕴慧**）

雪压银梢

文楼

雕塑 / 不锈钢
46.7cm×73.5cm×45cm
1988 年
2006 年艺术家本人捐赠

文楼先生是中国香港著名雕塑家，坚持弘扬中国传统文化，在香港美术界提倡以中华文化为本的创作思想。出于对中国美术事业和中国美术馆建设的支持，文楼先生亲自遴选了一批最能代表他艺术风格的作品捐赠给中国美术馆，体现了文楼先生热爱祖国、为社会无私奉献的高尚品格。

他在雕塑创作中所走的是中西结合的道路，为中国当代雕塑发展做出了开拓性的探索，取得了突出成就。他的雕塑语言吸收了西方现代雕塑的优长，具有强烈的现代形式结构，与当代都市的文化空间相呼应，但他的创作理念源于中国传统艺术，寻求意象与意境，以现代精神演绎传统的人文理想。

文楼先生的雕塑创作，在金属材料的使用和雕塑走向公共艺术的探索中积累了丰富的经验。本件作品《雪压银梢》在艺术内涵上则体现出学者型艺术家的文化修养，具有鲜明的人文精神品格和中国文化的精神气度。竹的高度耐性、弹性与韧性，有象征气节的传统含义，同时，以不锈钢材料和表面处理手法呈现作品的形、质与色调，具有传统的造型语言，又显出鲜明的现代感。（文 / 杨兰亭）

李大钊纪念像

钱绍武

雕塑 / 泡沫石膏仿花岗岩
82.6cm×200cm×75.3cm
1990 年

《李大钊纪念像》是雕塑家钱绍武为李大钊故里——河北唐山的大钊公园而作。作者通过研究人物特征和精神气质，突出表现李大钊的方正脸型、八字胡须、平齐发式与平阔肩膀，将其外貌特征简洁有力、生动传神地刻画出来。在新文化运动初期，李大钊曾将“铁肩担道义”作为《晨钟报》创刊号（1916 年 8 月 15 日）的“警语”，后来还手书联语“铁肩担道义，妙手著文章”分别赠予表弟杨子惠和章士钊夫人吴若男，反映了他敢于担当的高洁品质和对共产主义事业无比坚定的崇高信仰。这件雕塑整体造型方正、沉稳，表现了李大钊刚直、阔达的性格特征，在创作手法上以方取胜、方中带圆，在细节上做简括的浮雕处理，糅抽象于具象之中，具有鲜明的形式特征，如同一座在中华大地上拔地而起、岿然不动的基石，彰显了这位学者型革命家的伟大人格。（文 / 邵晓峰）

永恒的运转

李象群

雕塑 / 铜
58.5cm×24.5cm×81cm
1993 年

体育与艺术有着天然的共通之处。顾拜旦先生曾说：“奥林匹克运动并非只是增强肌肉力量，它也是智力的和艺术的。”体育题材的艺术作品，是力与美的结合。雕塑家李象群创作的《永恒的运转》，塑造了掷铁饼这一运动项目，相较于古希腊雕塑家米隆作品《掷铁饼者》的奔放，这件作品具有更为含蓄的东方韵味。李象群在掷铁饼的一系列动作中提炼出一个造型相对平衡的瞬间——女运动员双臂平举呈“一”字形，双膝微微下蹲，为铁饼掷出的最终动作积蓄力量。在人体形态的处理上，雕塑家并没有强化运动员的肌肉线条，而是将力量感体现在饱满浑圆的细部造型上：大臂相较于小臂更加坚实，大腿粗壮结实，与身体核心的腰肢和下半部分的小腿形成了由细到粗又到细的节奏变化。人物臀部与大腿是塑造最饱满的部位，并且为了突出大腿力量，女运动员的运动服下摆被提起堆叠在腰臀线处。在面部肖像的刻画方面，雕塑家略微弱化了五官结构，正是这种一般化的、凝练的表现，赋予了整体结构一种完善的统一，从而为作品镀上一层古典的崇高色彩。雕塑家的塑造不止于此，对女运动员不同细部的强化与弱化，使作品达到了更高程度的、更和谐的整体性，达到了生生不息的永恒。掷铁饼这项运动是艺术创作的一颗钉子，挂上去的是艺术与体育精神的融合。

这件作品是“新人文主义”雕塑家李象群的代表作之一，创作于 1993 年，曾荣获第三届全国体育美术作品展特等奖。**（文 / 魏思明）**

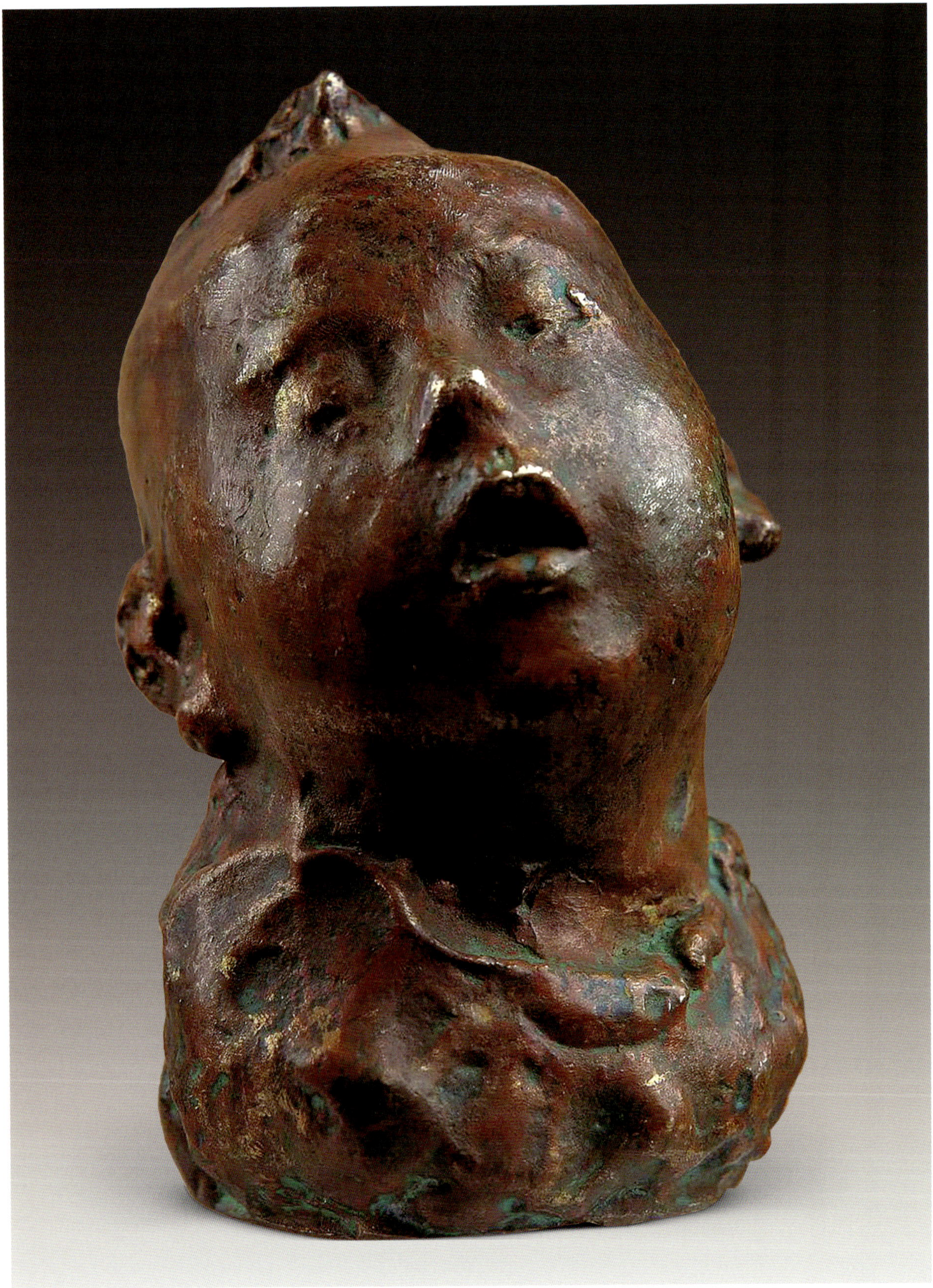

睡童

吴为山

雕塑 / 铜
11cm×6.4cm×7.3cm
1998 年
2017 年吴小平、吴霜捐赠

《睡童》是吴为山获得国际雕塑大奖——“攀格林奖”的作品。吴为山首创写意雕塑理论，其作品具有高度的写意性，充满东方的智慧。这件作品塑造了一个睡着的儿童，其嘴微张，头自然地歪向一边。作者并未按西方雕塑的某些范本去创作，而是以写意的方式、通过一目了然的视觉语言表现中国传统文化精神，让全世界的人都能看懂。这件作品为国际艺术界所知源自中英艺术交流的一件逸事。2003 年，英国古典主义雕塑大师、英国皇家肖像雕塑家协会主席安东尼专程来南京与吴为山进行艺术交流，两位不同肤色、不同年龄、不同文化背景的雕塑家一见如故，遂成忘年交。吴为山的《睡童》深深吸引了安东尼，安东尼希望吴为山将此作送展 2003 年在伦敦举办的“英国皇家肖像雕塑家协会 50 年展”。于是小小的《睡童》漂洋过海，一举赢得“攀格林奖”，这是该国际雕塑界的重要奖项设立 50 年以来首次由亚洲艺术家获得。吴为山因此当选为英国皇家雕塑家协会成员和英国肖像雕塑家协会会员。**（文 / 邵晓峰）**

太极·拱门

朱铭

雕塑 / 铜
274cm×307cm×190cm
2000 年
2011 年艺术家本人捐赠

著名雕塑家朱铭1938年生于中国台湾。20世纪70年代以来，他以“乡土”系列作品成名，后凭借“太极”系列引起国际关注，这也是朱铭雕塑语言成熟和个人艺术风格形成的重要时期。《太极·拱门》就是这一时期的作品。

创作之初，朱铭还保留着作品对人具体部位的表现。2000年左右，他将太极双人推手的姿态进行简化抽离，演变成类似拱门的形状，形成“门内”“门外”两个空间，对抗、共生两种意态，将中国文化中的深层哲思通过铸铜材质淋漓尽致地表达出来，充满睿智和艺术的创造力。

朱铭擅长通过材质本身来讲述故事，所以保留材质的物理特性就是保留作品的语言力量。铸铜本身的厚重、大气、坚稳和深沉赋予这件作品一种可接天地的浩瀚气度。它外表玄黑，类似泼墨，上有刀砍斧斫的痕迹，形似皴笔，皴擦之间，沧桑浮动，万物皆为留白，独留原初之本默然而立，浑圆虚无似为气。整件作品气韵流动，使人联想到以柔克刚，丢不掉、打不倒的太极拳精髓，也让人想到天人合一、对立互补、有形无相的质朴哲学观。铸铜玄黑刚硬的天然之姿使人联想到传统水墨，凸显出东方深厚雄浑的文化意蕴，又别具现代精神面貌。

艺术家对作品外形的想象，对雕塑中“体”的精确把握也是创作的关键。朱铭在创作中强调“块面”，注重“体”的感受与表达。他将点、线、面极大地提纯，以几何形式呈现出来，块面粗壮，棱角分明，厚重的体积感具有强烈的视觉冲击力；转折处硬朗、干脆，带有节奏感，具有表现主义和抽象主义的特点。

朱铭的创作简练明快，善于发挥材质的特点，表现方式又具有很强的现代性，且集中了中国传统雕刻的精髓和文化内涵。英国《泰晤士报》曾评价朱铭：“我们虽迟至今日才得以认识朱铭，然而，一旦认识之后，想必再也无法将他遗忘。”（文 / 李蕴慧）

假山石
展望

雕塑 / 不锈钢
397.5cm×150cm×228.5cm
2008 年

展望的《假山石》，已经从单纯的雕塑作品演变为装置艺术或公共艺术作品。其目的是将中国苏州园林中的假山石艺术与西方现当代景观艺术、公共艺术进行置换和融合。

苏州的假山石艺术就是将自然之石予以重建，形成精美的“叠石艺术”。《假山石》以镂空的不锈钢磨制成假山石的形状，实际上是对苏州叠石艺术的二次创造。这种媒材转换实际上就是对传统经典艺术的挪用、消解与重构，也是对中国园林艺术“虽由人作，宛自天开”的机智赓续与文化反思。

展望选用人造的镜面不锈钢材料，利用其晶亮浮华的特征，对天然的假山石进行复制和改造，为当代文人的新梦想提供了独特的图像。他用不锈钢板拓印假山石，然后抛成镜面，形成了一种金属的、闪亮的、梦幻般的景观，使生命的高贵和想象得以延续。超然的冥想融化在美妙的艺术世界之中，既传统又现代。不锈钢所具有的不确定的色彩和适应性，可以追随环境的变化而变化。其所有映在上面的光线和符号，在迷幻的镜像中得以释放，新的希望由此产生。《假山石》以漂亮的、灿烂的、多彩的外形拷贝出自然之石，其实质就是以消解自然来重建自然。《假山石》也是镜像，由此可以看到周围变形的环境。这种自然形的镜像作为一种工业产品，反射出文人式的浪漫情怀。

《假山石》充满想象力的隐喻，直指人类心灵的家园，是对传统文化的一次升级实验。人类借此找到了回归的家园——自然。《假山石》向人们展现出奇妙的美感以及过去、未来的交汇，形成自然、变化及永恒的幻象。《假山石》以强烈的观念性思考社会问题，是对“文化事实”的反讽与拟像，堪称中国式的后现代艺术典范。**（文 / 黄丹麾）**

关东魂

殷小烽

雕塑 / 铜
110cm×430cm×100cm
2009 年

东北抗日联军在长达 14 年的抗战历程中涌现出无数英雄人物与事迹，他们于白山黑水之间铸就了中华民族保卫和平的英雄史诗。以“东北抗联”为表现主题的作品《关东魂》是一件极具悲剧色彩和艺术张力的雕塑杰作，予观众以强烈的视觉冲击、心灵震撼和精神感染。为适应峻岭雪原的作战环境，“抗联”部队常分散成游击小队并持续展开与日军的周旋。队伍在夜间作战时常常来不及安营扎寨，为了维持作战状态和应对敌军侵扰，他们会保持全副武装在村庄或山脚隐秘处相拥而眠。作品《关东魂》生动地再现了游击队伍在深夜小憩期间突遇敌军来袭的惊险时刻，表现了战士们一边迎战一边撤离的英勇场面。整个作品的形体空间呈倾斜的三角形，18 个人物的身躯互相穿插，从左下角向右上方形成剧烈的递进和升腾趋势。战士们形态各异，英勇刚毅的队长、稚气未退的男孩、眉宇清秀的教员等，他们中有人紧挨队友，有人奋勇向前，有人保护队友。战士们满脸疲惫，小男孩在哈气取暖，也有战士睡眼惺忪，尽管如此，他们仍在一瞬间破雪而出并投入战斗。艺术家概括地将人与人、战士与地面等连接处处理成体块，很好地把积雪的特征与雕塑的美感融合到一起。写实与写意的有效结合是这件作品最为鲜明的艺术风格。圆雕与浮雕、平面与空间、加法与减法、雕刻与塑造，艺术家自由地运用了各种雕塑手法，形成犹如斧劈的力量感、揉按的细腻感、敲击的挤压感、刀刻的利落感，显示出艺术家对雕塑语言自如的把控度。作品中既有对不同人物性格和情绪的生动捕捉，又有洗练概括、洒脱豪放的块面与线条；既有寒冷深邃的夜晚氛围，又有火热激昂的杀敌斗志。圆浑与凌厉的体块关系、具象与抽象的造型结构、内收与外放的动态张力，都彰显出艺术家对中国传统艺术精神和西方雕塑语言交融互鉴的深刻理解及成功探索。（文 / 关家敏）

不朽的傳承

守夜人系列

［法］布里吉特·泰尔齐耶夫

雕塑／铜
高 220—240cm 可变
2010—2019 年
2019 年艺术家本人捐赠

布里吉特·泰尔齐耶夫 1943 年出生于法国巴黎一个艺术氛围浓厚的家庭，她的母亲是钢琴家、画家，父亲是雕塑家（布德尔的学生）。布里吉特·泰尔齐耶夫曾在雕塑家罗伯特·古居里工作室学习。她不仅热爱雕塑，还钟爱现代舞、非洲舞，舞者的动作体态也成为她雕塑艺术中的重要母题。同时，她也与许多戏剧作家和导演在各类艺术项目中有着深度合作。因此，在她的创作中可以看到舞蹈、戏剧与雕塑等多种艺术形式的拼贴，以及原始主义、古典主义与现代主义风格的结合，呈现出一种非断裂式的革新，《守夜人系列》便是其中极具代表性的作品。

《守夜人系列》，软黏土和硬金属相互碰撞支撑着复杂的形体，硕大而模糊的异形身躯仿佛被禁锢千年的远古神灵，静默不语却持续散发着惊人的力量。这些矗立的灵魂巨人一动不动，蛰伏在暴风雨前看似永恒的宁静中。由于它们的尺寸巨大，观者只能在仰视中窥见它们不确定的、隐藏起来的面貌和四肢。若将它们陈列在室内空间的顶光环境中，逆光的光晕勾勒的剪影神秘而辉煌；若将它们置于自然光中，那么又如同遇见一众流浪神明，让人敬畏而又恐惧，令人不安。游走在她的雕塑周围，空气仿佛都是稀薄的，正如艺术评论家克里斯蒂安·努尔贝根所言，“雕塑使这片空间变得眩目”。

《守夜人系列》有 13 件，曾在法国多地展出，获得强烈反响。艺术家通过多年对木材、金属、黏土等材料的探索，成就了其不朽的艺术。1997 年，布里吉特·泰尔齐耶夫获得了法国“布德尔雕塑奖”；2007 年，她当选为法兰西艺术院院士，并获颁法国艺术及文学勋章。2019 年，《守夜人系列》的 1、2、3、5、6、9、11 号作品在中国美术馆主办的“不朽的传承——法兰西艺术院雕塑院士作品展”中展出，并于展览结束后将铸铜版捐赠给中国美术馆永久收藏，其促进了中法文化交流。（文／杨子）

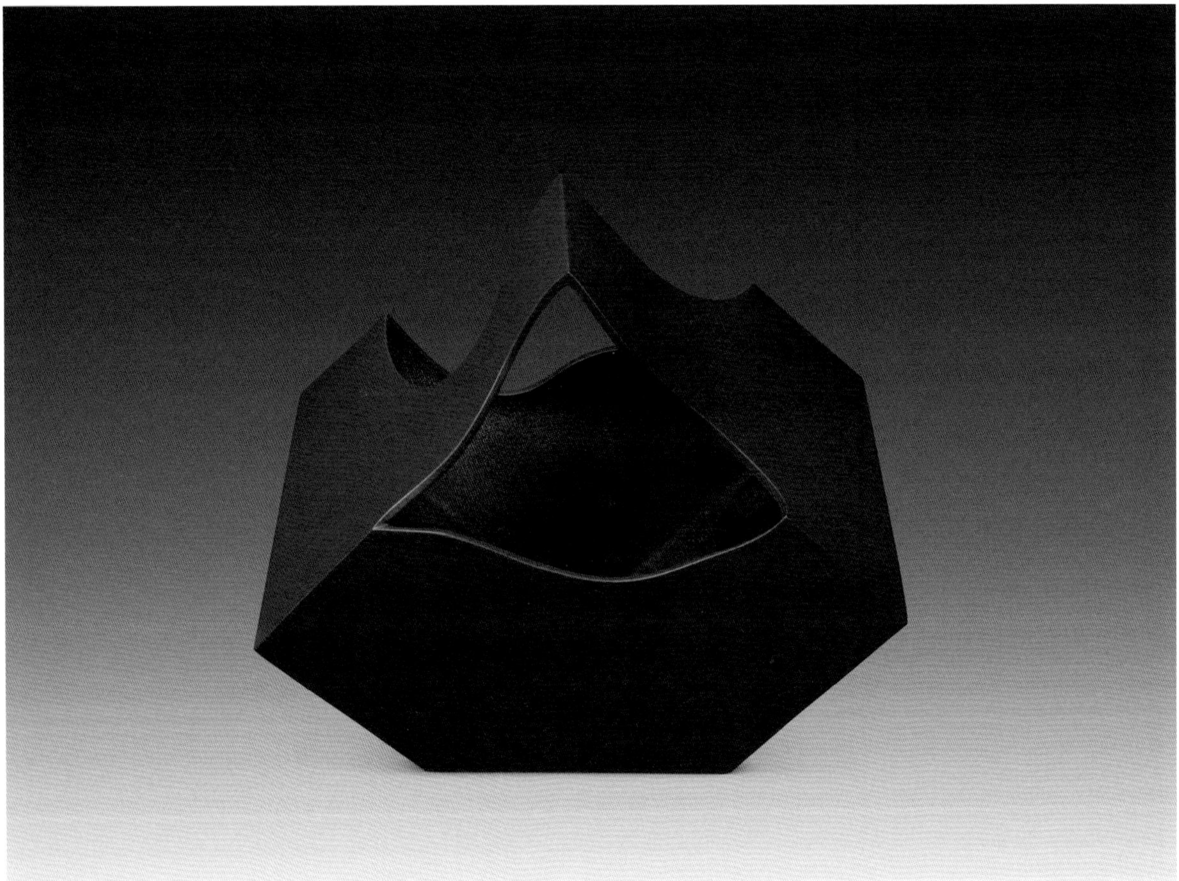

黑泑陶姿　23-A

［日］清水柾博

雕塑 / 陶瓷
41.5cm×45.4cm×43cm
2011 年
2015 年艺术家本人捐赠

清水六兵卫是日本著名陶瓷世家，从 1771 年清水六兵卫初代创立这一名号开始，至今已传至第八代。这件陶瓷作品即出自清水六兵卫第八代传人清水柾博之手。

清水柾博 1954 年出生于京都，1979 年从早稻田大学建筑学部毕业。清水柾博的作品具有明确的结构意识，同时又因为釉料配比等独特工艺，作品呈现镜面般光滑的肌理质感，逐渐成为清水柾博作品的符号化特征。因为清水柾博曾经专修建筑学，所以他十分注重作品与周边环境的关系。

《黑泑陶姿　23-A》充分体现了清水柾博的艺术追求和语言特征。这件黑釉陶瓷作品体量不大，但有着强烈的空间意识和雕塑质感。从基本形态来看，这件作品就是一个长方体，只是这个长方体没有按照常态摆放，而是在其一角处切了一刀，随之产生了一个宽阔的接触面。这时，长方体呈现了新的状态并改变了人们的阅读惯性，观众因此获得非同寻常的视觉体验。长方体构成了一个围合的空间，清水柾博又将这个长方体朝上的两个角切掉，原本机械的长方体，因此幻化为一座曲线优美的山峦。表面黝黑的釉色反射着静寂的光，器物内里闪着神秘的金属色泽。远远看去，这两个因削切形成的缺角，构成了中国太湖石气孔般的效果，形成美妙的叠透关系。因为孔洞，作品虽不盈尺，但观者仍能从中体味“宇宙大者”的幽玄之感！

清水柾博的陶瓷作品简洁、素净，充满“禅”的意味。清水柾博出生于第二次世界大战后，那时“禅”已经作为一门显学走向世界。同时，在日本本土出现了一个对 20 世纪中后期世界现代艺术格局产生重要影响的艺术群体——物派，物派艺术家把日本传统文化中对于“物”的理解发展到精神独立境地。清水柾博在这样的文化大环境下成长，作品中充满关于“物”的精神思考。尽管清水柾博生活在高科技数字化时代，但是关于“物”的禅意的表达较之以往并无本质不同。**（文 / 王伯勋）**

40 年代的石油工作者

［俄］安德烈 · 卡瓦利丘克

雕塑 / 铜
52cm×20cm×30cm
2017 年
2019 年艺术家本人捐赠

《40 年代的石油工作者》这件雕塑表现的是 20 世纪 40 年代热情参与苏联社会主义建设的石油工人形象。雕塑采用写实手法，刻画了石油工人的坚毅与力量，表达了对劳动人民的敬重和对劳动的礼赞。雕塑呈三角形构图，整体和谐，具有纪念碑式雕塑风格。石油工人帽子斜戴，颧骨高高突起，眼神深邃，表情坚毅而凝重。左手紧握操纵杆，右手悬在半空，膝盖微微弯曲，飘扬起的衣衫和褶皱的长裤富有动势，赋予雕塑人物一种拼搏奋斗的精神力量，显示出俄罗斯人民庄严深沉、百折不挠的民族精神。

这件作品由俄罗斯人民艺术家、雕塑家安德烈 · 卡瓦利丘克创作。卡瓦利丘克出生于 1959 年，1976 年至 1981 年就读于莫斯科（前斯特罗加诺夫）高等美术工业学校建筑和装饰雕塑系，现任俄罗斯美术家协会主席、俄罗斯总统的文化艺术顾问、俄罗斯艺术科学院院士。在 40 余年的创作生涯中，卡瓦利丘克运用扎实的写实功底，不断探究各类题材，从宏观到微观，从现实人物到自然生物，通过不同主题与形象传达着艺术家对于世间万物的思索与感悟。他创作的众多纪念碑式雕塑作品，遍及俄罗斯、哈萨克斯坦、德国、芬兰等地，如《切尔诺贝利遇难者纪念碑》《第一次世界大战英雄纪念碑》等，既是对特定历史事件、历史人物的生动刻画，又反映了俄罗斯人民的民族精神和不屈力量。通过精研历史人物，艺术家试图寻找最具表现力和最深刻的方式呈现人物形象，触发观者灵魂深处的共鸣。

2019 年，在中俄建交 70 周年之际，作为中国美术馆捐赠收藏展系列之一，“瓦连金 · 西多罗夫、安德烈 · 卡瓦利丘克艺术展”在中国美术馆举办，卡瓦利丘克将这件《40 年代的石油工作者》连同其他 6 件雕塑作品捐赠给中国美术馆，这些作品作为宝贵的国际艺术财富永久收藏于中国美术馆。**（文 / 陈冠楠）**

烈焰青春

焦兴涛

雕塑 / 木
184cm×90cm×68cm
2019 年

雕塑家焦兴涛使用柏木这一传统材料，用专业的木雕刀法，写实而传神地刻画了一名普通消防队员的青春形象。乍看上去，这件雕塑表现的是这名消防队员立定的瞬间，但仔细看去，他腿部微妙的转身动作、脸庞上的黑灰和衣服上烧焦的痕迹提示着我们，他刚刚从火场撤离下来，稍事休息后又将赶赴另一个战场。

焦兴涛没有去刻画火场中激烈抢险的场面，而是通过表现消防员坚毅、执着，甚至冷静的表情，使用纪念碑式的手法，创作了我们日常温馨生活的守护者形象。在这件作品中，雕塑家运用不同的创作方式和技巧，使柏木呈现数种不同的质感，成功地对木雕语言进行了拓展。这件作品曾获得第十三届全国美术作品展雕塑金奖。**（文 / 徐梦可）**

优秀干部——杨善洲

李迅

雕塑 / 树脂
200cm×140cm×75cm
2019 年

2020 年，李迅的雕塑作品《优秀干部——杨善洲》入选文化和旅游部国家主题性美术创作名单，并被中国美术馆收藏。杨善洲同志一生恪守和践行“生命不息，为人民服务不止”的信条。退休之后，他主动放弃到省城安享晚年的机会，毅然回到偏僻的云南省保山县大亮山义务植树造林，艰苦奋斗 22 年，使 5.6 万亩荒山披上绿装。这件雕塑选取杨善洲植树时小憩的场景：他虽很劳累，但没有坐下或躺下，而是将纽扣敞开，卷起裤腿，拄着锄头，深情地望着远方。很多荒山还露着土石，植树造林任重道远，可喜的是，背后的小松树已悄然挺直了脊梁，茁壮成长。作品塑造了杨善洲同志平凡而又伟大的代表性瞬间，整体呈稳固的三角形构图。作者运用写实的手法，重在神情的刻画，把人物双眸中略带焦虑的欣慰表现得入木三分。脚下这地在走，身边这水在流，英雄沉默不语，而用极具特征的肢体语言传达出“家乡已是青山绿水，不再一无所有”的喜悦。**（文 / 程阳阳）**

偉大的導師
公元2020年12月

伟大的导师

吴为山

雕塑 / 铜
265cm×180cm×150cm
2020 年
2021 年吴小平、吴霜捐赠

卡尔·马克思是马克思主义的创始人之一，第一国际的组织者和领导者，全世界无产阶级和劳动人民的革命导师，无产阶级的精神领袖，著作有《资本论》《共产党宣言》等。弗里德里希·恩格斯是德国思想家、哲学家、革命家、教育家，马克思的挚友，被誉为“第二提琴手”。他为马克思从事学术研究提供了大量支持，并与马克思一起合作拟定了《共产党宣言》。马克思主义传入中国后，与中国的革命实践相结合。1921 年，中国共产党成立。雕塑家吴为山的这件作品以概括凝练、虚实有致的写意雕塑语言表现了这两位伟大的导师——马克思、恩格斯的光辉形象：马克思目光深邃，显示出穿越历史的睿智；恩格斯神情刚毅，巍然伫立在马克思身旁。马克思的坐姿和恩格斯的站姿构成稳定的三角形，象征着他们坚定的信念和真挚的友谊。**（文 / 邵晓峰）**

猎鹿

佚名

雕塑 / 木
127cm×42.5cm×36cm
年代不详

非洲雕塑艺术的形成与非洲人民崇尚的万物有灵论息息相关。当地动物资源丰富，狩猎是生产生活的重要主题。狩猎者是非洲雕塑的常见题材之一。

这件木雕作品出自刚果的雕塑家之手。作品塑造了一位打猎男性，具象化的造型处理与细节的丰满程度在非洲人像木雕中是比较突出的。人物脑门突出，几乎占据面部的一半，微微隆起且有清晰的抬头纹，这种夸张的表现在非洲木雕艺术中是智慧的象征；身材劲瘦，手臂和腹部有明显的、硬朗利落的肌肉线条，腹部轻微鼓起——这在非洲艺术传统中往往象征着生命的可持续性；在脚部的刻画上，作者强调了坚实的力量感，可以看到十趾分明的双脚与藤蔓般的雕塑基座相连。猎鹿男性赤裸着上半身，下半身穿着线条垂顺的草裙，腰间佩有箭囊。他的双手分别抓住猎物的前腿和后腿，将猎物绕过头顶背在双肩，猎物是一只幼鹿。被猎杀的小鹿身体绵软，失去生机，被打猎者牢牢掌控住，与之形成一种权力关系，也形成胜者与败者之间的张力。

在非洲艺术作品中，无论是面具还是木雕，我们总能从中寻找到或多或少的“不讲理”的自由刻画。正是非洲艺术中“不那么讲理”的特质，吸引并启迪了20世纪初期的一批西方现代艺术先驱者。用毕加索的话来说，非洲雕塑帮助他理解了绘画的意义所在——通过赋予未知以形状，从未知中解放出来。

以非洲艺术为代表的原始主义是贯穿现代艺术发展的一条红线，这被西方文明定义为野蛮的、非理性的部落艺术，提供了另一种观看视角与表达方式：摄影术的发明并不能替代人类智慧的双眼，非洲雕塑家所塑造出的看似非理性的造型，凝聚着代代相传、经年累月的宗教信仰、自然观察与生活经验，一件作品是大量信息的积累，是无数个瞬间糅合成的一刻。**（文 / 魏思明）**

中国美术馆人话馆藏

中国画
油画
版画
雕塑

书法篆刻

民间
综合

明唐寅《行书手卷〈落花诗七首、漫兴诗十首〉》，前录沈周落花诗七首，后录漫兴诗十首，凡十七首。此作为其 53 岁，即去世前一年所作。卷末有款：嘉靖改元（1522）清明日，晋昌唐寅书。文末钤印：唐伯虎（朱）、学圃堂（朱）、吴趋（朱）。

唐寅，字伯虎，一字子畏，号六如居士、桃花庵主、逃禅仙吏，吴县（今属江苏）人。出身商贾之家，少有才名，与好友文徵明同庚。弘治十一年（1498），29 岁的唐寅以乡试第一，中应天府（今南京）解元。次年赴京会试，受梁储、程敏政、吴宽等诸多名臣、文士游扬，闻名京师。不料才高招嫉，因受举子徐经贿赂主考官程敏政家童窃取试题之事牵连下狱，罢为吏。唐寅本性高洁，不甘此辱，遂绝意进取，筑室桃花坞，以诗文书画终一生，自称“江南第一风流才子”，与祝允明、文徵明、徐祯卿并称“吴门四才子”，著有《六如居士集》等。

唐寅画博采众长，自成一家，画史将他与沈周、文徵明、仇英并称“明四家”，文徵明称：“子畏画本笔墨兼到，理趣无穷，当为本朝丹青第一。”（《题唐子畏江南烟景卷》）其书法亦极具独特性，早年书学怀仁集王羲之《圣教》，兼师李北海、欧阳率更，又深受赵子昂影响，奇崛散逸，真性流露，王世贞曾评云：“伯虎书入吴兴堂庑，差薄弱耳。”（《弇州山人稿》）晚年书风更趋成熟，风姿绰约，精神灿烂。此幅馆藏作品文辞动情，婉有风致，清人跋描述曰“校之集中所刊，句多改易……此卷录诗必多恐为后人裁割，另入别卷。落花诗三十首，仅存其七，改易处皆胜于刊本，先生殆录此以传后者，故意甚郑重，书亦精美，洵足为后人宝贵也”，誉其为诗书双绝的巅峰传世之作。

明中叶，以苏州为中心的书法家群体地域集中并形成流派传承，他们大多书画诗文相得益彰，一改明初的平庸书风，成为明中期书法发展的突出现象。唐寅生平坎坷，而其个性、艺术独

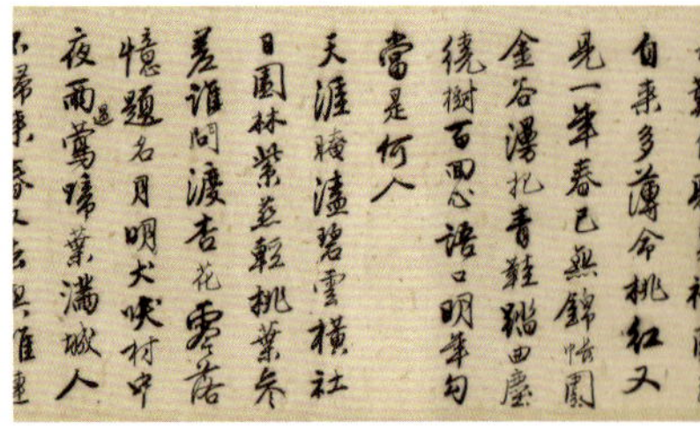

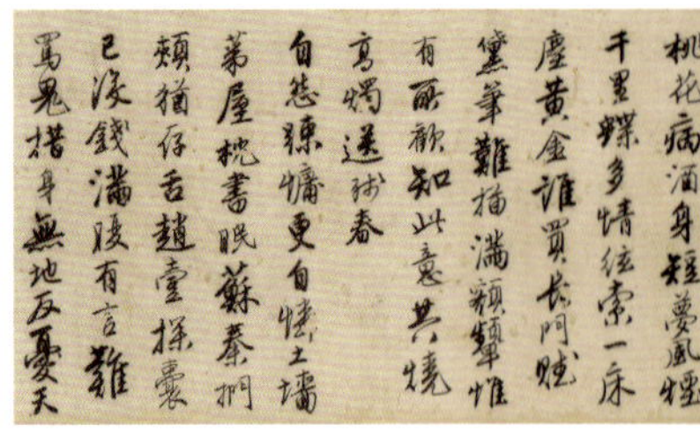

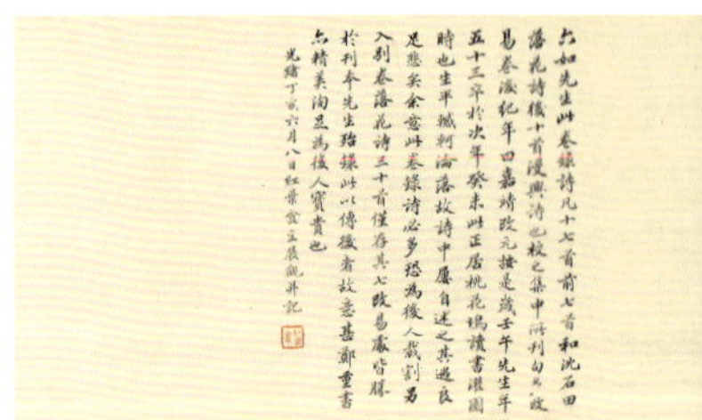

行书手卷《落花诗七首、漫兴诗十首》

（明）唐寅

书法
23.4cm×447.6cm
1522 年

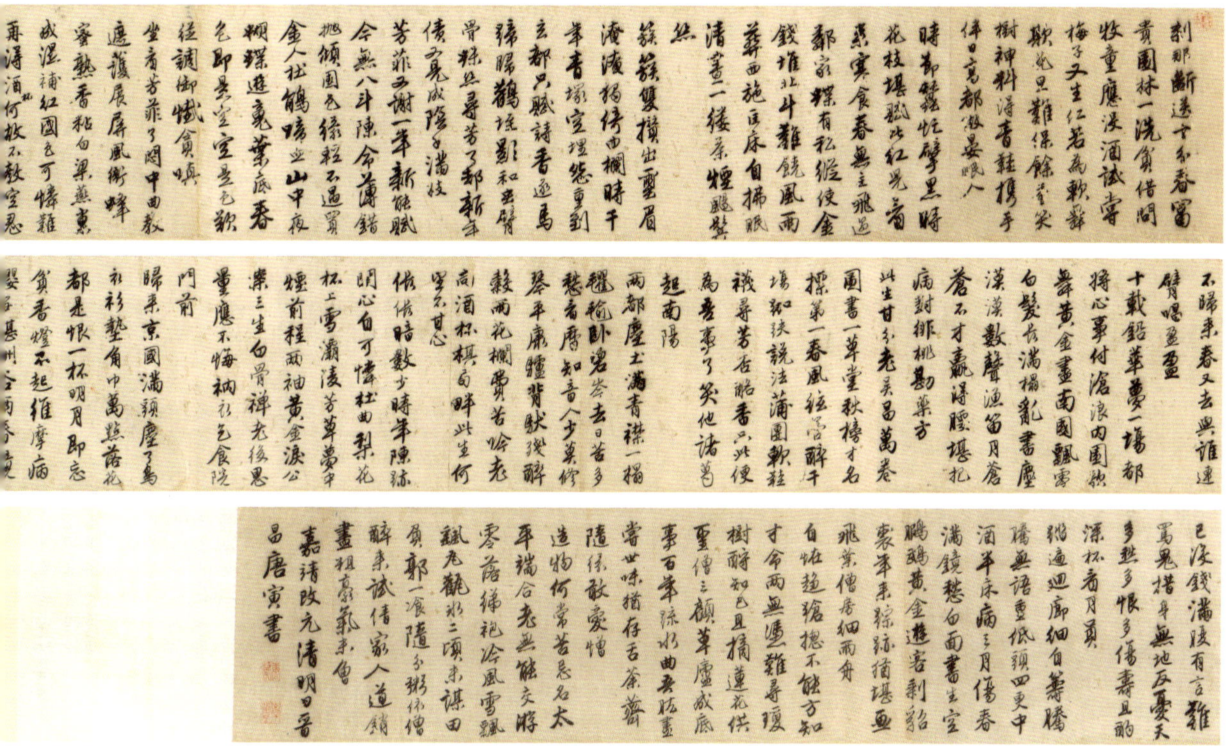

步当世，不囿世俗，明代徐充称其“不经规检，盖其平日风情潇洒，知名禅悦，视世有为一切梦幻，所谓不为法缚者也”。此评价甚是独到。近世启功先生亦赞其“无今无古任天真，举重如轻笔绝尘”（《论书绝句》第八十二首），乃贵在其真矣！（文 / 李洁冰）

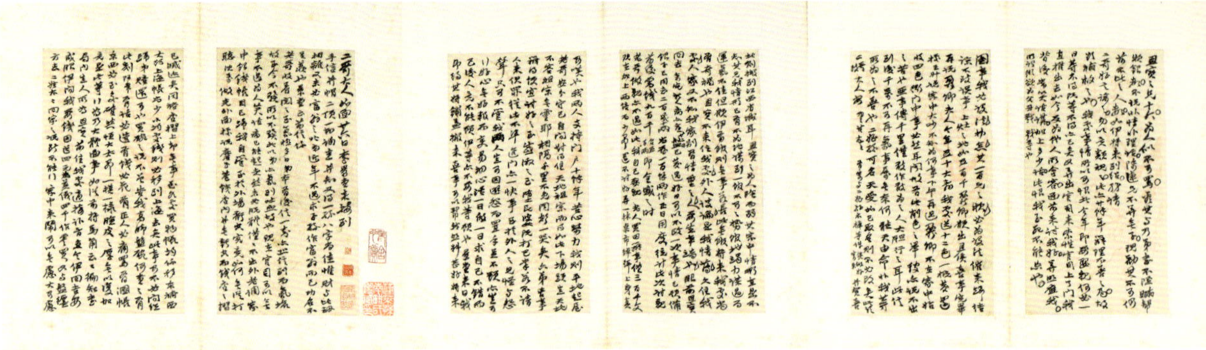

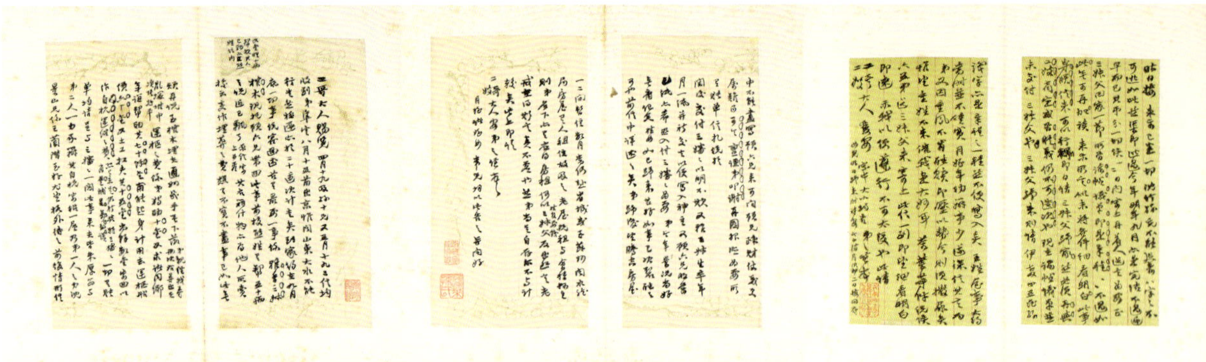

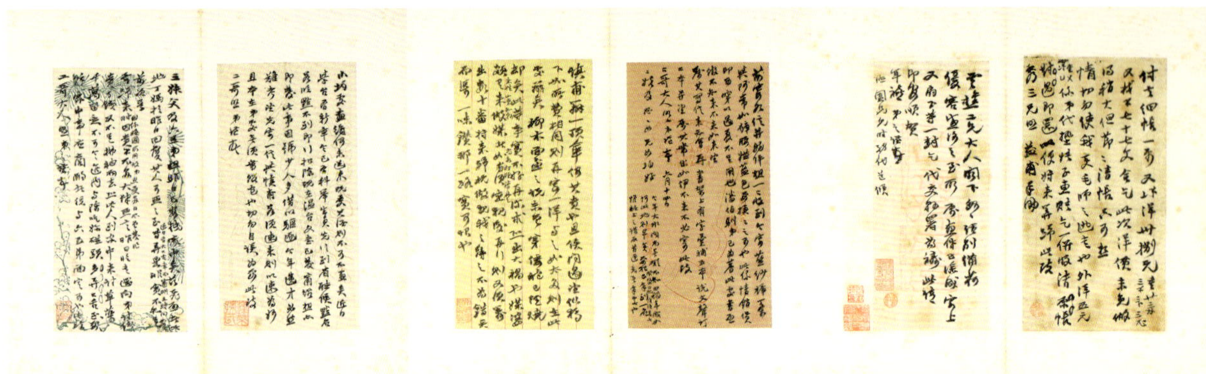

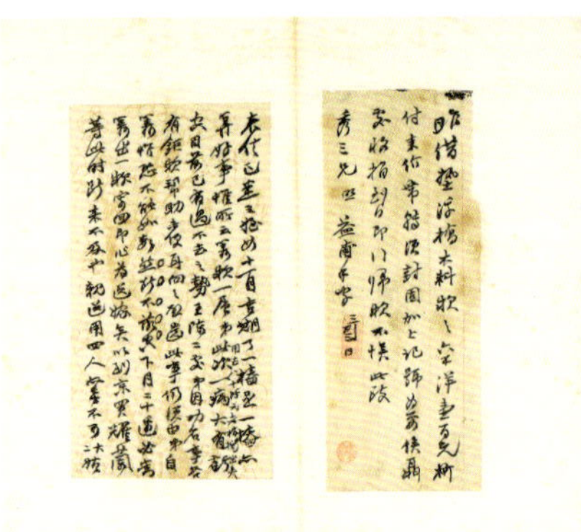

趙之謙手札

赵之谦手札

（清）赵之谦

书法
23.5cm×13cm×20
清代
2015 年舒济、舒乙、舒雨、舒立捐赠

赵之谦，初字益甫，后改字撝叔，号悲庵、梅庵、无闷等。清代著名书画家、篆刻家。

在当时，赵之谦可称得上是能开一时风尚的全能艺术家。其在书法、篆刻方面所取得的成就尤其明显。在书法上，篆书、隶书、楷书、行书、草书没有他不擅长的。赵之谦不仅“五体”兼擅，而且能将“五体”互相参汇，全融于北碑魏法风貌之中，于帖学式微、碑学渐兴的大背景下，走出了一条别开生面之路。

此件作品，从内容上看多为谈家中琐事，其中写与二哥的家书所占篇幅最长。看册页所辑，几通书信的书写风貌没有实质上的差别，整体上看写得流利清劲。统观感觉则是随着不同信件的内容换转，表现出作者书写情绪的某些细微变化，这些变化通过点、线的粗细、行列的疏密等不同方面的辩证处理表现出来，并完构于统一特色的字法基础之上，让观者易于在不同的字意情境中感悟到特定的情绪暗示，进而引起情感共鸣，这是赵之谦此类手札作品的书写共性。这虽非我们常见的具有浓郁魏法特色的“赵之谦体”作品，但是魏法的精神内涵已全然汇融其中，是其手札类的代表之作。或者说，在某些点画换转的处理上，较之具有明显“赵之谦体”特征的其他作品而言，此类手札作品能体现出更多的帖意。晚清以来，碑学能够大行其道不代表帖学已经绝迹，恰恰说明帖学随着这股潮流，获得了发展的新契机。帖学的意味及精神内涵蕴藏着我们无法抛却的文化情愫，这也必将导引更多的人在碑、帖融合的道路上进行探索，并有更多的机遇开拓碑、帖的汇融之境。

赵之谦学习前人而又自成一家，为后来人学习书法树立了榜样，很多书者在碑、帖融合的学习道路上深受赵之谦的影响。

（文 / 付强）

甫字出魯邑鼎。
收甫仿

稚甫

（清）黄牧甫

篆刻
4cm×1.4cm×1.4cm
清代
2019年容瑶、容瓘、容璞、容珊、容国濂捐赠

黄牧甫，安徽黟县人，原名士陵，字牧甫，亦作穆甫、穆父，后以字行。黄牧甫幼时即操刀习印，后业余鬻印，1878年，自辑《心经印谱》，展现出对明、清篆刻流派的学习和探索。1887年，黄牧甫进入时任广东巡抚的吴大澂幕府，从事金石器物的传拓和整理工作。吴大澂有着丰厚的金石收藏，黄牧甫在此大量接触先秦玺印及三代鼎彝，对秦汉印风和金石文字有了更深入的思考和认识，并积极践行“印外求印”的篆刻理念，博采众长，自成一派，称“黟山派”。

《稚甫》一印的创作正得益于此。该印的边款为“甫字出鲁公鼎”（鲁公鼎为吴大澂所藏青铜器），并注明“牧甫仿”。鲁公鼎的“甫”字上部为圆弧状的曲线，下部为直线构成的三角形，其字形本身就具有方与圆、直与曲的对比美。但“牧甫仿”并不是直接挪用“甫”字的字形，而是有意使该印中“甫”字下部两个三角形的高低、大小有所差别，并将最右边的斜直线改为弧线，与“稚”字的“禾”部直线形成对比。同时，“稚”字的“辛”部保留了金文中小团块状的“肥笔”，但在整体印面空间中不觉突兀。从章法上看，尽管“稚”长而“甫”短，“稚”欹而“甫”正，“稚”放而“甫”收，却能平中见奇、方中寓圆、拙中出巧。在刀法上，以挺劲爽利的冲刀使印章的线条光洁整齐、苍茫浑古，尤其在线条起止、转折等细节的处理上别具匠心。因此，该印可看作黄牧甫以金文入印的代表性佳作。（文 / 吴彧弓）

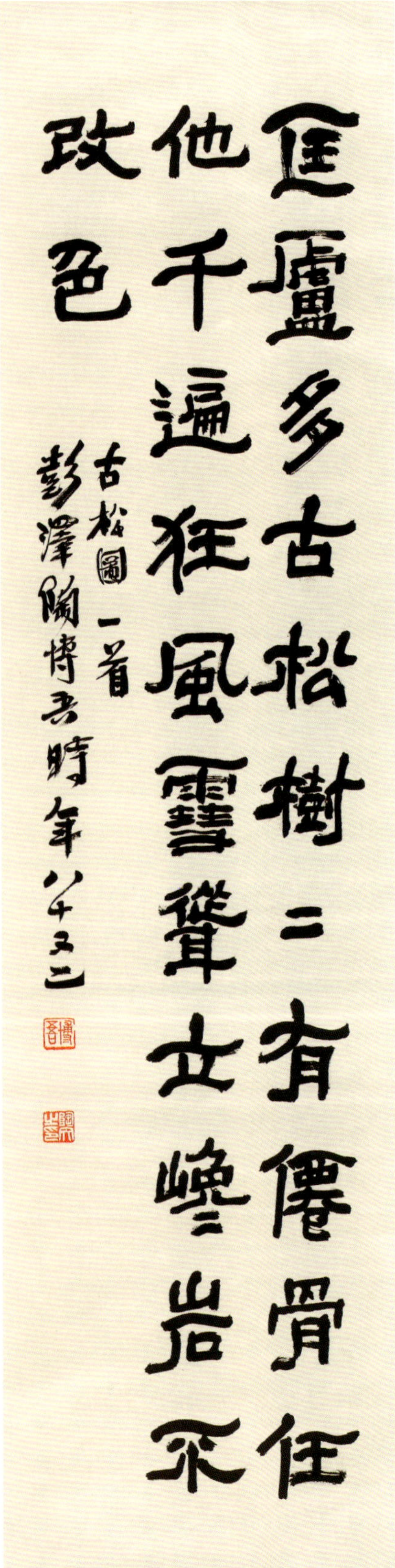
匡廬多古松樹樹有僊骨任
他千遍狂風雪聳立巉巉岩不
改色
古松圖一首
彭澤陶博吾時年八十又二

《古松图》诗一首

陶博吾

书法
138cm×34cm
1982 年
2018 年陶南强、陶卫强捐赠

此幅陶博吾先生《〈古松图〉诗一首》系其晚年 82 岁时所书隶书作品。

陶博吾，原名陶文，字博吾，别署白湖散人，江西彭泽人。诗、书、画兼擅。尤以书法为世所重。1926 年入南京美术专科学校，从沈溪桥、梁公约、谢公展诸公习书画。1929 年入上海昌明美术专科学校，受教于黄宾虹、王一亭、潘天寿、诸闻韵、贺天健诸公。又从曹拙巢先生习诗文。于艺膺服吴昌硕，一生受其影响至深。

众所周知，陶博吾先生虽诗书画俱能，然其享大名者仍为大篆。其大篆直承吴昌硕所书石鼓文风格，并于吴之基础上形成厚重质朴、野逸生拙之特点。其隶书（包括诗画、行书）风格一如其大篆，亦呈现出厚拙野逸之风。

该隶书用笔直从大篆中得来，笔笔中锋，逆入而平出，力能扛鼎，老辣而又生动。若无多年积习之功，断难写就如此杀伐果断之笔致。其于圆笔之外又加入方折，方中寓圆、圆中见方，方圆兼施。又加入波挑，去其纤巧，存其体骨，体现出浓厚的隶书特征。又参以行草笔意，于提按顿挫掌中控制其长短粗细，于徐疾纵横中控制节奏韵律。浓墨饱蘸，运行中时含枯笔，故其线质厚实中透出虚灵，朴拙中寓含韵致。其结构亦多从吴昌硕中来，将隶书扁平体势有意处理为横短竖长，如“匡”“庐”“仙”等字，字形修长。结构与用笔隐约中又可透见清何绍基、《张迁碑》、《西狭颂》遗意。

陶博吾先生一生隐于大野，淡泊名利，不求闻达，持心自守，尚朴崇简。读其诗，品其书，赏其画，观其人，宛然如一。所谓“天人合一”“人艺合一”“人书合一”，陶博吾先生庶几近之。（文 / 吴国宝）

颂斋

容庚

篆刻
1.4cm×1.4cm×4.8cm
1938 年
2019 年容瑶、容璀、容璞、容珊、容国濂捐赠

在容庚众多自用藏印中，《颂斋》这方印不是最珍贵的，却是最值得我们仔细回味的。

一是《颂斋》的来历。“颂斋”是容庚的号，容庚初号并不是“颂斋”，而是“容斋”。1932 年，邓尔雅为容庚书“颂斋”匾，并称“希白外生初号容斋，近更为‘颂’，即‘容’本字”。此后，容庚基本以“颂斋”为号。二是《颂斋》为容庚自钤用印。容庚是闻名中外的学者，他在古文字、古器物、书画碑帖鉴藏等方面的成就举世瞩目。他在书画方面，尤其是治印方面的成就却鲜为人知。实际上，他的书画和治印早有声名，西泠名家叶为铭在《广印人传》中称容庚“工山水，喜篆刻”，此时容庚才 16 岁。容庚在当时的岭南印坛产生了很大影响。他精于鉴藏，收藏书画所钤盖用印，一方面来自当时名家所治，这直接勾连起容庚与当时印坛的联系，同时为研究此时期的印人交游，以及印学相关方面的学术梳理提供可资参考的文献路径；一方面他自己亦亲自操刀镌治。容庚早年得到黟山派重要传人邓尔雅的亲授，印风自有一家风貌。1934 年，容庚在所书《顾鹤庆册页题记》后自钤《容斋》印。《颂斋》是容庚自刻于 1938 年的一方印，其风貌承袭古玺印格，看上去庄重古雅，耐人寻味。这种感觉，我们在容庚传世不多的篆书作品中也能够看到。看到这些作品，就好像看到一位精神矍铄、和颜悦色的老者站在你的面前，令你心地坦然，适惬无比。

容庚曾将毕生珍藏的青铜器、字画、碑帖捐献给国家。《颂斋》也是他的后人慷慨捐赠给中国美术馆的 177 方藏印之一。以此可见，我们对于容庚的研究又岂能囿于一“印”之限，印外之学的博大，在容庚的手上凝练为一面后人用于自检的镜子，在某些方面指向我们之所向往，同时也指向我们之所应为。（文 / 付强）

天开大利联
于右任

书法
171.8cm×44.2cm×2
1950 年
2018 年朱奕龙捐赠

于右任，原名伯循，字诱人，后以谐音“右任”为名，别署“骚心”“髯翁”，晚年自号“太平老人”。著名的民主革命先驱、政治家、教育家，近代极具代表性的书法家，有“当代草圣”之誉，1949 年迁居台湾。

20 世纪初，中国书法正处于碰撞变革、破壁求索的发展时期，于右任卓然自立、独步当代，堪称巨擘。他铭心金石，探求我法，为碑学开创出新境界，呈现极为鲜明的个性特点。他以政治家和革命家的远见卓识，倡导发起标准草书运动，以“易识、易写、准确、美丽”四原则创立标准草书体系，开一时新风，并至诚至坚地践行着“为往圣继绝学”的文化使命，在近代书法史上具有重要意义。

于右任官高位显，但为人磊落，廉政爱民，书法与诗文成就更得到众人推崇。这幅草书作品是他为故交好友郑曼青所书，行笔跌宕起伏，落墨浑然天成，其间清正儒雅、志洁行高的蕴意，令人赞叹，仿佛那位光明磊落、为万世开太平的“落落乾坤大布衣”，清晰可见！（文 / 李洁冰）

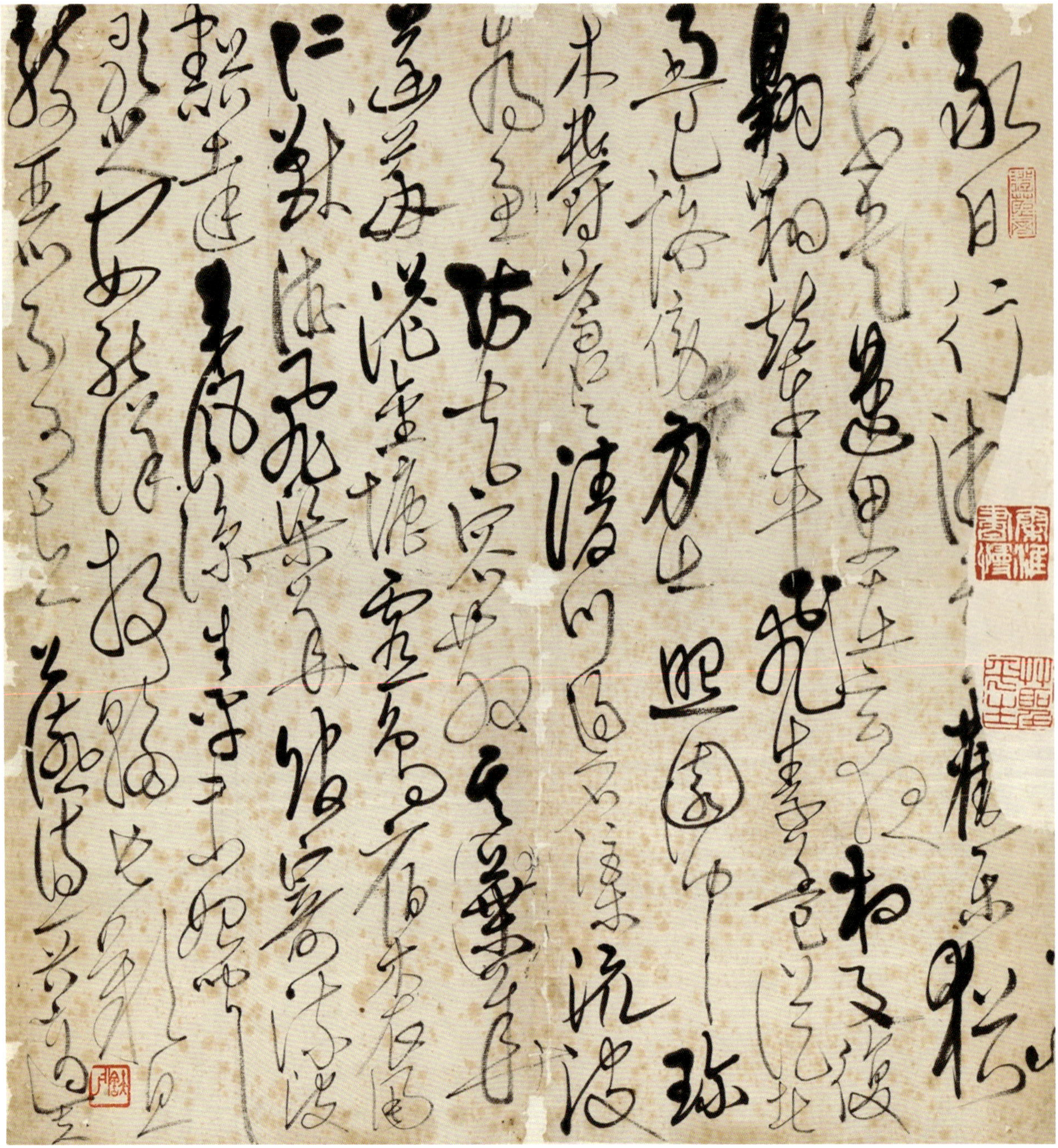

刘桢《公宴诗》一首

高二适

书法
41cm×39cm
20世纪70年代
2015年高可可捐赠

高二适，江苏东台小甸址人（今属泰州姜堰）。20世纪著名学者、诗人、书法家。精通国学、诗学、文字学。

此作是高二适晚年所书的草书作品之一。

作品内容是魏晋“建安七子”之一刘桢所作的一首《公宴诗》：“永日行游戏，欢乐犹未央。遗思在玄夜，相与复翱翔。辇车飞素盖，从者盈路旁。月出照园中，珍木郁苍苍。清川过石渠，流波为鱼防。夫容（芙蓉）散其华，菡萏溢金塘。灵鸟宿水裔，仁兽游飞梁。华馆寄流波，豁达来风凉。生平未始闻，歌之安能详。投翰长叹息，绮丽不可忘。”《公宴诗》是一首游乐诗。在诗中，刘桢用华丽、秀雅的笔致描写山林之美及游赏之乐。诗中隐含着人生易逝、美景不再而空余叹息的无奈。

明代的宋克曾书过此诗。高二适书写的此幅作品风格上承宋克，笔法圆转，意味悠长，线条清雅劲健，没有丝毫的寒俭气息。作品用笔轻、重和缓、急的状态，通过线条的粗、细和疾、涩的对比展现，绵密的气势随着墨色的变化，营造出其在统觉上给予观众的视觉感染。整体上看，作品透出一种雅逸高古之感，其气势含有怀素今草神韵，显得清雅超逸。其字法参章草以为根基，显得劲厉高古，是高二适熔章草、今草于一炉的代表性作品之一，今古相参而融，情致巍巍动人。

看似极其传统的一幅作品，在人文精神的传达上彰显出高二适立于当时而又不同于当时的人格状态。字如其人，这亦是此幅作品不可替代的重要特色。（文 / 付强）

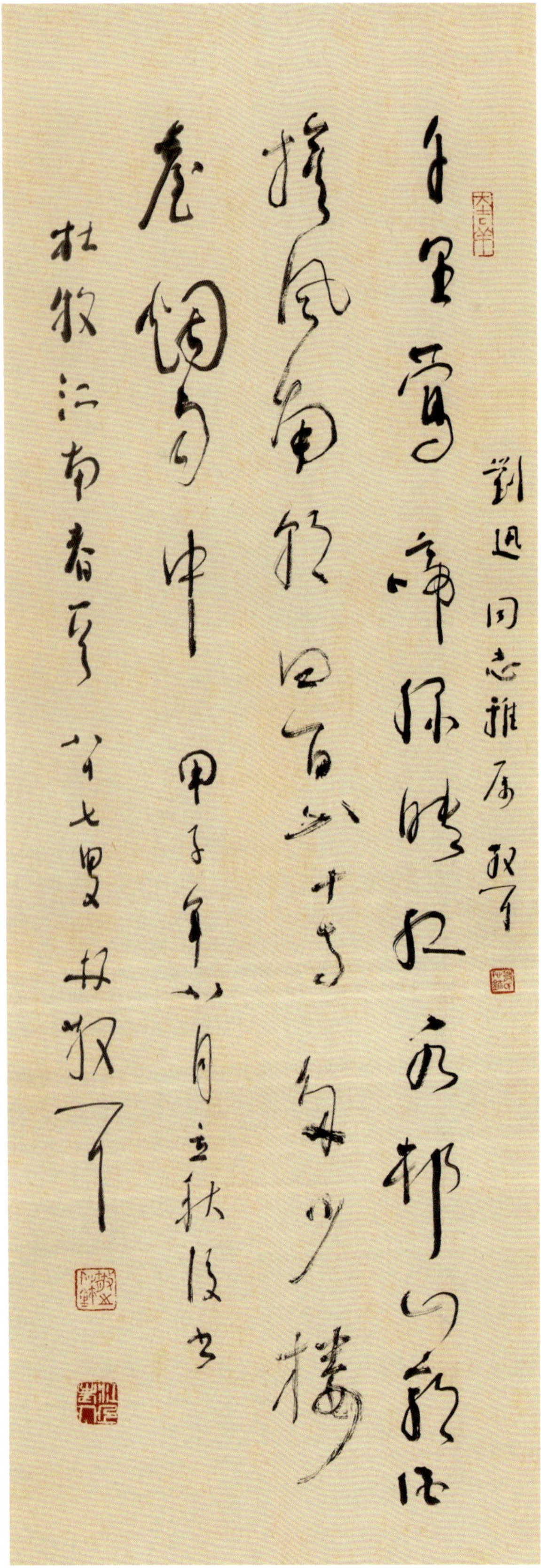
刘迥同志雅属
千里莺啼绿映红
水村山郭酒旗风
南朝四百八十寺
多少楼台烟雨中
甲子年八月立秋后书
杜牧江南春
八十七叟

杜牧绝句《江南春》

林散之

书法
95cm×34cm
1984年
2014年刘迅捐赠

这张小条幅是“当代草圣”林散之先生87岁时题赠南京同乡、画家刘迅的一佳作，后由刘迅捐赠给中国美术馆珍藏。书写内容为唐代诗人杜牧《江南春》绝句，其中“南朝四百八十寺，多少楼台烟雨中”尤以感慨南京古都风物闻名。林散之幼岁失聪，暮年手残，寒灯孤影，大器晚成。1972年古稀之年，在中日书法交流选拔时一举成名，其草书为郭沫若、赵朴初、启功等所推崇。林老的这幅作品，格调简淡清逸，用笔瘦劲圆涩，可见其80岁后将楷、行、隶、草熔为一炉并以行草立世的超凡境界。书家以长锋羊毫濡墨落纸，信笔挥洒，枯湿浓淡，变化随心。点画结字，既有“四百八十寺”之枯枝残叶横扫，又有“楼”“台”的特立独行和“烟雨”的潇散连绵。通篇书风虚灵超脱而不失法度，婉约之中蕴含豪放，隐约可窥怀素、王铎、黄宾虹等前辈大师的影响。林散之既是20世纪书法大家，还是诗人和山水画家，艺术修养深厚全面。林老耳聋，常落款“散耳”“林散耳”。（文/杨应时）

雲龍搏浪
天馬行空

云龙天马四言联

萧娴

书法
137cm×34cm×2
1992 年
2017 年江凤子、王润生、江云、江庆颐、江向荣捐赠

"云龙搏浪，天马行空"四言联创作于 1992 年，萧娴 90 高龄，作品落墨纵横驰骋，浩然磅礴，走笔坚毅果敢，质朴无华，有着磊落洒脱的伟岸丈夫气概。

萧娴，字稚秋，号蜕阁，署枕琴室主，贵阳人。父亲萧铁珊是孙中山先生的追随者，书家、诗人、南社社员。萧娴幼年即以书闻名，被誉为"粤海神童"。其师康有为题跋"笄女萧娴写散盘，雄深苍浑此才难。应惊长老咸避舍，卫管重来主坫坛"，盛赞她堪与卫夫人、管道升比肩。

新中国成立后，萧娴定居南京，先后任江苏省政协委员、中国书法家协会名誉理事、中国书协江苏分会顾问、南京市书协名誉主席。新中国成立初期书法复兴之际，萧娴不顾年事已高，常为新创刊的上海《书法》杂志撰文，并倡导"在文学的基础上办书学"的理念。

萧娴当之无愧为当代著名的女书法家。在 20 世纪百年时空中，她以笔墨为津梁，与康有为、章太炎、章士钊、于右任等历史人物游从，与胡小石、林散之、高二适合誉为"金陵四老"。她从篆隶入手，用笔法古，以"三石一盘"（《石鼓文》《石门颂》《石门铭》《散氏盘》）为宗，擅擘窠大字，晚岁尤以返璞归真的风格见称。林散之诗赞："能以笔法追刀法，圆转自如出性灵。我亦喜临汉隶字，未能如此见精神。"高二适有题跋曰："卅年老笔纷披在，真见摩崖汉隶超。"

萧老德高望重，质朴谦逊，她曾言有闲章"庖丁"一方，寓意有三重：一要自视平凡，二要勤奋努力，三要有益于社会。其人品艺品之高可见一斑。**（文 / 李洁冰）**

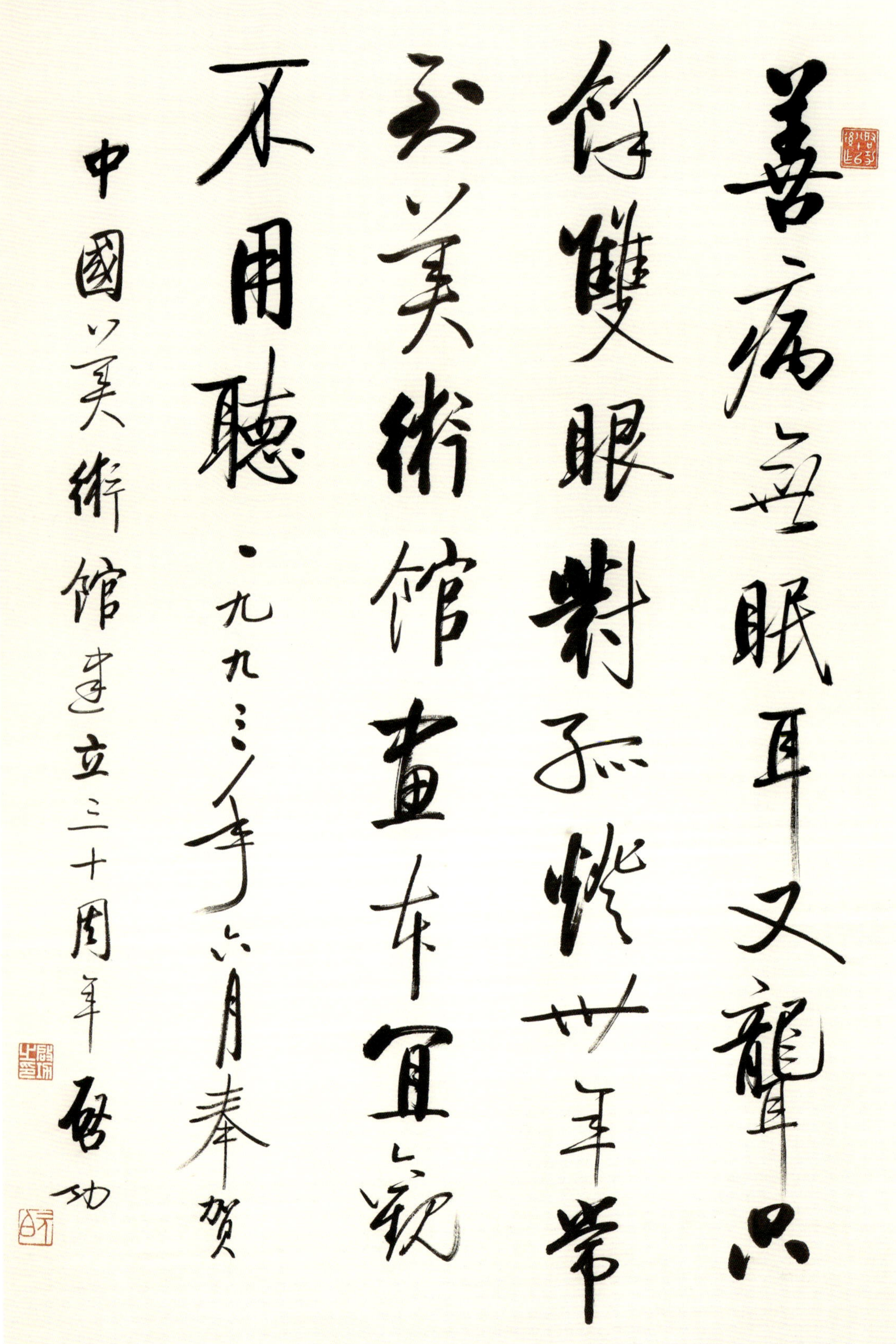
善病無眠耳又聾只
餘雙眼對孫[illegible]卅年常
到以美術館畫展宜觀
不用聽
一九九三年六月奉賀
中國以美術館建立三十周年
啟功

庆祝中国美术馆建立三十周年诗

启功

书法
99cm×68cm
1993 年
1994 年艺术家本人捐赠

启功先生是当代中国极具知名度、雅俗共赏的书法大家之一，曾任中国书法家协会主席，但他从不以“书法家”自居，而似乎更看重其一辈子的“教书匠”身份。作为著名的学者、诗人、书画家、文物鉴定家，他长期担任北京师范大学古典文献学教授。这件行楷条幅，是 1993 年 6 月启老为庆祝中国美术馆建立三十周年而专门题写的，当时由他的弟子、原中国美术馆典藏部书法家韩卫国亲自登门求得。启功先生书法精于楷、行，结体用笔广采博收，尤其得益于唐《灵飞经》、北魏《张猛龙碑》等碑帖，自成一格，人称“启体”。此作既是“启体”书法精品，更是诗书交融的典范。所书自作诗，以一位多病、失眠、耳聋、只余双眼尚可阅读、30 年来经常光顾中国美术馆的老观众的口吻，幽默风趣的自我调侃之余，难掩其对美术馆的喜爱：“画本宜观不用听！”整幅作品笔墨酣畅，行云流水，一气呵成。诗为心声，书为心画，一位学养深厚、情趣盎然的八旬老者的形象跃然纸上。**（文 / 杨应时）**

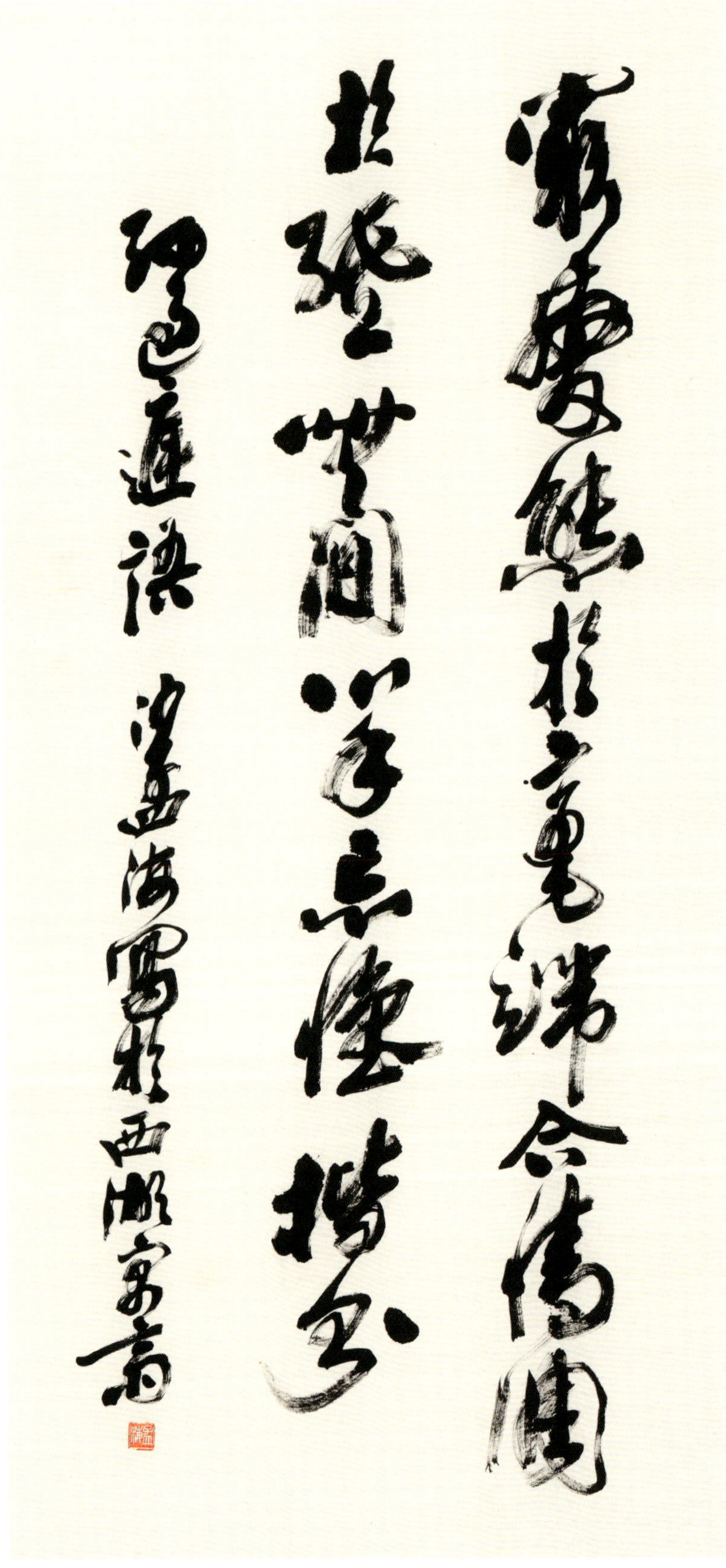

孙过庭语

沙孟海

书法
132.5cm×63.5cm
年代不详

沙孟海，20 世纪书坛泰斗，知识渊博、学贯古今，在书法、篆刻及文字学、文献学、金石学等领域皆有高深的造诣。他的书法远宗秦汉碑版，尤其得益于北碑的雄强之风，善作擘窠大字，融碑入帖而自成一派。《孙过庭语》是其大字行草代表作之一，以大笔挥就，雄浑刚健，气贯长虹。在用笔上以中锋立骨、侧锋取妍，如“态”“端”“间”等字的飞白处虚而不空，直观地表现出老辣生涩之感，而“变”“态”“怀”等字的点画上下翻转、迂回曲折，更显苍润古拙而有“金石味”。在单字结构上多取斜势，即多为左低右高的险绝之态，而多个单字缀连成的“字组”，如“穷变态”“纸上”“忘怀”等的末字“态”“上”“怀”的末笔多厚重，将字势由险绝而复归平正。全篇以浓墨纵横恣肆、一以贯之，轻重、疏密、虚实的块面对比强烈，并且字的大小、正欹、收放上下映带、左右呼应，体现出恢宏磅礴的笔势、字势与气势。需要指出的是，沙孟海并非有意强调和表现书写技巧，而是似信手拈来——书写时的中侧、提按、顿挫、顺逆、藏露、曲直、转折、疾涩等皆随意而出，又合乎笔势与字势的变化。因此，这也与作品内容“穷变态于毫端，合情调于纸上”相契合，从中可以想见沙孟海书写时“无间心手，忘怀楷则”的天真烂漫、率性自然之情。**（文 / 吴彧弓）**

长寿

齐白石

篆刻
6cm×6cm×8.9cm
年代不详
2015 年舒济、舒乙、舒雨、舒立捐赠

这方齐白石的篆刻作品是老舍、胡絜青夫妇的旧藏，2015 年由他们的子女捐赠给中国美术馆。

齐白石是 20 世纪中国画大师，他在诗书画印上自认为篆刻第一，诗第二，书法第三，绘画第四。齐白石学习篆刻起步较晚，他的篆刻初学浙派的丁敬、黄易，后学海派的赵之谦、吴昌硕，60—70 岁，取汉隶碑篆法，70 岁以后，参以秦权量铭文，达到自身篆刻艺术高峰。

这件篆刻作品取材寿山石，外形为薄意雕山水楼阁图，文字为白文“长寿”，采用单刀法（单刀法就是一刀下去，决不回刀篆刻）。纵横各一刀，只有两个方向，先刻竖道，石头转一次九十度，再刻所有的横道。这幅白文篆刻从石面上看，竖画下轻上重，横画左轻右重，空间分割强调疏密，大刀阔斧，横冲斜插，猛利狂悍，痛快淋漓，创造出“写意篆刻”的独特风格。

齐白石的篆刻和他的书法是一脉相承的，这种来自金石篆隶的笔法功底也是他绘画的基础，他在书画印上取法的一致性是他在 20 世纪中国画中取得伟大成就的基点。**（文 / 王雪峰）**

中国美术馆人话馆藏

中国画

油画

版画

雕塑

书法篆刻

民间

综合

秦琼敬德（绵竹·彩色门神）

门神　秦琼　敬德

佚名

年画
53cm×31cm×2
清代
2008 年王树村捐赠

在年画中门神是最常见的题材，民间通过张贴门神一方面以此驱邪纳福，护佑家宅平安，另一方面辞旧迎新，增加节日的喜庆气氛。

《山海经》一书中记载了天帝命令神荼、郁垒两个神人看守鬼门，用桃木做的武器专捉害人的鬼去喂老虎，这是中国最早的门神形象来源。南朝宗懔《荆楚岁时记》中记载：正月一日，“造桃板着户，谓之仙木，绘二神贴户左右，左神荼，右郁垒，俗谓之门神”。从这段记载可以知道在南朝就有桃木板门上画神荼、郁垒作门神的风俗。秦琼与尉迟敬德是唐代两位开国大将军，英勇无比，屡立战功，二人随李世民参与玄武门之变，事后秦琼被封为左武卫大将军，尉迟敬德被封为右武候大将军，死后皆被赐葬于昭陵。这两位唐太宗的佐命功臣的事迹在后世民间传说中被不断演绎，《西游记》《隋唐演义》中都有唐太宗后宫被鬼魅纠缠而夜夜不宁，在秦琼、尉迟敬德守护之下邪祟自息的记载。唐太宗念二位辛苦，命画师将二位将军画下贴于门上，这就是秦琼、尉迟敬德作为门神的来历。当然，这个传说主要依赖于明清的文学作品，因而秦琼、尉迟敬德作为门神形象应该出现在明末清初。

此秦琼、尉迟敬德门神年画产自四川绵竹，为王树村先生所捐赠。画面为 S 形立式鞭锏门神，右幅持锏长须者为左武卫大将军秦琼，左幅持鞭虬须者为右武候大将军尉迟敬德，人物形象源自戏曲武生，造型饱满敦厚，诙谐活泼，多样而统一。四川绵竹是年画的重要产地，多采用印绘结合的方法，绵竹年画有口诀曰：一墨（指印刷墨线），二粉（指人物手脸等部位以粉作底色），三金黄（指衣冠武器施绘橘黄色），五颜六色穿衣裳（指常用的洋红、桃红、黄丹、佛青、品蓝、品绿等色施绘），画面色彩追求明快艳丽，充满喜庆色彩。**（文 / 王雪峰）**

麟吐玉书

佚名

年画
26cm×51.5cm
清代

画面左侧绘一童子，其手中所牵的麒麟口中吐出一函玉书；右侧绘一妇人双肘支于博古石案上，神态怡然娴静；中间一女子双手持如意侧身站立回望向麒麟；周围还有高几、鼓凳，以及佛手、香炉、书牍、文房等清供器物。两妇人发饰考究、衣着华美，面部双眉入鬓，凤眼微扬，朱红点唇，刻画得极为细腻，形象地诠释了民间画诀中“削肩”“修长”“鼻如胆”“瓜子脸”“樱桃小口”等塑造美人形象的审美法则。

图中画意出自“麟吐玉书”之典故。麒麟是中国神话传说中的瑞兽、仁兽，是吉祥的象征，能为人带来子嗣。晋代王嘉《拾遗记·周灵王》载：“夫子未生时，有麟吐玉书于阙里（孔子故里）人家，文云：‘水精之子，系衰周而素王。’故二龙绕室，五星降庭。征在（孔子之母）贤明，知为神异，乃以绣绂系麟角，信宿而麟去。”至明代，随着统治者的推崇，孔子地位空前提升，“麟吐玉书”的传说被民众广为接受，与之相关的图像开始出现在民俗文化中，“麒麟儿”亦成为代指、赞美小孩子的雅称，清后期又出现了“麒麟送子”的关联图像。两者均大量出现在年画、刺绣、剪纸、绘画等民间美术作品中。

该作品出自著名的年画产地天津杨柳青。杨柳青年画是我国年画艺术之中的佼佼者，其精湛的刻工、细致的彩绘、丰富的题材及广泛的影响力，堪称集年画艺术之大成，在历史上享有极高的声誉。杨柳青年画在制作工艺上采用套印和笔绘相结合的技法，使其既保持遒劲工丽的木版韵味，又不失民间传统绘画风格。该作品是清乾隆时期的杨柳青年画原作，画面中除墨色线条为版印外，其余均采用天然颜料手工绘制而成，整体格调细腻典雅，画中人物形象俊美，色彩历久而弥新，属杨柳青年画早期佳作，具有很高的艺术价值。（文 / 刘莹）

三顾茅庐

佚名

皮影
150cm×220cm
清代

我国的皮影历史悠久，相传其滥觞于2000多年前的汉代，最初是用树叶或素纸剪出各种形状；到了宋代，皮影的制作工艺和表演形式日臻成熟；明清时期，王公贵胄蓄养皮影家班成风，大大促进了皮影艺术的发展。陕西，被学界考证为中国皮影戏的发源地，自两汉、隋唐直至明清，皆以此地为最盛。陕西皮影分为东、西两路，西路以宝鸡为中心，影人高约40厘米，造型粗犷凝练；东路以华阴、华县为中心，影人高约30厘米，刻工细腻、纹饰华美，皮影的造型和“推皮走刀”的技艺对山西、甘肃、青海等地的皮影产生了深远影响。在中国美术馆的皮影藏品中，尤以清代陕西东路皮影藏量最丰、品质最高。这件《三顾茅庐》便是其中极具代表性的作品之一。此作取材于《三国演义》，讲述东汉末年，刘备与关羽、张飞三次赴南阳卧龙岗拜请诸葛亮出山辅佐刘备的故事。三国戏是皮影经典剧目，宋代高承所著《事物纪原》载：“宋朝仁宗时，市人有能谈三国事者，或采其说，加缘饰作影人，始为魏、蜀、吴三分战事之像。”可见，宋代就有三国故事的影戏出现了。皮影布景中，茅庐虽简，却掩映在苍松翠柏、山花绿竹之间，每棵树的形态、枝叶的色彩都不尽相同。茅庐上悬挂着酒葫芦和宝剑，石桌上摆放着主人所用之笔墨、书籍，充分表现了诸葛亮淡泊宁静的心志。四位人物均采用正侧面，即所谓“五分脸”来凸显性格特征，关羽的蚕眉凤眼，张飞的豹头环眼、燕颔虎须，刘备、诸葛亮的平眉正鼻、大义凛然皆被刻画得惟妙惟肖。作品雕绘精致，色彩瑰丽，布景和人物有机地组合在一起，繁简呼应、虚实相生，显示出民间艺人高超的技艺。（文/周佳）

老鼠嫁女

佚名

年画
22cm×33cm
清代版新印

“老鼠嫁女”又称“老鼠娶亲”，是我国传统文化中影响较大的民俗事象，流传于黄河流域和长江流域，具体日期因地而异，但大都在正月举行。各地在老鼠娶亲日这天有不同的风俗，如夜晚熄灯早寝，不许孩子喧闹，避免惊扰老鼠们的喜事，俗谓“你扰它一天，它扰你一年”，在墙角处撒米，置面饼、糖果、花生等，是为庆贺。这些行为与禁忌实质上是农耕时代人们的一种祀鼠活动，老鼠因其繁殖能力极强被古人奉为多子多福的“子神”，但其品行又十分可恶，于是形成了“老鼠嫁女”的民间俗信，送鼠出嫁意即把灾祸、鼠患逐出家门，以求安宁富足和子孙繁衍，反映了旧时百姓对老鼠既敬畏、献媚又极为憎恶的矛盾心理。正因如此，在民间流传的各种“老鼠娶亲”故事中，鼠群总是难逃被猫吃掉的下场。

“老鼠嫁女”在年画、剪纸、刺绣等民间美术中多有体现，并衍生出“蛤蟆娶亲”“麻雀嫁女”“水兽迎亲”等同类型作品，可见这一题材深入人心。鲁迅先生在《狗·猫·鼠》一文中就写道，儿时床前曾贴着两张花纸（年画的别称），其中一幅便是《老鼠成亲》，并认为其较之另一幅《八戒招赘》更为“可爱”。

此作品出自我国传统的年画产地河北武强，采用红、绿、黄、黑等色彩套印而成，画面鲜丽，对比强烈，具有浓郁的武强地方特色。画中形象幽默诙谐，采用拟人化的手法：鼠新娘头戴鲜花，身穿嫁衣，端坐于绣围花轿之中，神态似民间新娘般娇羞待嫁；鼠新郎则被刻画成披红挂彩、戴帽扬鞭的人间状元形象；新郎身下所骑的蟾蜍在民间也有招财、增寿、多子等吉祥寓意；仪仗队伍中的老鼠们举彩旗、执灯笼、吹唢呐、敲锣鼓，娶亲路上好不热闹。熟料前方一只黑猫挡住去路，预示老鼠们厄运难逃，从而达到人们心理上“灭鼠”的功效。（文 / 刘莹）

彩蝶
哈魁明

风筝
103cm×118cm
1951 年
2015 年哈亦琦捐赠

风筝在我国南方称“鹞”，北方称“鸢”，其历史可追溯至2000 多年前的春秋时期，最早用于运载、通信等军事领域，大约唐、五代时期风筝逐渐转变成一种供人娱乐的技艺性很强的玩具，至北宋在民间普遍流行，明、清时放风筝成为节令性的民俗活动。北京是著名的风筝产地之一，受皇城文化影响，北京风筝更加注重造型的美观和谐及图案的吉祥寓意，极大地提高了风筝的观赏性与艺术性。哈氏风筝是北京风筝的重要流派之一，被称作“风筝哈”，创始于清末，历经四代传承，是国家级非物质文化遗产代表性项目。

这件彩蝶风筝由“风筝哈”第三代传承人哈魁明1951 年复制，其原型由哈氏第二代传人哈长英创制，曾在 1915 年美国旧金山巴拿马万国博览会上获得银奖。此件作品属于软翅类风筝，即翅膀上缘有竹条，下缘无竹条。软翅风筝按翅膀层次又可派生出单层、双层及多层软翅，主要扎制飞禽、昆虫等仿真类造型，在写实的基础上进行适当的夸张、变形，并以“活眼”（又称转眼，即眼睛的装置是活的，可以随风转动）装饰，其翅膀下缘为软边，放飞时在空中随风摇曳，更加适宜高空远观之效果。

“风筝哈”的软翅风筝较之其他风筝流派的最大不同之处是其翅膀向上、向外翘起，膀尖骨架弯曲部分弧度加大，这样的设计可以加大风筝翅膀的受风面，使其在放飞时不会因为风力过大而导致翅膀下垂，增强了软翅风筝抵抗强风的能力，从而提高放飞性能。

哈氏风筝另一特点是色彩丰富，画工精致。这件作品采用对称构图，蝴蝶翅膀由多层连续图案组成，勾勒细腻，细节处运用了哈氏风筝所特有的、也是最具代表性的绘画技法“秃笔丝毛”，即用修剪成秃笔状的笔尖擦绘出鸟类羽毛或动物茸毛，使之呈现出栩栩如生的写实效果。（文 / 刘莹）

狮子滚绣球

马家树

风筝
38cm×38cm
1967 年

风筝历史可追溯到2000多年前的春秋时期，最初名为“鸢”，作军事、通信等用途。唐代开始出现“纸鸢”；到了五代，有人在鸢上绑响器，空中放飞时会发出筝鸣声，后人称为“风筝”；北宋后，风筝开始流行于民间。风筝作为喜闻乐见的传统艺术融入民间文化后，经过千年演变发展，产地众多，流派纷呈。其中，北京风筝在中国风筝艺术中有着举足轻重的地位。北京风筝深受皇城文化的影响，已有300多年的历史，在讲究扎、糊、绘、放的同时形成了特有的风采。北京最具代表性的是沙燕风筝，它是集雍容华贵风格和特殊艺术形式于一身的风筝样式，尽显老北京的文化。

马家树创作的北京沙燕风筝《狮子滚绣球》，以蓝青色描绘，俗称“蓝锅底”。尾翎、膀梢留白的漩涡纹和羽毛纹均匀对称，有秩序感，凸显出中国传统文化特有的意境。胸腹、腰拴天蓝色勾白边的团云纹，衬托着一对正在踏云嬉戏的绿身红毛狮子。温润典雅的蓝色与热烈喜庆的红色，形成冷暖对比的视觉冲击，画面和谐活泼，笔触细腻流畅，形象惟妙惟肖。题材选取祥瑞之兽——狮子，左侧的雌狮憨态可掬，右侧的雄狮蓬头大耳、脚踏绣球，飞舞的明亮的红黄飘带更是点睛之笔。因“狮”与“事”谐音，故引申为“事事如意”，彰显吉祥喜庆、祈福消灾的寓意。此件风筝造型完美、颜色雅致、图案考究，处处都寄托了对美好、幸福生活的无限憧憬。

60年来，中国美术馆收藏全国各地重要流派的风筝近600件。为了更好地传播馆藏精品，承担“典藏活化”的全媒体重点专栏“美时美刻——中国美术馆名作·二十四节气”，特别选用北京沙燕风筝来表现“春分”的灵动。让展厅里的风筝“乘”上全新视听技术的春风，通过互联网“飞”到世界各地，展现中国人的审美与智慧。（文/杨蕾）

苗族花卉纹绞绣背扇

佚名

刺绣
78cm×60cm
20 世纪 60 年代
2012 年马正荣捐赠

此藏品为贵州织金苗族花卉纹绞绣背扇。

此件背扇心的主图案为传统的鸡冠花纹样，其花团锦簇、鲜艳如火且花期长，象征炽热的爱情与长命百岁，还有辟邪祛病之意。纹样朴拙尚未脱离早期的粗线型，在花朵之间施以白色绞绣，红白相间增强了纹样的立体感与厚重感。背扇上端垂挂的红色流苏，分别缝缀如意云纹和鱼形的绣片，与背扇相得益彰，色彩亮丽，装饰性强，更显活泼欢快。如意云纹寓意吉祥美好，鱼象征年年有余、多子多孙。其中鱼形绣片上还绣有蝴蝶和鸟纹。

背扇构图严谨复杂，为了烘托中心部位，一般由内而外，分多层设计，有二连方或四连方甚至更多，分别以万字纹、几何纹、花藤纹、马蹄纹等作为外框的缀饰。其中的勾线、直线、折线、曲线等，或三条平行的边饰，皆凝练成高度抽象的文化符号，以示祖先迁徙的历程。

背扇手为两条黑色绣有花藤纹样的带子，简洁而又淡雅，它将孩子紧紧地维系在母亲的身上，形影不离。因此，背扇带被人们喻为“连接母子亲情的生命带”。

一件背扇往往施以多种技法才得以完成。绞绣虽耗时费工，却与鸡冠花的特点十分契合。绞绣需事先制作梗线，以粗麻线或棉线为芯，将丝线紧密缠绕在上面做成梗线，再将梗线沿着鸡冠花的边缘进行盘绕，用针线缝上，加以固定。这样，一朵朵轮廓分明、丝绒质感的鸡冠花纹凸显在背扇正中，格外美丽夺目。除绞绣外，还辅以平绣、钉线绣和锁绣等，更加立体而有层次，其厚实的质感使背扇经久耐用。

此件背扇构图饱满，技艺精湛，制作精良，古朴凝重，色彩柔和，内涵深邃，是一件不可多得的背扇精品。（文 / 陈真）

广西三江侗族花蝶纹破线绣背扇盖帕

佚名

刺绣
42cm×37cm
20 世纪 60—80 年代
2016 年李惠贞捐赠

中国西南少数民族地区的妇女在赶集或者从事田间劳作的时候，习惯把婴儿背在背上，这种用于背负婴儿的带子就被称为“背扇”或“背儿带”。背扇的造型大多呈 T 形，由背扇心、背扇手、背扇脚及背扇盖帕组成。背扇心用于包裹和支撑幼儿背部，一般为 50—70 厘米见方；背扇脚用于裹住幼儿臀部及双腿，其形制在各地区、各民族不尽相同；而长达二三米甚至十余米的背扇手能将婴幼儿紧紧系绑于母亲身后；背扇盖帕则用来遮护幼儿头部免受风雨侵袭。在西南少数民族地区，人们把生育看作头等大事，背扇的制作自然也最用心、最精细。妇女们把从孩童时代就开始练就的织绣本领都施展在背扇之上，有时，一件小小的背扇上能同时出现破线绣、马尾绣、打籽绣、贴布绣、锁绣、挑花绣等近十种复杂的针法。这件来自广西三江侗族地区的背扇盖帕采用破线绣的方式绣出花卉、蝴蝶等纹样。所谓“破线绣”就是将一根丝线破成 8—12 根，再用皂角水把破出来的丝磨平打光之后进行刺绣。色彩斑斓的绣片按照刺绣的花形剪成小块，连缀到靛蓝色的底布上，形成大大的圆形，象征着侗族人崇敬的太阳。绣片上还镶嵌着许多圆形的小镜片，当地人相信鬼怪怕光，所以缝上反光物来驱鬼除祟，护佑生命。这件背扇盖帕的捐赠者是香港福慧教育基金会副主席李惠贞女士。2016 年，她将自己从美国购回的 1770 件背扇无偿捐赠给了中国美术馆，使大量遗散海外的少数民族文物回归祖国。这些背扇来自贵州、云南、湖南、广西等地的八个少数民族，制作年代从清晚期到 20 世纪 80 年代。如此大规模、高品质的民间美术捐赠，是对国家与人民、对民族文化遗产保护与传承的巨大贡献。美丽的背扇不但将西南寨乡人的情感连在一起，也将所有华夏儿女的情感连在了一起。**（文 / 周佳）**

白蛇传·断桥

喻湘涟、王南仙

彩塑
14cm×15.5cm×8cm
1985年

无锡惠山泥人是我国著名的传统工艺美术品类之一。惠山泥人大约自明代晚期始创，清乾隆年间艺人王春林捏泥孩儿五盘入贡，得到皇帝赞赏。早期惠山泥人以阿福、蚕猫、春牛等粗货为主，清代中期在昆腔等地方戏的影响下，逐渐产生了“手捏戏文”，也产生了周阿生、丁阿金等一批技艺超群的大师，把惠山泥塑艺术推向历史的高峰。这件《白蛇传》即是惠山手捏戏文艺术的代表之一，表现的是“断桥”这一情节，青蛇因许仙负义而拔剑欲杀之泄恨，白蛇却顾怜夫妻之情极力阻止，而许仙因惊恐、懊悔跌坐在地，戏剧矛盾冲突得到了集中展现。这件作品由惠山泥人国家级非物质文化遗产代表性传承人、中国工艺美术大师喻湘涟和王南仙共同创作。喻湘涟和王南仙是我国培养的第一代惠山女性民间艺术家，喻湘涟工塑，王南仙擅彩，两位艺术家自20世纪70年代末开始联袂创作，至今已有近半个世纪的历程，被业界誉为“孟不离焦，焦不离孟”，共同为传承发展惠山泥人艺术做出了突出贡献。（文/王伟）

虎
河北武强画店印制
画版号：0260011
00316

母子虎

佚名

年画
78cm×52cm
20世纪80年代

“虎”作为百兽之王，在与中国老百姓的长期共存中，形成了特有的中华虎文化，它既可以用作避邪镇宅的神兽，成为民间生活中保护平安的瑞兽形象，也可以象征着生命之中不断升腾的虎虎生气。中国人对于虎的态度充分显示了中国人在自然面前的寻求“和谐”的文化心理。在生产力低下的远古时期，作为猛兽的老虎是为人所惧怕的，所谓谈虎而色变，面对强大的无法抗拒的自然力量，人类在心理上逐渐从恐惧到敬畏，进而转化为崇拜，自然之虎不断被神话，成为具有驱邪纳福功能的保护神的化身。在上古奇书《山海经》中就写道：“度朔之山”有“神荼”“郁垒”二神人，将“害恶之鬼，执以苇索而以食虎。于是黄帝乃作礼，以时驱之，立大桃人，门户画神荼、郁垒与虎，悬纬索，以御凶魅”。《山海经》的记载表明了虎作为保护神的起源。在民间生活中，以“虎”为主题的民间艺术形式品类多样、琳琅满目。年画作品中的虎形象通常以下山虎、母子虎为主，民间借以下山虎威震山林的霸气作为镇宅之用，以母子虎中护犊情深与小老虎的憨态可掬寓意家庭温馨祥和。这幅来自河北武强的《母子虎》年画既体现了虎虎生威，又表现了母子舐犊情深，画面构图丰满，线条粗犷，色调鲜明，装饰夸张。明代倪谦曾有诗曰：“人言虎猛，我言虎良，母慈子爱，蔼乎一堂。”民间借母子虎年画祈愿家庭和谐圆满平安，同时增添新年的喜气。**（文/王雪峰）**

张飞
徐竹初

布袋木偶
15cm×38m×53cm
20 世纪 90 年代

该作品是以漳州木偶雕刻技艺塑造的三国人物张飞的偶人形象，创作者是中国木偶雕刻名家、国家级非物质文化遗产漳州木偶头雕刻技艺的代表性传承人徐竹初。徐竹初出身于福建漳州的木偶雕刻世家，其远祖徐梓清于清代嘉庆年间在漳州开设了木偶作坊“成成是”，其父徐年松是近代中国木偶雕刻艺坛的重要代表人物。作为第六代传承人，徐竹初承继了徐氏木偶的优良传统，同时不断求索创新。其木偶雕刻人物精妙传神，千人千面，造型上兼取传统戏曲脸谱、面妆和闽南地区佛教造像之特点，风格高雅，含蓄沉静；工艺上遵循古法又融入新的创造，施材考究，工艺精良。徐竹初一生创作出 600 多种人物角色，其中《大名府》《雷万春打虎》《蒋干盗书》等为代表作，被郭沫若先生誉为“创造偶人世界”。

《张飞》是漳州木偶戏中的黑净人物，徐竹初塑造的净角人物很大程度上地结合了佛教造像与京剧脸谱的特点，结构明朗、线条挺拔。偶人张飞身着漳绣黑蟒黑靠，手执长矛，威风凛凛。面部塑造立体圆润，双目圆睁，嘴角下撇，表情生动。以民间绘画手法勾绘而出的张飞，虽是经典的十字门蝴蝶脸、豹头环眼形象，却并未完全脸谱化，细腻传神的面部刻画，精妙地塑出了人物忠耿正直的性格。艺术家“以形写神”的艺术功力将这位威武粗豪的忠义之士塑造得有血有肉，入木三分。

徐竹初的木偶头雕刻堪称“小器大作”的典范，木偶体量不大，却需在有限的尺度中通过雕刻与彩绘最大化承载人物鲜明的身份特征和性格特征。中国美术馆一共收藏了三件徐竹初在不同时期创作的《张飞》，每一件都捕捉到了人物神情不同的瞬间，件件精彩，保有持久的生命力。（文 / 杨婧）

骑马门神、虎门神、财神、灶君

高凤莲

剪纸
104cm×77cm×4
2001 年
2014 年高凤莲、刘洁琼、樊蓉蓉捐赠

剪纸作品《骑马门神、虎门神、财神、灶君》由著名剪纸艺术家、国家级非物质文化遗产剪纸项目（延川剪纸）代表性传承人高凤莲创作。高凤莲出生于民间艺术之乡——陕西延川，自幼深受当地民间文化的蒙养和祖母、母亲的影响，热衷于剪纸和刺绣等民间艺术。她擅以富有原始韵味和视觉张力的剪纸语言，展现黄土地上生机盎然的民间生活和民俗风情，黄土文化的丰富厚重赋予她的作品雄浑质朴的特质。除了可以剪《铰花花》《背娃娃》《团圆饭》等剪纸小品，高凤莲还于晚年创作出《黄土风情》《黄土地上的信天游》《黄河人家》等一大批主题鲜明、气势磅礴、风格与形式高度统一的大尺幅作品，显现出极强的剪纸叙事能力。

“骑马门神、虎门神、财神、灶君”属北方民间剪纸中较常表现的神像题材，这组剪纸中的神祇人物都被统一在她鲜明的个人剪纸风格之下，人物牡丹眼，莲花嘴，龙、鸟、鱼、牛、鸡、牡丹、菊花、石榴等夸张变形、寓意祥瑞的图像在画面中反复出现。这些图像贯穿着中国本土的哲学观和深厚的人文内涵，又极富个人想象力，如灶君头顶莲花，身骑瑞虎的虎门神则人面牛角，似民间传说中人身牛首的炎帝图腾，财神头戴云头帽，怀揣金元宝和代表阴阳谐和的生命图腾，左右相傍的送财童子和金钱树昭示着源源不断的财富和好运。高凤莲的剪纸集合了当地的风俗信仰、故事文本及文化寓意，将财神、门神、灶神统一表现在一整组作品中，一次性满足了人们对生活富足、家宅平安等质朴愿望的情感表达。

该作品于 2007 年荣获“人类非物质文化遗产代表作名录 · 中国剪纸艺术展”一等奖，并在 2014 年举办的“大河之魂——高凤莲三代剪纸艺术展”中展出后被中国美术馆收藏。（文 / 张贺）

老鼠娶亲

华月秀

剪纸
55.5cm×75.5cm
2008 年

“老鼠娶亲”是中国北方广泛流传的民俗故事。相传，正月初三（时间各地有所不同）晚上是老鼠娶亲的日子。为了不打扰老鼠，人们会在当天晚上尽量提早就寝，并在老鼠经常出没的角落撒上米、盐和糕饼，通过与老鼠共享一年来的收成来庆祝老鼠新婚，表达与老鼠打好交道以减少来年鼠害的美好愿望。

“老鼠娶亲”为民间艺术创作提供了灵感源泉，在曲艺、歌谣、剪纸、年画、刺绣等艺术形式中均有表现。陕西省非物质文化遗产靖边剪纸代表性传承人华月秀创作的剪纸作品《老鼠娶亲》便是其中之一。

该作品分为下部“嫁女”、中部“迎亲”、上部“迎回”三部分，井然有序、杂而不乱，将“老鼠娶亲”的民俗故事与陕北农村婚俗巧妙结合起来。

作品下部表现鼠新娘从娘家出嫁的场景。宽敞明亮的瓦房中，从左至右分别是鼠新娘对镜梳妆打扮、娘家接受彩礼和糕点、为鼠新娘“开脸”（即去除面部的汗毛、剪齐额发和鬓角的仪式）的场景。

作品中部表现浩浩荡荡的迎亲队伍。众多老鼠打着彩旗、提着灯笼、举着鞭炮，敲锣打鼓地护送着骑马的鼠新郎和坐着花轿的鼠新娘。挑着嫁妆的几只老鼠走在队尾。

作品上部表现的是将新娘迎至婆家窑洞后的场景。从左至右分别是入洞房、“并头”仪式（新郎和新娘背靠背坐着，亲人边唱歌边将二人头发梳拢到一起，表达对新婚夫妇的祝愿）和闹洞房的情景。窑洞外从右至左则是盛大的喜宴和“站大小”仪式（即新郎和新娘给家族中的老小磕头认亲）。

作者刻画了几十只生动活泼、形态各异的老鼠形象，既富于动物的原型特色，又充满浓厚的人情味。老鼠身上饰以各种植物图案，画面的间隙也以各式花草树木的纹样穿插，使整体画面饱满而又轻盈。整幅作品内涵丰富、构思巧妙，是兼具艺术性和趣味性的佳作。（文 / 赵振宇）

乾坤湾

高凤莲

剪纸
77cm×103cm
2008 年
2014 年高凤莲、刘洁琼、樊蓉蓉捐赠

黄河流域是华夏文明的重要发祥地之一，这条母亲河流经陕北高原时，在延川形成了几个大湾，其中最著名的就是被称为“天下黄河第一湾”的乾坤湾。相传人文始祖伏羲氏曾在乾坤湾创立太极八卦图，为中华文化的发展播撒下了火种。特殊的地形地貌、深邃的人文历史与绵延不断的历史承传，孕育出了丰富厚重的黄土风情文化。高凤莲创作的这幅《乾坤湾》，以天真烂漫的手法表现了黄土高原人与自然和谐相处的景象，突显出作者强烈的生命意识。

高凤莲出生于 1936 年，10 岁开始随母亲学习剪纸，凭着自己的勤奋和非凡的艺术禀赋，在剪纸、刺绣、布堆画等多个领域取得了卓越的成就。她的作品反映了人类原始而质朴的生命意识，蕴含了阴阳相合、化生万物和生生不息的中国哲学观念。高凤莲早期剪纸多属单纯的农闲时的精神慰藉，到 20 世纪 90 年代，她开始尝试大型剪纸创作，有的作品甚至长达 10 米，这些作品超越了民间窗花的束缚，体现出作者非凡的掌控能力与叙事能力，在当代语境下有了新的延展。**（文 / 王伟）**

中国美术馆人话馆藏

综合

中国画

油画

版画

雕塑

书法篆刻

民间

长恨歌画意

李毅士

连环画（选页）
16cm×22cm×4
1929 年
20 世纪 50 年代李毅士家属捐赠

李毅士，名祖鸿，江苏武进人。1907 年赴英国格拉斯哥大学先后学习绘画和物理，1916 年归国后，任职于北京大学理工学院，1918 年任北京大学画法研究会黑白画导师，并在 1921 年参加阿博洛学会，后历任上海美术专科学校、中央大学等学校美术教授，主要教授西画。1942 年因病逝世于桂林。

20 世纪早期，许多艺术家在西方学习绘画后回国，开始对西画中国化进行有益探索。作为较早一批留学海外的艺术家，李毅士接受了正统严格的绘画训练，在西画中国化的道路上是一位值得纪念的先驱者。时光流逝，现如今李毅士存世作品不多，《长恨歌画意》作为其代表作，显示了他的高超技法和思想风范，传递着美术发展的时代信息，极为难得。

连环画《长恨歌画意》作于 1929 年，并于当年入选民国教育部主办的第一届全国美术作品展览。作品根据唐代白居易长诗《长恨歌》的内容分段绘制，但画中展示的宫殿、陈设、服饰等都采用明代的规制，所以取名作“画意”。作者用黑白水粉的西画写实手法来表现中国古典题材，通过色调的明暗关系来描绘对象，采用焦点透视，富有层次和空间感，又参考中国画的意境，集写实与写意于一体，人物、背景和细节均给予细腻描绘。画面布局严谨，构图大胆，层次分明，场面恢宏，具有抒情色彩和戏剧效果，既是 30 帧精美的连环画，又似 30 帧分镜头的黑白电影。

作为连环画，上海中华书局在 1932 年出版了八开本的《长恨歌画意》，并印行九次，可见其受欢迎程度。

20 世纪 50 年代，李毅士的家属将全套 30 幅《长恨歌画意》捐给了国家，后由中国美术馆永久收藏。**（文 / 刘汉娥）**

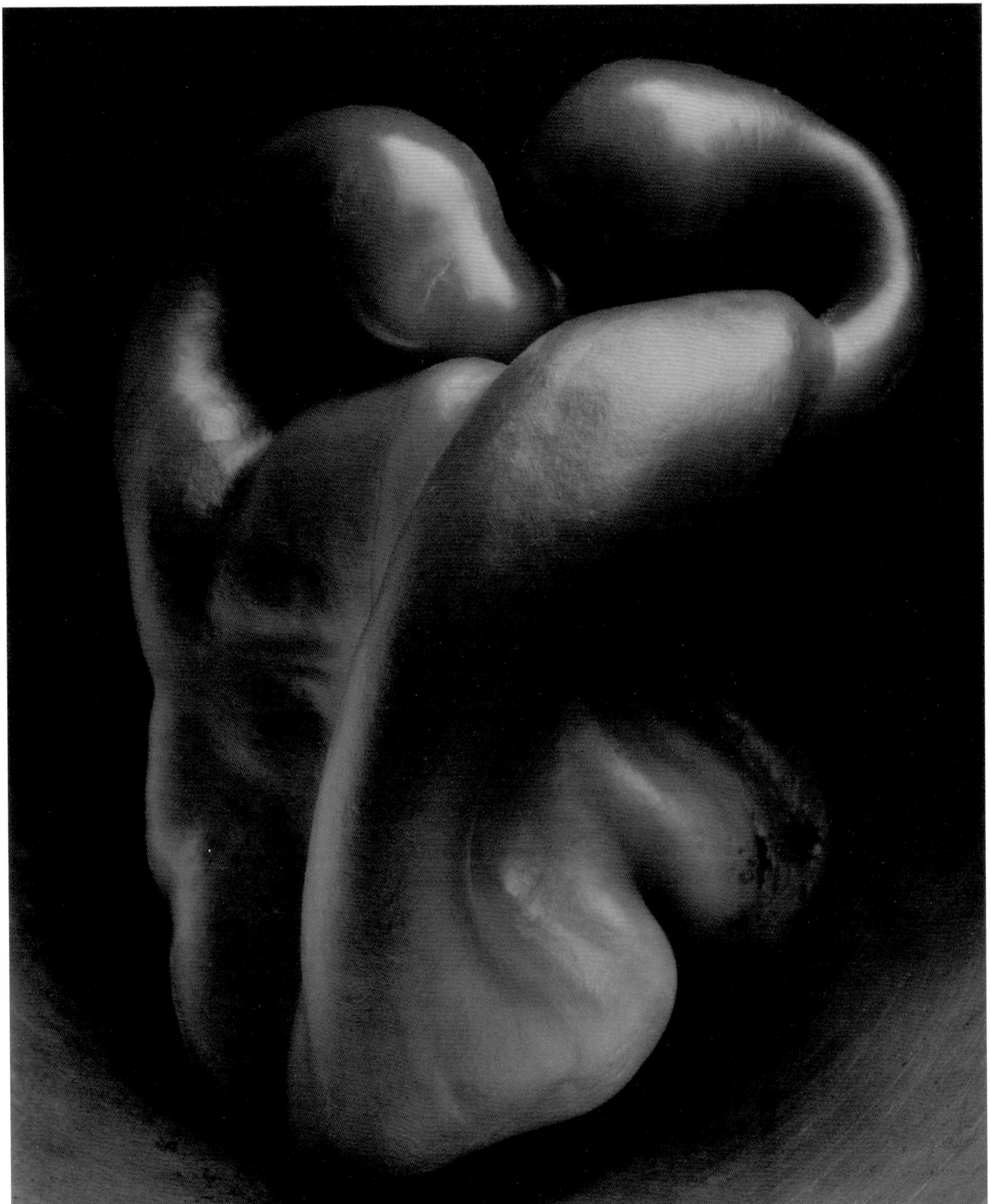

青椒·第30号

［美］爱德华·韦斯顿

摄影
23.2cm×18.5cm
1930年

《青椒·第30号》是有“摄影界的毕加索”之称的爱德华·韦斯顿于1930年拍摄的。韦斯顿是世界著名的美国摄影家，F64小组的创始人之一。

韦斯顿在1930年8月8日的日记中写道：“我迫不及待地要从新拍的青椒底片上印出照片来。底片一共有七张，但是我得先把8月3日拍摄的那张我最心爱的底片印出来。在这张底片上，凝聚着我20年的努力和血汗，是我从事摄影以来的最高成就。”就是这张世界闻名的《青椒·第30号》。

《青椒·第30号》采用了大画幅（8英寸×10英寸，1英寸=2.54厘米）照相机拍摄，韦斯顿花了一周的时间，进行了多种尝试。最后，他将青椒置于一个铁皮罐中，利用最小光圈、锐利的聚焦，加上精心的布光和铁皮罐的反光，以精准的曝光、丰富的细节使作品表现出强烈的质感和美感。作品也因一个普通的青椒形态酷似男性的躯干，抑或是两个缠结在一起的人体，而闻名于世。

想要了解为何这张照片在摄影史上如此著名和不朽，首先应回溯这张照片的摄影历史。据韦斯顿孙子的分享，由于大画幅相机距离拍摄物体越近，景深越小，爱德华将光圈调至非常小，最后曝光四个多小时，才拍摄成举世闻名的作品《青椒·第30号》。在当时的摄影条件下，有如此创意，已可见一斑，即便在今天，摄影技术如此发达，各种打光、反光设备及技术都相对发达，《青椒·第30号》仍然很难被超越，即便很多摄影师在模仿大师的作品，但总会感觉缺乏一丝灵气。

《青椒·第30号》如此著名也并不完全因为其超现实的表现手法，也因为这件摄影作品所引发的思考：其实青椒像什么已经不重要了，最可贵的是作者的独特视角，作者赋予了一些看似普通的事物新的意义，以他的艺术视角及艺术理念重新定义了自然界一些看似普通、不容易被发现的美。（文/赵国超）

春树奇峰

郎静山

摄影
37cm×26cm
1934 年
2013 年郎毓文捐赠

当照相机诞生之时，以往通过写实绘画所表现的人物和景物，瞬间便被记录下来，绘画艺术在世界范围内受到冲击。而中国摄影家郎静山却逆流而行，将摄影升华为充满诗情画意的艺术。作为中国最早的摄影记者，他将摄影与暗房技术结合，潜心于中国民族美学风范的研究，将中国绘画理念融入摄影，创立了如同水墨画般优美意境的影像。自 20 世纪 30 年代起，其摄影作品便频频入选国际摄影沙龙展，成为极具国际影响力的中国摄影家。2013 年，郎静山家属向中国美术馆捐赠他的摄影代表作百余幅，《春树奇峰》即为其中具有里程碑意义的首张集锦摄影。

《春树奇峰》宛如一幅优美的山水画作品，还因承载着老一代艺术家交往的佳话而更具深意。1934 年，郎静山与张大千结伴同游黄山始信峰，归来将两张风景照片合成，呈现出“移花接木”式的山水意境，从而开启了郎静山在集锦摄影艺术创作道路上的辉煌历程。作品远景层山叠嶂、峭壁嶙峋；近景春树生机初现，与山相呼应，山是树的依托，树增山的峻峭。此作当年便参加了英国摄影沙龙展，曾 34 次获国际沙龙奖。其后两位老友还有继续合作：20 世纪 60 年代，郎静山以张大千为人物形象进行拍摄，创作了如诗如画般的《松荫高士》《云深不知处》等作品，堪称独具民族艺术气派和人文象征意义的珍贵影像。

郎静山出生于江苏淮阴。学生时代随图画老师学习摄影及洗印技艺，从此爱上摄影。20 岁起先后担任上海《申报》《时报》摄影记者。曾创办“上海华社”“三友影会”“中华摄影学会”“亚洲影艺联盟”等摄影活动团体，举办影展以宣传中国摄影艺术。其一生秉持“用摄影弘扬中国传统文化”的初心，八十年如一日不懈探索，通过摄影艺术将中华文明与世界文明交流回望。（文 / 赵辉）

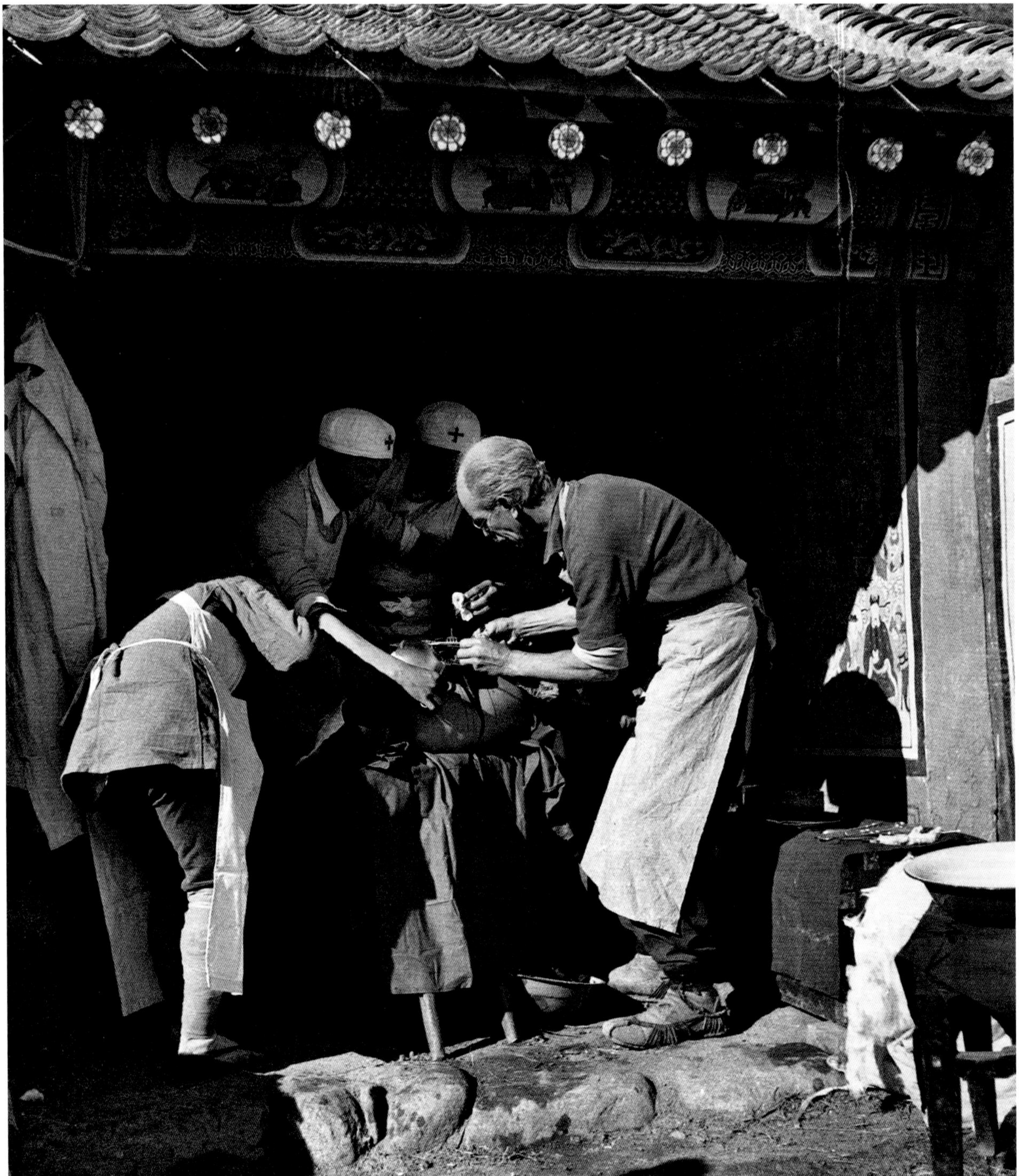

白求恩大夫

吴印咸

摄影
46cm×41cm
1939 年

1900 年，吴印咸出生在江苏省沭阳县。1919 年，他考入上海美术专科学校，开始接受正规的绘画基础训练 。在校期间，他用 3 块银圆买了一台旧的照相机，开始了自学摄影技艺之路。而后的他在中国摄影史上留下了浓墨重彩的一笔。

《白求恩大夫》是吴印咸于 1939 年随延安八路军政治部电影团一起到晋察冀抗日前线进行采访时拍摄的一张照片。照片中的“手术室”被安置在离战斗火线只有几里的保定市西北部山区的一个叫作孙家庄的小山村里。我们可以看到白求恩所处的小庙里空间非常狭窄，他挽着袖子，腰间系着一条白围裙，在用门板搭建的简陋的手术台上认认真真地为伤员做着手术。在战火纷飞的前线，此时的这间“手术室”也打响了医疗的阵地战。同年，白求恩在手术中被细菌感染转为败血症，于 11 月 12 日凌晨逝世。

《白求恩大夫》这件摄影作品于 2015 年收藏于中国美术馆。吴印咸先生将白求恩在抗日战争时期的前线作战记录了下来，作品以独特的纪实性和构图造型获得了长久不衰的生命力。这件作品不仅记录了一场战地手术，更映画出千千万万的医护工作者不惧战火的英勇形象。（文 / 董斯媛）

狼牙山五壮士

彦涵

连环画（选页）
14cm×10cm
1945 年

“狼牙山五壮士”的英雄故事发生在抗日战争时期。1941 年秋，日本侵略者对我国晋察冀北岳地区发动大规模扫荡。战斗中七连决定转移，并把掩护群众和连队的任务交给六班的五位战士。任务完成后，为了继续拖住敌人，五人有计划地把大批敌人引上了狼牙山主峰棋盘坨，战斗到最后一刻，英勇跳崖。

五位战士的英勇事迹被写成通讯发表于 1941 年 11 月 5 日的《晋察冀日报》，原名《棋盘坨上的五个神兵》，延安《解放日报》转载。随后，晋察冀军区司令员聂荣臻命名五位战斗英雄为“狼牙山五壮士”，“狼牙山五壮士”从此成为中国军民浴血抗战的楷模。版画家彦涵根据这个战斗事迹完成了木版连环画作品《狼牙山五壮士》。这套连环画共有 16 幅，均收藏于中国美术馆。

这幅作品是全套连环画的第十一页，标题为“棋盘坨”。画家充分发挥木刻版画的语言特点，以大面积黑白构成画面。画家把五位壮士赴死的决心、狼牙山地势的险峻及追击敌人的凶残，用通感的手法形象地表现出来。画面中的狼牙山主峰棋盘坨与远处连绵群山，化为张开大口的“狼头”，作困兽挣扎状。在画面左边的大面积空白处，画家刻出数只因惊吓四处飞散的山鸟。山鸟惊飞的姿态呈凌乱无序的三角形排列，烘托了不安情绪。几朵白云，看似悠闲，实际渲染出大战前片刻的宁静。画中远处山峰尖锐如狼牙，隐现的“狼头”从画面的右上直抵左下，形成一条强烈的俯冲动态线，大面积的黑色产生强大的压迫感。在这头“困兽”的眉弓处，有五位壮士形成一条弧线，手拉手紧紧连在一起，像一条有力的铁链牢牢捆在这头“困兽”的要害处。狼形“困兽”痛苦地张开大口，发出声嘶力竭的吼叫，作垂死挣扎。与狼形“困兽”的绝望形成对比，五位壮士表现出极为谨慎的行进状态。行进的五位壮士构成一条从左下向右上发射的动态线，与狼形“困兽”向左下的动态线形成直接的对抗，预示着接下来的战斗将会更加激烈，从而烘托出五位壮士斗志的高扬与赴死的决心！（文 / 王伯勋）

光荣歸於劳動模範

劳动模范游园大会

李可染

新年画
49.5cm×74.8cm
1952年
1964年艺术家本人捐赠

这幅《劳动模范游园大会》是李可染创作的新年画作品，描绘的是1950年9月，参加全国第一届劳动模范代表大会的工农劳模一起逛游北海公园的场景。

新中国成立后，为了更好地宣传、鼓励人们生产建设，文化部组织开展了新年画创作，许多知名画家都参与进来，逐渐摸索并形成了像这件作品一样，单线平涂、色彩亮丽的表现方式，受到群众的喜爱和欢迎。

艺术家以站在公园最南侧团城上鸟瞰的视角，将画面中景设在琼岛，近景为团城至“积翠”牌楼之间的区域，远景是太液池和公园西北角的五龙亭、小西天等北岸区建筑，形成绝佳的全景式构图，既得重点又能安排众多人物活动。有意思的是，画中的工人和农民大都成对出现，以表达工农联盟之意。此外，作品还通过“积翠”和“堆云”两座牌楼之间永安桥上扭秧歌的舞队，围观的市民，白塔寺、善因殿上远眺的劳模，双虹榭后的叠罗汉，陟山桥旁的拉手舞等各个场景和细节，来表现游园现场的欢快气氛。

从内容出发，艺术家细致准确地刻画了人物和环境，整幅作品明朗、灿烂，具有典型的新年画样式和鲜明的民族色调，不仅符合民间年画的审美特点，还颇有新时代的朝气。之后，李可染逐渐将自己的创作方向由原来的写意人物画转变为对中国山水画的现代改造，从而开创了既有中国意境，又有时代精神的新山水画。（文 / 刘汉娥）

西厢记

王叔晖

连环画（选页）
22cm×28cm
1953 年

王叔晖，字郁芬，祖籍浙江绍兴，生于天津，为中国现代著名工笔人物画、连环画画家。她从小就酷爱画画，15 岁时加入了北平中国画学研究会。师从徐燕孙、吴光宇，早年便以仕女、罗汉等人物画而知名。新中国成立前，以卖画为生，负担母、弟生活费用。新中国成立后，参加人民出版委员会工作。

1949 年后，王叔晖在出版总署美术科、人民美术出版社连环画创作组工作，1953 年中华人民共和国新《婚姻法》颁布，结合当时关于女性的自主恋爱与婚姻自由的宣传需求，人民美术出版社安排王叔晖以《西厢记》为题进行创作，由此诞生了王叔晖四条屏版《西厢记》。她熔“兰叶描”与“界画”手法于一炉，将传统白描技法运用得非常娴熟，线条疏密、顿挫有致，流动自如，充分展示了中国传统线描的魅力。该作品为设色仕女画，共 16 幅，工谨细腻的画风、清新雅致的色彩、风流多姿的人物使作品大获成功，作品甚至在 10 年后依然获得第一届全国连环画创造评奖“绘画一等奖”。王叔晖在《西厢记》条屏上的成功使其赢得了连环画版《西厢记》的创作任务。为降低印刷和销售成本，连环画版《西厢记》选用白描的创作手法完成。这样，128 幅为《西厢记》连环画而创作的白描作品应运而生。中国美术馆现存 10 张王叔晖的《西厢记》白描稿，是这 128 幅作品目前仅存的硕果。

王叔晖学古不泥古，用她的话讲就是“绕开道，走自己的路”。同时，她也没有拒绝西方的绘画经验，合理地吸收了比例、解剖、透视等创作技巧。在整体价值取向上，她追求的是纯中国的古典式审美情趣，在“尽精微”的工笔重彩画中追求“致广大”的生动气韵。她的作品“戏味”较浓，看她的画，就像在欣赏一出戏，而那一出出用尽心思和功力的戏，如此迷人，经久不衰。（文/展亮）

中國少年報

读报

李斛

水彩
47cm×38cm
1954年

李斛的《读报》为一幅人物画小品。作者以写实兼写意的笔法和浅淡的色彩表现一位女少年坐在某处，双手捧着《中国少年报》，微微颔首阅读的瞬间情形。她头梳短辫，青丝以概括的浓色绘出，头发的高光和额头的暗部形成反差，黝黑的短发与鲜艳的红领巾构成鲜明的色彩对比。女少年红光满面，洋溢出幸福的表情；由于她的眼睛正在向下看报，所以李斛用两条短小的弧线刻画双目，这种“点到为止”的手法反而使人物的神情更加专注沉醉、生动传神。人物的衣服以浅绛之色写出，散淡雅致，变化微妙；手臂被刻画得较为细致突出，以红色调渲染出充满青春的蓬勃朝气；报纸则以折线的方式勾勒出正负空间，其上的文字由于无关紧要，所以除了“中国少年报”五字之外，均以纵线和横线加以概括。

李斛的水彩画具有鲜明的中国写意精神，即以形似表现神似。他很擅长素描、速写等艺术技巧，这从女少年的人物造型上即可看出端倪。同时，他又将中国画特有的线条、留白、气韵和意境引入其中，并将两种造型体系予以整合，做到以中润西、双向互补。李斛大胆地将新时代的女少先队员纳入创作，消解了当时因循守旧、脱离现实生活的人物画创作弊端，反映出少年一代热爱学习、关心时事、盎然向上的时代精神，诠释出“少年强则国强”的主题。该画细腻、自然而生动，神情的描绘亦惟妙惟肖。此作在设色上亦极其独特，一种明润通透的感染力油然而生。该作的笔触和施色轻松散淡，与中国的写意人物画异曲同工。这是他在深谙速写、素描、色彩等西式造型语言和中国画传统技法基础上，将两者合而为一的结晶。由此观之，李斛在中西融合的现实主义人物画创作之路上做出了具有开拓性的贡献。**（文/黄丹麾）**

人民英雄永垂不朽

做共产主义接班人

沈家琳

新年画
76cm×57.4cm
1964 年

“新年画运动”在新中国美术史上，尤其在新中国成立初期的文化艺术建设上具有举足轻重的地位。1949 年 11 月，文化部颁发了《关于开展新年画工作的指示》，号召艺术工作者从事新年画创作。之后不久，全国便涌现出一大批杰出的新年画画家和具有时代特征的作品，沈家琳及其创作的《做共产主义接班人》即是其中的卓越代表。作品表现了一群少先队员在天安门广场人民英雄纪念碑前宣誓的情景，以一件看似普通实则典型的事件烘托和强化了一个宏大的主题：共产主义的代代传承。沈家琳早年毕业于苏州美术专科学校，师从我国现代美术教育重要奠基人颜文樑，具有扎实的专业基本功。他和同时代的许多油画家一样，为了响应国家号召表现劳动人民的新生活，选择以中国画技法来创作新年画，并取得了极大的成功。**（文 / 王伟）**

心怀祖国 放眼世界

心怀祖国　放眼世界

刘秉礼

宣传画
75cm×50cm
1965 年

新中国成立后，在国家的重视及推动下，体育事业得以蓬勃发展，体育健儿在世界舞台屡创佳绩，标志了新中国综合国力和人民健康水平的快速提升。1965 年，运动员徐寅生发表文章，提出“心怀祖国，放眼世界”的口号，引领了体育界及各行业争拼搏、做贡献的热潮。广东籍艺术家刘秉礼亦深受鼓舞，积极响应号召，以极大的热情创作了《心怀祖国　放眼世界》。作品通过女运动员个体形象的塑造，反映了当时全国人民奋发图强的精神面貌。

该作品定格在中国女运动员在国际体坛的获奖瞬间，她面带微笑、眼眸明亮地看向前方。画面构图简洁又不失饱满，在蓝色背景衬托下，暖色调的人物成为视觉中心，前方的白色顶光勾勒出人物的外轮廓线，将其形象映衬得坚实且生动。艺术家着重刻画了人物的神情，其热情、自信和昂扬的状态，极富感染力及感召力。前景为各体育项目的剪影，代表了体育健儿积极拼搏的整体面貌，背景以红旗、白鸽等代表性元素点明中国及世界和平的主题。该作品语言精练，造型概括，色彩鲜明，富有平面装饰性，带给观者愉悦的审美体验。画面中，作者未交代具体奖章，以人物胸前绸带象征荣誉，并夸张放大胸前的国徽尺寸，寓意着荣誉属于祖国和人民，正如艺术家所言：“她不仅是我国女运动员的代表，而且是祖国人民的光荣，是振兴中华的象征！”

宣传画以其强烈的政治、文化和大众属性，在新中国成立后的社会主义建设热潮中，发挥了重要的价值引领、传播和宣教功能，成为极受群众欢迎的艺术种类之一。经艺术家们不懈的探索，新中国宣传画得以快速发展，并在 20 世纪 60 年代达到一个发展高峰，涌现出非常多兼具思想性和艺术性的成熟作品。这幅作品以纯熟的艺术语言和鲜明的时代特征，成为这个时期体育题材宣传画的典范之作。（文 / 董昕昕）

天安门广场上学生们热烈欢迎法国总统蓬皮杜

［法］布鲁诺·巴贝

摄影
75cm×50cm
1973 年
2019 年艺术家本人捐赠

1973 年 9 月，夏末秋初的北京天安门广场上，身着五颜六色服装的女学生正在好奇地看着一个陌生的“老外”，这个人便是布鲁诺·巴贝。那时，时任法国总统乔治·让·蓬皮杜对中国进行正式访问。布鲁诺·巴贝作为总统府认证的新闻记者加入了随行记者团。他用最喜爱的柯达克罗姆胶片拍摄了一系列当时中国人的生活场景，也因此成了第一个用彩色胶片拍摄中国的摄影师。

布鲁诺·巴贝 1941 年出生在摩洛哥。20 世纪 60 年代，巴贝加入玛格南图片社。此后的半个多世纪里，他的镜头拍遍了五大洲。巴贝是玛格南图片社中率先使用彩色胶卷的摄影师之一，对色彩自如的运用是他作品的一大亮点。

《天安门广场上学生们热烈欢迎法国总统蓬皮杜》是巴贝的代表作之一。作品在构图上采用对角线的方式，具有律动感，吸引人的视线，突出主体，给人一种愉悦的感受。对当时的西方世界而言，中国的色彩流失于双方的疏远、对立，巴贝大胆使用彩色照片捕捉 20 世纪 70 年代中国的颜色，有关它的一切好像突然真实生动起来。如今通过巴贝的镜头，观者可以感受到当时人民的朴素情感。

巴贝一生先后到访中国几十次，从没有先入为主的判断，始终保持中立。巴贝用这样的态度记录下中国高速发展的重要历史时刻。2019 年，“中国本色——布鲁诺·巴贝摄影展”在中国美术馆举行，这张照片也被用在展览的主背景墙上。展览结束后，布鲁诺·巴贝还向中国美术馆捐赠 69 件代表作品，将中国的历史光影留在中国美术馆。

2020 年 11 月 9 日，布鲁诺·巴贝逝世，享年 79 岁。在巴贝的玛格南主页上，开篇写着这样一句话：“摄影是唯一一门在世界上任何地方都能被理解的语言。”（文 / 陈曦）

泼水节

乔十光

漆画
89.5cm×180cm
1978 年

乔十光是一位处在古今中西交汇点上的漆艺大家，是中国现代漆艺的开拓者和现代漆画创始人之一。他所开创的现代漆画艺术是在传统漆器工艺基础上形成的独特画种，已成为民族艺术创造性转化和创新性发展的代表范型。他师从留法归国的庞薰琹、吴冠中及注重民族民间艺术传承的张光宇、张仃等诸位大家，形成了其开放包容的艺术视野。1962 年，乔十光跟随雷圭元赴福州考察漆器工艺，向李芝卿、施萱荣师徒及陈端钿、盛继昌学习髹漆技法。他几十年如一日地耕耘在漆艺的土地上，至今已经创作出 800 余幅漆画作品。

乔十光的作品注重漆性与绘画性的统一，使得现代漆画在保持传统文化品格的同时不断创新，逐步走向语言的纯粹性和精神的独立性。《泼水节》在第五届全国美术作品展览上获二等奖，是他的代表作，影响较大。此画构图独具匠心，画家从《簪花仕女图》和《虢国夫人游春图》中汲取灵感，将三五成群身着节日盛装、打着阳伞的傣族妇女疏落有致的背影展示于前景，将傣族女子的高高发髻和纱衣长裙处理成唐代仕女样式，在表现上追求唐风，以河中的龙舟竞渡与对岸沸腾的人群作为背景，烘托出热烈的节日气氛，营造一种仿佛回到了 1200 多年前的大唐盛世景观。画中人物骨肉兼备，形色宛然，皆来源于生活，人物形象出自 1978 年乔十光先生去西双版纳写生的百余幅素描。乔十光充分关注漆画技艺的综合运用，丰富的工艺手法体现了画家对漆性的纯熟驾驭。他用蛋壳镶嵌表现白色的上衣，自然龟裂的纹理有如瓷器的开片，着落为实，实相化虚；绚丽多彩的裙子则结合了银箔罩漆研磨法及螺钿镶嵌技法；泥银彩绘的水面也为绮丽的人物提供了熠熠生辉的背景。全画雍容华贵，质厚有光，精美典雅。（文 / 沈军）

朝阳沟

贺友直

连环画（选页）
15.5cm×24cm
1979 年

中国现代美术史上，共有三套同名《朝阳沟》的连环画作品。今天介绍的是已故著名连环画大家贺友直所绘《朝阳沟》（以下简称“贺版《朝阳沟》”）。

贺版《朝阳沟》根据同名经典豫剧创作，讲述了与拴保相恋的城市女青年银环，经过一番思想波折和广大农民再教育，终于提高觉悟扎根偏远山村朝阳沟，将青春和知识献给社会主义新农村的故事。本页是贺版《朝阳沟》第八十二页，属于剧情发展高潮阶段：扎根农村还是回到城市等矛盾问题摆在女主角银环面前。

画中山石以木刻效果的折笔单线勾勒，没有描绘一丝草木植被，与本套连环画其他页面中绿色满坡、水汽充沛的朝阳沟景象形成鲜明对比。画面没有直接描写阳光，读者却能感觉到强烈阳光的直射，表现了山村生活艰苦、粗粝，交代了剧情环境，为女主角坚定信心扎根朝阳沟做了反衬铺垫。

虽然画面没有直接描绘银环，但是观众能感到银环的存在，这种空间效果是通过画中五人一齐看向画外一点的动作传达的。画面上的人物分属老年、中年、青年、少年不同年龄段。他们看见银环路过，停下手里的活儿，齐刷刷地抬头看向银环。五个人物，居于最高点、正中心的是拴保，左右两边各有二人，呈等腰三角形。画中每人的双手都紧紧扣住石头，人物与山石融为一体，寓意建设美丽山村的信念像山石一样坚固。有趣的是，五人的表情各有不同，老者关爱、中年人嘲讽、拴保气愤、小青年好奇等都通过简单的线描语言表现出来，展现了连环画的独特魅力。

本页画面存在一条从左上至右下的分界线。左下的山石、人群形成“实”体，右上留有大面积空白。一方面描写了劳动环境艰苦，另一方面也喻指了广大农村山区大有可为。细心的读者会注意到画面右上大面积空白处有两只翱翔的雄鹰，它们在构图上起到平衡黑白、延伸空间的作用，同时又预示未来的日子里，拴保与银环比翼齐飞，共同建设社会主义新农村。（文 / 王伯勋）

中国

女排夺魁

李慕白、金雪尘

新年画
70cm×49cm
1983 年

20 世纪 80 年代初，中国女排连续夺得世界三大排球比赛的冠军，成为世人瞩目的焦点。《人民日报》提出："向女排姑娘学习，在现代化建设中发扬女排精神，振兴中华。"受此感召，艺术家们纷纷以此为主题，创作出许多富于时代精神的佳作。这幅《女排夺魁》便是其中颇具代表性的作品。

《女排夺魁》由著名海派月份牌年画艺术家李慕白、金雪尘联袂创作。李慕白于 1928 年入上海稚英画室，师从杭稚英、陈秋草学画。他与金雪尘自 20 世纪 30 年代开始合作，李慕白精于人物，金雪尘擅画配景，二人以擦笔水彩法创作出许多广为流传的月份牌年画佳作。擦笔水彩技法诞生于 1914 年的上海，其制作方法主要是以炭精轻刮、擦笔擦出结构与明暗关系，然后用稀薄的水彩颜料罩染，由浅及深，反复绘制而成。擦笔水彩技法赋予上海月份牌年画细腻婉约的气质，丰富了年画的艺术表现力以及对于现实人物形象的塑造，深受大众喜爱。

1983 年，在国家倡导的"新年画运动"以及"二为""双百"等文艺政策的指引下，李慕白、金雪尘两位年逾古稀的艺术家发挥自身优长，运用擦笔水彩法绘制了这幅《女排夺魁》，表现了中国女排运动员在夺冠之后意气风发的形象。画面中，女排姑娘手握排球与奖杯，胸戴金牌，在五星红旗和鲜花的映衬下，绽放出自豪、坚定的笑容。作品色彩明快，主体形象突出，人物周围的花卉颇具中国传统写意没骨之韵，又富有空间纵深感，整体画面虚实相生、冷暖结合。此作于 1984 年荣获"第三届全国年画"评奖活动一等奖、"第六届全国美术作品展"中的"年画荣誉奖"，在中国美术馆展出后即被收藏。**（文 / 周佳）**

疑难杂症之卅八　　八七年十一月

疑难杂症之三十八

华君武

漫画
28cm×23.5cm
1987 年
2004 年艺术家本人捐赠

华君武是我国漫画创作领域重要的艺术家，同时还是一位美术工作组织者。

华君武 1915 年出生于杭州，自幼喜爱画画，手法比较随意、自由，这一艺术特点成为其从事漫画创作的优势。1933 年，华君武入读上海大同大学附属中学高中部。此时的上海地区漫画创作活跃，华君武的漫画天赋得到发展，开始发表漫画作品。1937 年抗日战争全面爆发，华君武瞒着家人辗转到了延安，自此投身中国革命的风云激荡中。

华君武在延安时，创作了《1939 年所植的树》一画，这对他后来的漫画创作产生了决定性影响。《1939 年所植的树》一画发表后，引起了毛主席的注意。毛主席专门把华君武请到了他的住处，就漫画的创作进行了一次长谈。毛主席指出，艺术表现生活要把一般和个别、全局和局部区分开，不能以偏概全。这使华君武理解到漫画作品中“讽刺的艺术”“艺术地讽刺”之间的辩证关系。此后，他的作品无论在题材还是在风格上都发生了根本性变化。1942 年 5 月，延安文艺座谈会召开，漫画家华君武是 21 位参会美术家中的一员。毛主席的教诲影响了华君武一生的艺术创作，他被称为有“延安风范”的艺术家，这种风范华君武保持了一生。

中华人民共和国成立后，华君武先后担任《人民日报》美术组组长、文学艺术部主任、中国美术家协会副主席等职，他的漫画艺术创作一如既往地保持了“华家样”的风格。今天大家所看到的这幅《疑难杂症之三十八》创作于 1987 年 11 月，画作以华君武特有的线条笔道和艺术语言描画了一个和尚和一个公职人员坐在医院的长椅上等候就诊。通过两人之间的谈话，讽刺了当时社会上的某些不良风气。观者看后，不禁莞尔一笑，引起持久的思考。

华君武将一生创作的 2124 件漫画作品的原作捐赠给中国美术馆，并嘱咐：不办展览，不宣传，也不出版作品集。2015 年，华君武先生诞辰百年之际，中国美术馆举办了华君武先生纪念特展，吴为山馆长表示：“我们怀着感恩的心举办此次展览，华君武先生的艺术在中国现代美术史上写下了闪光的一页。这些作品作为文化财富典藏在国家美术殿堂，必将成为精神的载体，激励来者。”（文 / 王伯勋）

三个枪手

袁运生

综合材料绘画
180cm×380cm
1991 年
2017 年艺术家本人捐赠

1991 年 7 月，袁运生在美国纽约的工作室，用油蜡、色粉、蛋清和墨，在四张麻纸拼合画面上创作了带有强烈表现主义风格的画作《三个枪手》。这些颜料是他 1990 年回国时购置的，麻纸是老友丁绍光特地从日本订制的手工纸，韧性很强，足以承受他在画面上反复揉搓和涂抹。

这一时期，袁运生非常关注美国的政治时事，大到海湾战争，小至美国的政治生活和社会暴力事件，关注少数族裔和移民问题，关注墨西哥乃至世界革命的话题。

回到画面，《三个枪手》要表达的内容并不十分明确，最左侧第一个画幅上是一位愁苦的老妇人，她有着悲伤的神色，身后是一位戴着礼帽的墨西哥男性的形象，似乎是一个匪徒；往右看第二个画幅与左侧画幅在空间上有断裂，描绘的是一位赤裸着上身，左手持长枪，右手举起左轮手枪的，似乎是反抗者、起义者的形象，让人很容易联想到墨西哥壁画中的革命家和游击队员；再往右第三个画幅和第四个画幅有更好的连贯性，第三个画幅上描绘的是一个背对观众、身着红袍的祭司样的光头形象，但鹰钩鼻和丑陋的嘴脸、身后黑色的阴影，似乎暗示着他才是一切罪恶的指使者；最右侧画幅上是一位倚坐石壁的裸体青年，明亮的光照亮了画面，与整个画面左侧的昏暗全然不同。

袁运生在创作上一直受到欧洲现代主义艺术及战后美国抽象表现主义艺术的吸引。1982 年 8 月到美国后不久，他就多次去长岛拜访美国抽象表现主义艺术家德库宁的工作室，并直接看德库宁作画。他相信凭着直觉作画的准确性。创作《三个枪手》时，他的创作状态极为“疯狂”，他认为自己拥有一种感知世界的能力，一种潜意识在激发着他。（**文 / 魏祥奇**）

大眼睛
解海龙

摄影
61cm×41cm
1991 年

《大眼睛》是摄影家解海龙在安徽省金寨县三合乡中心小学捕捉到的一瞬间，拍摄于 1991 年。“大眼睛”女孩名叫苏明娟，当时年仅 8 岁。照片一经发表，引起社会广泛关注，被中国青少年发展基金会选为希望工程的宣传标识，于 2020 年被中国美术馆收藏。

《大眼睛》采用长焦镜头拍摄，使得前景虚化，画面主体全部聚焦于小女孩的眼睛。照片中，小女孩一手握着笔，一手压住翘起的书页，乌黑的短发略显凌乱，一双明亮而清澈的大眼睛望向前方。那眼神，有着超乎寻常的穿透力，直击心灵深处。这双带着力量的、极具感染力的“大眼睛”，讲述着贫困地区儿童对读书的渴望。因为《大眼睛》这张照片，苏明娟的人生轨迹被彻底改变了：从当年山区的贫困小女孩，到如今成为党的二十大代表；从希望工程的受益者，到公益活动的行动者。苏明娟的成长经历，既是在希望工程中受益的千千万万孩子们的真实写照，也讲述了改革开放以来中国教育的长足进步。有人这样评价：如果把“希望工程”比喻成一本书，那这张照片一定是封面。

作为一名纪实摄影师，解海龙长期关注中国贫困地区基础教育状况，用相机记录希望工程，通过有温度的镜头凝聚影像的力量，反映真实的社会问题及生活现状。他拍摄的一些作品在助力希望工程、促进教育发展、带动脱贫攻坚等方面发挥了积极作用。在“以美扶智——中国美术馆脱贫攻坚美术作品展”艺术沙龙现场，解海龙分享了《大眼睛》拍摄背后的故事，令观众动容。这件作品也成为中国美术馆藏两千余件摄影作品中的“一扇窗”。（文 / 寇旭乾）

秋水无边

杨云龙

水彩
53cm×77.5cm
1994 年
2019 年艺术家本人捐赠

杨云龙，1919 年生于无锡，1942 年毕业于国立艺术专科学校，后在各高校任教数十年，出版多本著作，是我国著名的水彩画家和美术教育家。2019 年在中国美术馆举办的“水云映彩——杨云龙水彩画展”展出后，艺术家本人将该作品捐赠给中国美术馆。

该作品是杨云龙晚期写生的小型风景画，这个时期，画家对水彩语言的理解更加精深，将由英国舶来的画种与中国传统水墨进行了结合。画家充分发挥了水彩画“水汽”的作用，加之其浑厚的书法功底，水、色、形、意一气浑融，兼有东西审美之意趣。作品画面干净明快、清新朴素，构图主次分明，虚实相生。湖水与天空的淡色留白使得画面十分透气，天水相接，有“秋水共长天一色”的意境；饱和度较高的蓝紫色调的运用也提高了整体调性，与片片晚霞、点点红叶的暖色交相呼应；湖水重色微妙的氤氲变化，自然地呈现出作品灵秀内敛的气质。画面主体的三两棵树虽落尽枝叶，但并无枯树老藤的垂败感，它们的枝干硬挺朝天，根根分明，天空中飞着候鸟，更是增添了秋色独有的勃勃生机。

“毛笔在手，挥洒自如”，杨云龙所言也正是他作水彩画独有的方式。他的写生不是“描摹”现实，而是“书写”自然与心境。这幅作品中的树、天、湖、鸟，更多是画家根据现实所见，提炼意象而来，这些元素都源于杨云龙寄情于景的情操与能力。他将江南文脉中特有的细腻、含蓄、浪漫、诗韵外化成视觉形象，再结合扎实的绘画与书法技巧将所看所想表达了出来，方才完成了这样一幅小而精的水彩佳作。（文 / 张天意）

2008.7.

鹰笛

陈坚

水彩
97cm×65cm
2008 年

陈坚，1959 年生于山东青岛，当代水彩画家，中国美术学院教授、博士生导师，中国美术家协会理事、水彩画艺术委员会主任。

20 世纪 90 年代末，陈坚第一次踏上帕米尔高原，至今已有 20 多年的写生创作历程。从帕米尔雄伟的自然风光到塔吉克民族的日常生活，从人物外在的质朴美到内在的人性美，他都进行深入的研究与表达。陈坚认为，质朴的人性和伟大的大自然照亮了他前方的道路，成为他心中不灭的明灯，也是他多年执着地描绘塔吉克人、帕米尔高原和大海的主要原因。

2018 年 9 月，“质朴的精神——陈坚水彩作品展”在中国美术馆拉开帷幕，展出了涵盖艺术家各个时期的重要作品。通过此次展览，中国美术馆收藏了陈坚先生的一批代表性作品，这幅构图独特、笔法洗练、色调清新的《鹰笛》便是其中之一。《鹰笛》创作于 2008 年，描绘了婚礼现场上两位正在吹奏鹰笛的塔吉克男子，前者思虑高远，后者俏皮谐谑，他们那被放大了的双手灵动松弛，那是两个欢乐的男子富有韵律感的手，艺术家通过对手部的微妙塑造传递出人物内心的悸动。有意味的是，艺术家不再热衷于色彩绚丽的风景对人物背景的装饰与补充，仅仅用两块明亮的颜色，婚礼的喜庆氛围便扑面而来。他以自信娴熟的技艺与简洁的艺术形式表现着塔吉克族人民鲜活的日常，他们纯朴、热情、自尊、有趣，无须多余陪衬，便给观众带来强烈的、细腻的、欢乐的气息，体现了塔吉克民族的性格特征和人民对节日仪式的尊崇。

陈坚笔下的塔吉克人，神情动态各异，造型简约而极具张力，色彩富含精神感染力，若非相处已久，难有如此情感共鸣。陈坚追寻着人性与情感永恒的精神表达，他让我们看到了一个艺术家心中的人民和大爱。这中间蕴含着技艺上的刻苦砥砺和精神上的长久滋养，更有对表现对象深切体恤之后升华了的艺术理想，是洗净心中尘埃之后的蓬勃气象。（文 / 董雪）

文殊菩萨

旺堆

唐卡
105cm×64cm
2015年

唐卡作为中华民族优秀传统文化的重要组成部分，在吸收中国汉文化与印度、尼泊尔等外来佛教文化的基础上，融合藏族艺术特色，见证西藏丰富灿烂的文化发展与历史变迁。

《文殊菩萨》唐卡由日喀则加措雄乡画师旺堆所作，他幼时曾于夏鲁寺出家，师从格桑住持。该幅作品在继承传统勉萨画派风格的基础上，有克制地融入现代审美元素，降低了矿物原色的色度，在中心构图法的基础上，借鉴中国画留白手法，细微处刻画精到，密不插针，背景仅以灰色调染出天空和草地，自然渐变，加以装饰图案，并绘日、月，营造出空灵而静谧的意境。

主尊文殊菩萨为一面二臂黄色身相，面相圆满，头戴五叶宝冠。上身呈“S”形，肩头披天衣，胸部饰缀满璎珞的项圈和项链。双手于胸前结说法印，食指和拇指环绕牵莲枝，莲花于左右肩头盛开，右莲台上立智慧剑，左莲台上放般若经函。文殊菩萨结跏趺坐于莲花宝座上，身后绘圆形头光和背光，背光中心绘波浪式放射金线，周围伴卷草纹饰。莲座下承须弥宝座，布搭披覆于台座正面，上饰法轮，左右为绿鬃白狮，宝座下承双层仰莲，周围以优钵罗花和祥云环绕。

祥云之上为萨迦派第四代祖师萨迦班智达贡噶坚赞。他头戴班仁帽，头顶绘圆形头光，着袒右式袈裟，结跏趺坐于卡垫上，身后右侧置经书，象征智慧品性的圆满。萨迦班智达双手各牵莲枝于胸前结说法印，莲花上亦有经书与宝剑，既彰显了其为雪域三大文殊化身之一的身份，又表明了萨迦派以文殊菩萨的精神为修行实践的核心，同时也阐释了藏传佛教将上师善知识的地位和作用与无上佛陀等同视之的观念。

该作品不仅以视觉图像唤起宗教文化对我们感官的冲击和洗涤，更体现出中国传统文化兼容并蓄的时代精神。**（文 / 孙琳）**

NOBEL
中国中医科学院青蒿素研究中心

呦呦鹿鸣

马蕾、张彩翼

坦培拉
240cm×360cm
2019 年

《呦呦鹿鸣》是一幅大尺幅的木板坦培拉画作。作品表现的是中国首位诺贝尔医学奖获得者、著名药学科学家、共和国勋章获得者屠呦呦带领中医药研究团队在实验室进行科研工作的场景。画面中的八位人物均为女性，这既体现了科研工作的团队精神，又使得画面充满了柔和与纯净的理想主义之美。主体人物屠呦呦并没有置于画面中心，而是位于人群最前端，使画面在视觉上呈现出引领与上升的趋势。画面右端的“中国中医科学院青蒿素研究中心”字样交代了实验室的名称和科学家的研究领域，右上方的诺贝尔头像则暗示了主人公屠呦呦获得的荣誉。人物与玻璃器皿组成的岁月交响曲，凝结着科研人员在光环背后数十年如一日的辛勤付出。整幅画面运用坦培拉的表现技法，将白色的主色调与材质特有的透明感相结合，于反复罩染、层层叠加中产生含蓄、柔和、细腻的效果，使画面呈现出一种纯净而富有仪式感的艺术之美。**（文 / 庞桂馨）**

妆后

［日］喜多川歌麿

浮世绘
33.5cm×24cm
年代不详
2004 年李平凡、周燕丽捐赠

《妆后》这幅作品出自被称为“浮世绘三杰”之一的喜多川歌麿。浮世绘是日本江户时代（17—19 世纪）兴起的一种反映当时社会大众审美情趣的风俗版画。提到浮世绘，无论是否精通世界艺术史，人们的脑海中大概都会立即浮现那一幅幅充满日本风情的美人画。美人画是浮世绘中最广为人知的题材，从某种程度上说，喜多川歌麿则是浮世绘美人画的最高成就者。

喜多川歌麿被戏称为“最懂女人的画师”，他笔下的美人无数，却从不千篇一律，她们姿态万千，气质各异，鲜活生动。喜多川歌麿的独特之处在于不刻意造景，转而通过表现女子神态和精心勾勒衣着、装饰物等细节来烘托整体。在伯乐知音茑屋重三郎的支持下，喜多川歌麿不断精进画技，敢于创新，开创名为“大首绘”的美人画样式，引领新的时代风潮，将浮世绘的发展推向巅峰。“大首绘”的特点是忽略背景，只描绘人物的胸部以上，喜多川歌麿认为这种手法更利于凸显女性的容貌及神态，从而表达她们内心深处的喜怒哀乐。

《妆后》便是典型的“大首绘”作品，它描绘的是一位传统日本年轻女子形象。喜多川歌麿善绘日本歌舞伎，也为武家闺秀、贵妇、海女画像。这幅画中的美人脸蛋圆润，肌肤细腻，眉眼秀丽，唇部点以朱红。仅从作品名称，我们无从判断这位女子的具体身份，但从她身着色彩雅致、缀以樱花图案并包裹至颈部的华美和服，头戴绿纱花笠的特殊妆容，以及优雅淡然的神态，大致可以判断出这位女子在当时颇具名气或出身名门。柔和的浅粉色背景更加衬托出她高贵清丽的气质，散发出温婉恬静之美。盛妆之后是即将登台献艺，抑或是外出赴约，让观者忍不住想要探究画面背后的故事。喜多川歌麿便是这样一位直击心灵的艺术大师，正如日本学者井宗太郎对他的评价：“喜多川歌麿着力于探索女性的内心精神世界，他是把女性当作生灵去描绘，将传统中对女性身体的审美转向身体与心理的共同审美。”（文 / 张婧宇）